Mam'zelle Bourgeois

Karima Djelid

Mam'zelle Bourgeois

Roman

En 2019, La Commission Supérieure des Récompenses de la Société Académique *ARTS-SCIENCES-LETTRES* a décerné un *DIPLOME DE MÉDAILLE D'ÉTAIN* au roman « Mam'zelle Bourgeois » de Karima Djelid.

© 2019 Karima Djelid

Éditeur : BoD-Books on Demand
12-14 rond-point des Champs-Élysées, 75008 Paris
Impression : Books on Demand, Norderstedt, Allemagne

Illustration de la couverture : Monsieur Grégory Pellerin

ISBN : 978-2-3220904-7-1
Dépôt légal : juin 2019

http://karimadjelid.wixsite.com/karimadjelid
Page Facebook : Karima Djelid Proses et Illustrations

J'ai toujours trouvé dans l'humour et dans la prose une échappatoire à mes maux.

Mes personnages et mes histoires me font vivre de si grandes envolées que j'ai bien du mal à redescendre sur terre.
Toutefois, mes fidèles amis veillent sur moi.
Tels de preux chevaliers, ils me caressent l'âme et font vibrer mon cœur.

Ma gratitude à jamais pour votre soutien constant et sans faille.

Une dédicace particulière à mes amies qui ont corrigé ce roman, Élisabeth Bessot, une grande dame qui nous quitta bien trop tôt, Élodie, Gwladys et Hermine

Mes remerciements à Grégory Pellerin pour le dessin de la couve de mon roman.

Bibliographie de Karima Djelid

Roman :

Mam'zelle Bourgeois
(paru en 2013, réédition en 2019)

L'univers des Elgéendsorde
(paru en 2015)

Pièce de théâtre :

Emma, d'après l'œuvre de Jane Austen
(paru en 2016)

L'âge des passions - Volume 1 avec les pièces
1, 2, 3, Répèt ! & *Entrons en scène*
(paru en 2017)

L'âge des passions - Volume 2 avec les pièces
Au cœur de la tempête & *Peur ancestrale*
(paru en 2018)

A paraitre en 2019 :

Winzry – L'intégral (roman)
1ère époque *Soleil despote*, 2ème époque *L'aube des mondes*

L'âge des passions - Volume 3 avec les pièces
Joyeuses apartés & *Mam'Selle Bourgeois*

Chapitre premier

Une petite bourgade bien tranquille

Il était une ville au cœur du Vexin français où le calme et la sérénité régnaient en maître. Un bourg où tous les gens qui y demeuraient se connaissaient depuis toujours. Les potins et les ragots circulaient sitôt prononcés, puis étaient divulgués à qui voulait l'entendre dans les plus brefs délais. Tous les habitants s'accordaient à dire qu'il aurait été un péché de garder un secret au détriment de la satisfaction que leurs voisins auraient à le connaître. Nul ne restait à l'écart des bonheurs, des préoccupations ou des mésaventures de leurs chers concitoyens.

Au cœur de l'hiver, il y avait des réceptions qui permettaient aux habitants de ne point s'ennuyer. On visitait les voisins en se faisant convier par une missive des plus courtoises. Nulle invitation n'était déclinée dans le froid hivernal. Mieux valait avoir un hôte bien en dessous de sa condition sociale que de passer une semaine entière sans aucune visite.

Les hivers dans le Vexin français étant des plus rudes, et leurs longueurs indiscutablement navrantes, tout prétexte était bon pour se divertir, ce pourquoi, les salons et les bals étaient légion.

A fortiori, dès que le printemps s'installait, la vie n'était nullement monotone. Chacun profitait de balades au bord de l'Oise ou au sein même de la forêt luxuriante qui bordait la bourgeoise ville de l'Isle-Adam. Les dînettes étaient conviviales et la vie en plein air des plus appréciables. On préparait les noces et les baptêmes en se réjouissant de l'arrivée de la belle saison qui allait mener les plus fortunés parisiens au cœur de cette bourgade verdoyante, le temps de se ressourcer avant de prendre leurs quartiers d'été sur les côtes normandes. Des citadins qui seraient prompts à léguer leurs histoires parfois douteuses à ces bourgeois des champs avides de connaître les péripéties d'une vie parisienne.

Au *domaine fleuri,* vivait une jeune fille qui aimait tant sa petite ville qu'elle y demeurait même au plus froid de l'hiver. Sa famille possédait pourtant un petit hôtel particulier dans le plus beau quartier de la capitale. Mam'zelle Bourgeois n'y séjournait que très peu, car la grande ville de Paris lui était en horreur. Elle préférait largement arpenter les chemins de terre de son petit bourg que de fouler les pavés de cette capitale immense.

En vérité, Mam'zelle Marie Bourgeois aimait Paris pour ses qualités historiques et la richesse de son patrimoine, mais nullement pour le monde qui y demeurait. Trop de bruit, d'odeurs nauséabondes ; sans compter les malandrins qui vous poursuivaient si vous aviez le malheur de vous y perdre. Même un chaperon ne vous assurait aucunement d'être protégée de ces gens sans scrupule.

Marie était bien souvent raillée par ses proches pour préférer les musées et les salles d'expositions aux frivolités des nuits parisiennes.

Une grande partie de la bourgeoisie n'avait nulle culture et se congratulait d'en être dépourvue. Les puérilités étaient le pain quotidien de cette minorité de gens qui avait réussi dans les affaires. Souvent il ne s'agissait que d'un membre éminent de la famille qui, grâce à une bonne fortune avait pu investir brillamment dans un domaine prolifique. Le reste de la famille vivait aux crochets de ces personnes et se faisait un jeu de l'oisiveté.

À la fin de l'année 1900, Marie avait séjourné plus d'un mois à Paris. Elle y était venue deux semaines avant Noël pour préparer l'achat de ses cadeaux. Marianne Bourbon, son ainée de quatre ans, avait pris ses quartiers dans la demeure familiale. Les deux sœurs pouvaient ainsi profiter de ce moment pour se conter toutes les péripéties qui s'étaient déroulées durant les quatre mois où elles n'avaient pu se voir.

Depuis qu'elle s'était mariée durant le printemps 1898, Marianne Bourbon ne venait que très peu séjourner dans la villa de l'Isle-Adam. Elle aimait Paris depuis toujours, et y avait plusieurs amies avec qui elle partageait nombre d'activités. Elle aimait les bals de la capitale et les discussions les plus futiles qu'on y trouvait. L'été, elle gagnait le domaine de son époux situé à Dieppe. Là, elle pouvait profiter de l'air marin et des commodités d'une vie en plein air avec toutes ses amies qui avaient, elles aussi, une demeure dans cette petite ville de villégiature. Son époux, Gaston Bourbon étant indécemment riche, elle pouvait dépenser sans compter au casino de Dieppe.

Marianne semblait des plus épanouies aux yeux de tous ; sauf à ceux de sa petite sœur voyant dans toutes ces frivolités, quand elle riait faussement et s'enorgueillissait de tant de parures plus ridicules les unes que les autres, une envie soudaine de se soustraire à la vue d'un mari qui n'avait aucune intention de la contenter. Il était bien souvent à l'Assemblée à débattre avec des hommes politiques tout aussi ternes que lui et mettait plus de passion dans ses discours pompeux que dans ses étreintes envers sa femme de dix-neuf ans sa cadette.

Monsieur Bourbon était né riche. Il n'avait jamais travaillé, ni même essayé. Les seules distractions qu'il avait eues durant sa vie étaient les soirées à discuter futilement et à jouer à quelques jeux de société.

Une autre de ses passions était les femmes. Il s'en glorifiait en louant ses nombreux charmes qui faisaient céder ces demoiselles. Cette vantardise déclenchait les rires de ses auditeurs qui, même s'ils n'osaient lui avouer, se doutaient bien que son compte en banque les séduisait bien plus que ce monsieur sans nul attrait physique et de cœur. À l'aube de la quarantaine, il commença à s'intéresser à la politique en fréquentant assidûment l'Assemblée nationale. Toutefois, son intérêt pour cette profession s'arrêtait au prestige de sa fonction et non à sa maîtrise, car il n'entendait rien aux lois qui avaient érigé ce pays, et avait bien du mal à comprendre celles qui se préparaient dans l'enceinte de ce lieu prestigieux.

Ainsi, Marie voyait bien que sa sœur n'était plus la jeune fille gaie et spontanée qu'elle avait été avant que leur père ne la marie sans même lui demander si cela lui seyait.

La pauvre Marianne s'était exécutée, comme toute jeune fille vertueuse, quand son père lui avait présenté celui qu'elle devait prendre pour époux. Naïvement, elle avait imaginé que l'amour viendrait après les noces, puisqu'elle n'avait pu rencontrer Gaston Bourbon que trois fois avant leurs épousailles, et cela sous étroite surveillance. Même si elle l'avait trouvé sinistre et surtout des plus avancés dans l'âge, elle garda espoir jusqu'à la fameuse nuit tant attendue par toutes jeunes filles en fleur bercées de contes féériques, où tout amour trouve sa récompense.

C'est ainsi que Marianne eut sa première déconvenue.

Marie s'était languie de voir arriver la fin du mois de mai 1901, puisque Louise, sa cadette âgée de vingt-trois ans, devait la rejoindre dans leur domaine familial de l'Isle-Adam. Il y avait plus de quatre ans que les deux sœurs n'avaient été réunies.

Quelques mois après ses épousailles, Louise avait pris le large avec son conjoint et s'était établie aux Antilles, sans grande conviction car elle n'aimait pas la chaleur moite des îles. Les paysages lui étaient apparus plaisants à son arrivée, néanmoins la saison des pluies, amenant des vents violents et des moustiques la dévorant, lui avaient donné des fièvres interminables. Elle avait fini par convaincre son époux de revenir en métropole, prétextant qu'il allait tuer ses propres enfants si la famille demeurait aux Antilles. Henri Delattre avait abandonné l'île qu'il affectionnait pour ne pas déplaire à son épouse. Elle avait bien mis en lumière qu'il pouvait s'occuper de l'importation de la canne à sucre depuis ses bureaux parisiens. Il lui suffisait de faire un voyage par an et de confier sa plantation à son frère cadet.

Henri Delattre quitta l'île sans grande joie, ayant plus d'amour pour les femmes antillaises que pour l'extraction du sucre de canne.

Après une traversée des plus mouvementées, elle débarqua à Rouen à la fin avril 1901. En grande hâte Louise rejoignit sa propriété parisienne ; elle ne vit pas le temps passer tant elle s'adonna à toutes les distractions futiles qui puissent exister. Délaissant un mari volage, sa sœur Marianne, son frère Léandre, son père et même ses enfants.

À la fin mai, elle se décida à regagner la villa familiale avec Gaétan et Philippe ses jumeaux de un an, et Éloïse sa fille de trois ans, laissant son époux à ses affaires.

Marie avait soif d'apprendre et de vivre par procuration tout ce que sa sœur avait touché ou vu de ses yeux. Ses récits sur les îles que Louise avait foulées l'exaltaient au plus haut point. Marie ne se lassa nullement des soirées au coin du feu que durant plus de quinze jours elle partagea avec sa tendre sœur, heureuse d'être l'objet de toutes les attentions de ses proches et du voisinage. Parfois Louise en rajoutait un peu sur les faits exotiques et vibrants de dangers en tout genre pour donner plus de teneur à ses histoires, bien moins épiques en réalité qu'elle n'aurait voulu.

Si Marie n'avait de cesse d'écouter son adorable sœur étaler à qui voulait l'entendre ses récits d'aventures antillaises, ce n'était nullement le cas pour Monsieur Germain Bourgeois qui bouillait d'entendre tout ce petit monde s'exalter d'un rien. Il était en général affable dès qu'il recevait des gens importants dans sa demeure, mais dans la mesure où sa cadette ne l'intéressait guère, il ne faisait aucun effort pour lui être accommodant. Il était même insatisfait de la voir se pavaner dans toute la ville et inviter dans sa demeure un nombre incalculable de voisins. Les frais lui étaient assignés, ce pourquoi il désirait son départ au plus tôt, car Monsieur Bourgeois était un homme à l'avarice profonde. Nul n'ignorait cela dans sa demeure, cependant sa cadette n'en avait que faire. Elle connaissait le souci de son père d'avoir bonne réputation et les faux semblants qu'il pouvait déployer pour être bien vu de ses contemporains, du même niveau social que lui, bien évidemment.

Même si Monsieur Bourgeois avait alerté Louise sur les excessives dépenses qu'elle lui occasionnait, cette dernière lui avait bien fait comprendre qu'elle dirait à son époux, et à qui voudrait l'écouter, que son propre père, après quatre années d'absence, n'était même pas capable de la recevoir avec tous les honneurs auxquels elle avait légitimement le droit de prétendre. Germain Bourgeois était entré dans une telle colère que les murs de la villa avaient tremblé, et par la même occasion les gens qui le servaient, tétanisés par la moindre contrariété de leur maître, des plus acerbes et fourbes. Louise ne s'était pas démontée face à ce père qu'elle ne portait nullement dans son cœur. Cela était réciproque car Monsieur Bourgeois ne supportait pas le caractère orgueilleux, égocentrique et rude de sa fille qui lui rappelait inexorablement le sien.

Pourquoi n'était-elle pas restée aux Antilles, pensa-t-il ? Pourquoi ne pouvait-elle pas avoir le caractère docile de son aînée, si accommodante à faire passer l'intérêt de son père avant le sien ? Allait-il avoir les mêmes déconvenues le jour où il trouverait un bon parti à sa benjamine ?

Ces questions de père aimant le taraudaient depuis que Louise avait fait halte dans sa demeure avant de passer l'été à Cabourg. Comme il lui tardait qu'elle prenne son costume de bain pour aller se noyer dans cette Manche aussi houleuse que lui. S'il avait eu un cœur, Germain Bourgeois aurait regretté une telle pensée, mais décidément, était-ce le rôle d'un père d'avoir un cœur pour des filles qui ne lui rapportaient rien hormis des soucis ? Qu'est-ce qu'une fille excepté cela ? Des tracas, des manigances pour lui trouver un bon parti ; des retours incongrus à chaque nouvel été ; des dépenses indécentes pour elle, pire encore, pour sa progéniture qu'il avait en horreur. Non, décidément, une fille était la pire des choses qu'un père puisse avoir. Elle n'était rien dans cette société gouvernée par des hommes, incapable d'assurer leur subsistance, de s'instruire et d'avoir une pensée intelligente et subtile.

Et le pire de tout, ses filles ne lui étaient reconnaissantes en rien de tous les bonheurs qu'il leur avait offerts gracieusement.

Voilà à quoi pensait le faussement respecté Germain Bourgeois, le visage caché derrière le dernier journal parisien qu'il avait reçu l'après-midi même. Il observait la moindre bouchée que Louise engouffrait dans sa minuscule bouche tandis qu'elle jouait aux cartes avec sa tante Ninon De Koch, la jeune Nicole De Nerval, fille d'une cousine éloignée et Viviane Leroy l'épouse du fils de la sœur ainée de Monsieur Bourgeois.

Sur la méridienne était à moitié allongé son neveu, Albert Leroy, homme qu'il jugeait des plus stupides tant il se faisait mener par le bout du nez par sa mégère de femme que Germain rêvait de guillotiner, puis tel un trophée, emporter la tête et l'exposer sur la place des pics. C'était une pensée réjouissante pour une soirée qui lui avait coûté des plus chers et qui l'avait fâché pour les dix jours à venir. Décidément, la fin du printemps 1901 restera dans sa mémoire d'homme peu enclin à faire le bien.

Marie entra sans faire de bruit et s'assit au clavecin, sous l'œil peu réjoui de son père qui voyait en l'apprentissage de cet instrument un passe-temps tortueux pour ses pauvres tympans.

La benjamine commença ses gammes sous l'œil circonspect de ses voisins de salon. À la première fausse note, tous se crispèrent sur leurs sièges. Heureusement, Marie avait fait des progrès depuis qu'elle avait pris ses premières leçons l'hiver dernier. Il devenait presque plaisant de l'écouter. Et le mot -presque- n'était pas de trop.

Cela ne semblait pas gêner le sommeil de Monsieur Albert Leroy qui se réjouissait d'un rêve agréable. Son visage affichait le plus épanouissant des sourires, oubliant que sa posture était peu appropriée à un gentilhomme.

Viviane jetait parfois un regard contrarié à son époux. Heureusement, elle était dans la famille de son mari et non dans la sienne. Elle n'aurait pas à expliquer une attitude aussi inconvenante pour un homme de son rang. Nicole De Nerval en profitait pour tricher à chaque fois que Viviane détournait le regard de la table de jeu pour estampiller son mari d'un regard pugnace. Ninon de Koch et Louise Delattre avaient remarqué les tricheries de la petite Nicole, néanmoins elles avaient pris le parti de ne pas s'en offusquer et de rire de voir combien la jeune demoiselle croyait berner tout le monde par son habileté à tricher aussi visiblement.

Non, décidément, Nicole De Nerval n'était pas encore une trompeuse dans l'âme. Ninon de Koch se demandait s'il ne fallait pas prendre son éducation en main dès cet été. Nicole était entrée dans sa quatorzième année, et comme toutes les jeunes filles, on lui apprenait à bien se tenir en société et à être des plus dociles aux désirs des hommes. L'été promettait d'être riche en rebondissements pensait Ninon à l'instant où Madame Leroy s'aperçut des tricheries de la jeune De Nerval.

Viviane se leva en hurlant :
« Cessez de tricher, Nicole ! Vous me rendez chèvre ! »

Nicole, Louise et Ninon se regardèrent en riant. Puis Nicole imita le bêlement d'une chèvre sous le regard offusqué de Viviane qui, en colère, rejoignit son mari.

« Albert, voyez comme elles me malmènent ! »

Albert continua de sourire béatement dans sa somnolence. Viviane lui tapota l'épaule.

« Vous dormez, au mépris des règles de la bienséance ! reprit-elle en le secouant.

- Oui, ma douce, murmura-t-il d'un air comblé.

- Albert ! hurla-t-elle à son oreille. »

Albert Leroy se leva apeuré en se dressant devant elle, tel un soldat pris en faute, vestige d'un passé militaire qui lui avait appris à apprécier la vie.

« Quoi ! Qu'est-ce qui se passe !? dit-il l'air penaud avant de s'éveiller à la réalité d'un salon agréable de ce début du vingtième siècle.

- Vous dormiez, Monsieur, tandis que je me faisais malmener par vos cousines. »

Albert regarda Ninon, Louise et Nicole, qui lui firent un sympathique et chaleureux salut de la main pour bien le railler. Cependant, Viviane n'avait pas oublié que son époux avait parlé d'une autre dans son sommeil.

« Qui appeliez-vous, ma douce ? demanda Madame Leroy si menaçante que cela fit prendre à Albert un air déconfit, puis elle reprit sur un ton tout aussi intransigeant : vous parliez en dormant à une personne que vous appeliez, ma douce. »

Albert, pris en faute, jeta un bref regard à Ninon qui lui rendît un sourire plein de sympathie. Puis, elle se leva et s'assit sur un fauteuil pour se soustraire à la situation embarrassante que Viviane faisait vivre à un époux des plus gentillets. Pour une fois qu'un homme était accommodant et généreux, il fallut qu'il choisisse une femme opiniâtre, pensa Ninon.

Germain Bourgeois pestait derrière son journal. Nicole et Louise reprirent la partie de cartes ne trouvant plus la situation amusante.

« Je devais rêver de vous, Madame, reprit Albert avec cynisme.

- Jamais vous ne m'avez appelée ainsi.

- Peut-être devrais-je y remédier, ma douce », reprit-il avec une pointe d'ironie.

Le ton taquin de son époux déplaisait à Viviane, mais elle décida d'en rester là, puisque l'endroit n'était nullement approprié à une dispute conjugale. Elle s'assit sur le banc aux côtés de Marie qui s'était remise au clavecin dès qu'elle avait vu Viviane venir à sa rencontre.

« Marie, pouvez-vous m'apprendre un morceau ? J'ai toujours rêvé d'être de ces virtuoses que vous aimez tant.

- Soit, très chère cousine, toutefois l'heure tardive n'est point propice à l'apprentissage. De plus, je doute d'être le professeur idéal pour un tel enseignement. Je ne suis nullement constante, Viviane.

- Vous refusez, alors que je vous demande cela avec la plus grande des gentillesses ?
- Non, je ne vous refuse rien, cousine. Asseyez-vous et familiarisez-vous avec les touches de ce clavecin. Demain, je vous promets de vous donner un cours. Cependant, je vous demande d'être indulgente avec moi.
- Cela dépendra de la qualité de votre enseignement », reprit-elle avec fermeté.
Marie resta sans voix, tant l'insolence déplacée de Viviane la choquait au plus haut point. Elle rejoignit Albert qui n'avait rien perdu de la scène. Ils eurent un sourire de connivence avant que Marie ne s'asseye à ses côtés. Albert posa son cigare pour ne point l'incommoder.
« Comme vous êtes courageux, cousin. »
Albert Leroy jeta un regard sur son épouse avant de répondre avec l'esprit taquin d'un homme qui avait prit le parti de rire de sa disgrâce.
« Avant de prendre époux, Marie, engagez un détective qui saura statuer sur le caractère de votre promis. Le caractère, bien entendu, que ce dernier n'ose vous dévoiler lors de vos brèves entrevues, de peur que vous refusiez le mariage.
- Quel précieux conseil ! Je tâcherai de m'en souvenir le moment venu, dit-elle avec le sourire. Vous prenez cela avec ironie, Albert. Vous êtes, de mes cousins, mon favori pour cela.
- L'ironie est ma plus fidèle compagne. Elle me permet de tenir face à une telle dame. Et d'avoir l'espoir de lui survivre.
- Alors, vous vous remarierez avec une gentille demoiselle ?
- Grand dieu, non ! Que Dieu me préserve d'un autre mariage infructueux. »

Ils rirent en cœur ne prêtant aucune attention à Viviane qui se levait pour se précipiter sur eux furieusement.

« À qui s'adressent ces rires moqueurs ?

- À vous, ma douce épouse, renchérit-il d'un air caustique.

- Plait-il ! Comment osez-vous me railler de la sorte !?

- Je vous lançais une boutade, Madame. Loin de moi l'idée de vous railler. Vous êtes la perfection personnifiée, dit-il en lui baisant la main avant de renchérir avec charme. Je ne connais rien au clavecin, ma douce Madame Leroy, cependant il me tarde de vous entendre charmer nos oreilles de profanes. »

Viviane le regarda, dubitative.

« Et moi donc », reprit Marie se gardant d'en rire.

Nicole, n'ayant nullement compris que ces deux-là se moquaient gentiment de Viviane Leroy, se leva de sa chaise en la renversant et se précipita sur eux.

« Non ! Elle va nous gâcher nos soirées. Autant apprendre à un âne à parler le français !

- Petite peste ! Voyez, Albert, comme elle me rudoie ! »

Nicole, après lui avoir fait un pied de nez, regagna sa place, fort satisfaite de son intervention.

Rudoyer n'est-il pas un terme un peu fort ? renchérit Albert, paré de son plus large sourire.

- Comment osez-vous !? »

Germain Bourgeois, ne pouvant plus lire son journal, se leva brusquement et le chiffonna rageusement avant de le jeter au feu.

« Ne peut-on lire son journal dans le silence le plus total dans ce manoir !?

- Mais, mon oncle, on me malmène !

- Je déplore que vous ne le soyez point davantage, compte tenu de votre caractère exécrable. »

Viviane, l'air suppliant, regarda son mari qui détourna le regard en sifflotant. Comprenant qu'elle n'aurait le soutien de personne, elle sortit en trombe.

« Bon débarras, s'exclama Nicole avant d'abattre une carte toute joyeuse. J'ai gagné, Louise ! »

Albert reprit son cigare et se leva tandis que Germain, constatant que son journal était dans un état de combustion avancé, s'assit rageusement pour se bourrer une pipe.

« Je vous souhaite bien le bonsoir.
- Vous nous quittez déjà, très cher cousin ? s'enquit Louise.
- Il est de mon devoir de border mon épouse.
- Attendez, Albert. J'ai peur la nuit toute seule dans les corridors. Pouvez-vous m'accompagner à mes appartements ? dit Nicole en se précipitant dans ses bras.
- Je vous escorterai, jeune fille, dussé-je y laisser ma vie.
- Bonne nuit, Monsieur Bourgeois ! Bonne nuit, chère Ninon ! Bonne nuit, Marie. Bonne nuit Louise !
- Je vous accompagne, puisque demain le déjeuner en plein air nécessite que nous nous reposions. Doux rêves à toute ma famille », dit Louise en s'accrochant au bras viril de son cousin.

Ils sortirent, salués par Ninon, Marie et Germain.

Ce dernier prit une grande bouffée de ce tabac des plus exquis avant de parler avec sarcasme.

« Comme je plains cet homme. De mon temps, on matait son épouse au premier jour des noces. Jamais votre mère, ma fille, ne se serait permise d'élever le ton de la sorte. Les femmes d'antan savaient où était leur place. Elles servaient leurs époux sans sourciller. Leur bonheur était là.

- Dans la servitude de l'homme, père ? renchérit Marie sur un ton sarcastique.
- Votre mère en était fort heureuse. Jamais elle ne s'est plainte, ni de ma rudesse, ni de mes caresses. Permettre à la femme de s'ouvrir à la politique, à la critique, à la culture et de s'adonner à des conversations pleines de sagesse, la condamnerait irrémédiablement à l'enfer. »

Ninon et Marie se regardèrent le sourire aux lèvres avant de s'asseoir sur le sofa le plus éloigné de Monsieur Bourgeois.

« Vous en souriez, ma tante, et pourtant vous êtes de celles qui ont le plus souffert de ces principes archaïques.
- Vous apprendrez que l'apanage des femmes est l'ironie. Elle nous permet de nous soustraire à ce monde d'hommes, sans cœur ni empathie pour notre sexe, que ces messieurs aiment à appeler -faible-. Toutefois, ma chère nièce, ne doutez point que nous soyons le plus fort des deux. Mais ne vous en vantez jamais à leurs faces orgueilleuses, car ils pourraient bien en prendre ombrage. Mieux vaut leur laisser croire qu'ils nous sont supérieurs et en rire à leurs dépens. »

L'intendante annonça l'arrivée de Monsieur André Dupré et de Marianne Bourbon qui entrèrent prestement en saluant les occupants du salon.

Marie adressa un sourire courtois à son cher ami André que ce dernier lui rendit chaleureusement. Puis, il posa le regard sur Ninon De Koch qui le fixait en dissimulant son émoi. Cependant André Dupré n'était pas dupe, il savait qu'elle attendait son arrivée depuis sa venue à l'Isle-Adam.

Germain se leva fort heureux de l'arrivée de son jeune ami, même si cela signifiait plus de bouches à nourrir. C'était le prix à payer pour ne pas se retrouver seul avec la frivolité des conversations féminines. En attendant, il devait faire bonne figure et accueillir l'aîné de ses filles comme il se devait.

« Oh, ma chère fille. Enfin là. Je commençais à m'inquiéter. Il n'est pas bon pour une dame de circuler aussi tardivement.

- Pardonnez-moi, père, de vous avoir inquiété. Et je vous remercie de m'avoir permis de venir.

- Oui. Votre lettre me pressait de vous envoyer quelqu'un vous chercher au plus vite. Heureusement que notre ami était tout disposé à vous conduire à l'Isle-Adam. Merci, mon cher André.

- C'est tout naturel, mon ami. Cela m'a fait venir avec une semaine d'avance, toutefois mes affaires à Paris étant soldées, je n'avais aucune raison d'y demeurer. C'est avec un très grand plaisir que je me joins à vos vacances de fin de printemps dans cette si belle demeure.

- Père, Madame et Monsieur De Nerval m'ont expressément demandé de vous remettre cette missive en main propre.

- Je ne sais si mes mains sont assez propres pour oser la prendre, ma chère Marianne.

- Père, comme vous êtes d'humeur taquine ce soir !

- Allez, donnez-la moi. Toutefois, n'oubliez pas demain de m'expliquer pourquoi il vous tardait tant de venir nous rejoindre, alors que d'ordinaire vous préférez passer votre été à Dieppe et qu'il me faut presque vous supplier de me donner un peu de votre temps. »

Il retourna s'asseoir sur le divan pour savourer la missive des De Nerval. Ninon et André se jaugèrent avec prudence. Tandis que Marianne enserra sa petite sœur dans ses bras.

« Comme je suis heureuse de vous voir, ma chère Marianne.
- Pas autant que moi. Vous ne quittez jamais le Vexin français et dédaignez Paris.
- Les frivolités de Paris me font horreur »
Marianne murmura à l'oreille de Marie.
« Il me faut vous parler sans tarder.
- Votre mine angoissée m'inquiète grandement. »
Germain se leva, brusquement, tout déconfit.
« Grand dieu ! Le scélérat ! »
Ninon, Marianne et Marie s'approchèrent, très inquiètes, tandis qu'André ne semblait pas surpris de la réaction de son ami. Il savait que cette missive comportait une nouvelle qui chambroulerait le petit monde bourgeois de Paris quand elle serait divulguée.
« Que se passe-t-il, père !? S'écria Marianne apeurée. »
Germain regarda les trois femmes à la mine soucieuse. Puis il leur sourit faussement, préférant taire ce qu'il venait d'apprendre avant que ces femmes ne colportent l'information à toute la contrée.
« Rien d'inconvenant, rassurez-vous.
- Pourtant, mon frère, vous semblez avoir lu une très mauvaise nouvelle. »
Germain se sentit pris au piège et chercha une solution pour se soustraire aux questions embarrassantes de ces mégères.
« Non !... Enfin... Nos cousins, les De Nerval, voudraient que je leur prête quelques sous dans le but de les dépenser indécemment au casino de Trouville.
- Les De Nerval ? Pourtant, ils sont à Paris, père. Ils m'ont remis cette lettre pas plus tard qu'hier.
- Oui, mais ils comptent s'y rendre très prochainement.

- Qui est le scélérat ? demanda Ninon sur un ton désinvolte avant de reprendre : Tout à l'heure, vous vous êtes exclamé, le scélérat ! »

Germain n'aimait pas être acculé. Il prit sa veste et sa pipe.

« Bon, cessez de me harceler, dit-il, écœuré, en regardant la lettre qu'il brandissait sans même s'en rendre compte. Vous connaissez ma radinerie. Une telle nouvelle est incongrue, alors je dis des choses incongrues. Pas un sou ne leur sera donné, foi de gentilhomme. »

Il sortit, sous les regards étonnés de Marie, Marianne, et Ninon. André se servit un verre.

« Ne vous inquiétez point, nous saurons bien assez tôt ce que renferme cette missive. Croyez-moi, les disgrâces circulent plus vite que l'étincelle d'une trainée de poudre. Puis-je vous servir un rafraîchissement ? Chère Ninon, Mam'zelle Bourgeois, très chère Marianne. »

Dans le jardin, Albert Leroy humait la fraicheur de l'air de cette fin de printemps qui laissait présager un été chaud et sec. Il lui tardait de reprendre la route de la côte normande pour plonger dans les vagues d'une mer rafraîchissante.

Albert flânait depuis plus d'une heure et n'avait nul empressement à regagner ses appartements. Il différait l'heure fatidique en fumant son cigare que Viviane ne voulait plus voir dans la chambre. Cela l'arrangeait et lui donnait une occasion de s'échapper du lit conjugal.

Il regarda la fenêtre donnant sur ses appartements et observa la silhouette de sa femme qui parcourait de long en large leur chambre à coucher.

Après un bref instant de doute, Albert reprit son air cynique pour se soustraire aux pensées mélancoliques qui le submergeaient. Il s'engagea sans grande hâte sur le chemin bordé de pierres qui le ramenait à cette vie austère.

Il repartait vers cette existence qu'il avait amèrement choisie jadis.

Chapitre II

Le commencement des enchevêtrements

Au *Domaine fleuri*, le déjeuner en plein air se déroulait dans la joie et l'excitation. Des dizaines de convives avaient répondu à l'invitation de Louise Delattre qui fêtait ainsi son départ pour la Normandie. Les mets étaient en abondance et les gens ravis.

Tous les plus riches voisins avaient été conviés à partager ce moment festif qui annonçait l'arrivée de l'été.

Les éclats de rire, la bonne humeur et les jeux en plein air donnaient au domaine de Monsieur Bourgeois un charme sans pareil. Seule Marianne semblait s'ennuyer fermement. Elle, qui d'ordinaire se parait de faux airs de bonheur, se laissait aller au malheur à la face de tous.

En effet, Marianne s'était affublée de son air le plus tragique, ce qui n'avait échappé à personne. Ce pourquoi tous la fuyaient. Même Marie, qui avait de l'empathie à revendre, préférait s'en éloigner pour profiter au mieux de ce jour merveilleux.

À la minute où Louise s'était assise sur une couverture pour se reposer d'une course d'obstacles des plus rudes, Marianne vint la rejoindre. Puis resta à la contempler ne trouvant aucun motif de discussion qui la conduirait à lui parler sans tabou de ce qui la tracassait.

Si Louise avait bien une qualité, c'était la franchise. Elle n'aimait pas les faux semblants et les simagrées des dames frivoles. Tout en observant les jeux de ses proches et voisins, elle entama la discussion sans tact.

« Allez-vous abandonner cet air désœuvré un jour ? Il me poursuit depuis que je suis arrivée en métropole. Cela devient épuisant.

- J'aime beaucoup vos enfants, ma sœur. Ils sont adorables, dit-elle ne trouvant pas d'autre parade à son embarras.

- Grand Dieu ! Ne détournez pas la conversation alors qu'il vous tarde depuis que j'ai foulé le sol parisien de me confier vos désagréments. Bien que je me doute que votre mine désabusée vous vient de votre époux. Allez, parlez pour que votre cœur s'apaise de ses maux. »

Louise lui prit la main, sans détacher son regard des amusements de ses amis.

« Votre époux vous est-il plaisant ? dit Marianne craintivement.

- Peut-on trouver plaisante la compagnie d'un homme sans envergure ? La gaucherie de mon mari est effrayante, ma chère Marianne. Cependant il est souvent absent, ainsi je puis jouir de l'intimité d'un homme qui me plaît quand bon me semble.

- Vous plaisantez !? Vous êtes mère, Louise, et une mère doit avoir une conduite exemplaire. »

En souriant malicieusement, Louise regarda ses jumeaux et sa fille Éloïse occupés à jouer avec leurs cousines Élisabeth, Agnès et Nicole.

« Diable, je ne saurai jamais s'ils sont ses enfants. Je suis toute confuse, s'exclama Louise avec malice pour se moquer de la prude Marianne.

- Ma sœur, on ne rit pas de ces choses-là. Louise, vous êtes pire qu'une fille de joie. »

Louise lui fit face sans le moindre ombrage pour ce que sa sœur aînée venait de lui assener. Elle lui adressa un sourire des plus taquins.

« Vous vouliez une réponse franche, vous l'avez. Que vouliez-vous que je vous dise ? Que vouliez-vous que je fasse ? Que je m'accommode comme vous d'un mari volage ? Je fais fi des convenances. Pourquoi serions-nous de pauvres femmes et non des femmes qui prennent ces hommes pour ce qu'ils sont ; des êtres mesquins et sans grand intérêt. Hormis le plaisir que certains de ces beaux hommes pourraient nous apporter.

- Mais tout de même, Louise. Vos enfants ne sauront jamais avec exactitude qui est leur père.

- Celui qui vit dans l'ignorance est bien plus heureux que nous, Marianne. Et puis, peut-être qu'ils sont de lui. Après tout, il m'arrive d'avoir des moments intimes avec mon époux, même si les femmes basanées lui siéent mieux que nous autres pauvres femmes blafardes. Le mariage n'est qu'un simulacre pour quatre-vingt-dix-neuf pour cent de nos concitoyens de la bourgeoisie. »

Marianne baissa la tête, tout incommodée par ce langage sans retenue. Il n'était pas commun de parler si librement pour une femme. Tout semblait possible en ces temps prospères et cléments. Le début d'un siècle prometteur sur le plan industriel, médical et tout autre domaine que l'homme se glorifiait à développer. Mais les tabous étaient légion et les femmes constituaient encore une marchandise que ces hommes monnayaient sans vergogne. Louise sentit que Marianne n'était pas encore prête à s'affranchir de ses chaines. Elle la serra dans ses bras avant de lui prodiguer un dernier conseil.

« Faites ce qui vous convient le mieux pour vivre avec bonheur. Je vous ai quittée il y a presque cinq ans quand vous étiez heureuse et radieuse. Vous étiez la plus jolie jeune fille que tous les hommes convoitaient. Il faut que cette Marianne revienne à la vie. Apprenez à vivre pour vous et non pour votre époux. »

Elle l'embrassa affectueusement sur la joue, puis elle se leva et courut vers le ballon qu'on venait d'engager sur le terrain.

Les rires vinrent pénétrer les tympans de la jeune Marianne. Un curieux écho au bonheur qui était sien jadis. Elle se demandait si elle pourrait être comme sa sœur et retrouver la joie de vivre qui la caractérisait.

André Dupré et Marie Bourgeois entrèrent dans le petit salon tout exténués des jeux auxquels ils avaient participé. André s'allongea sur le sofa tandis que Marie s'assit sur l'accoudoir. Ainsi, ils pouvaient profiter de la fraicheur de cette pièce confortable.

« André, vous n'êtes qu'un rustre, prétentieux, libertin et débonnaire.

- Quelle insulte me faites-vous là ? Moi, débonnaire ? Jamais ! Faire le bien n'est pas de mon ressort, que Dieu m'en préserve. Toutefois, si vous désirez me faire le moindre bien, j'ai un endroit très stratégique qui me démange. Vous pouvez m'être d'une grande aide. »

Il lui sourit chaleureusement en apposant sa main sur son bas ventre. Elle se leva de l'accoudoir.

« Non, les attributs masculins me font horreur ! Grattez-vous vous-même.

- Diable, inconvenante et dépravée, Marie ! dit-il avec un plaisir manifeste avant de reprendre avec autant de causticité. En auriez-vous tâté ? »

Marie prit une mine grossièrement outrancière, mais n'eut pas le temps de lui assener une réplique cinglante, car Nicole De Nerval entra en courant.

« Pourquoi avez-vous quitté la fête !? Cela fait bien une heure que je vous cherche ! »

Marie fit mine de bailler.

« Je m'étais assoupie, tendre Nicole. J'ai rêvé de l'ignoble Monsieur Chastagnier. J'en suis toute déconfite. »

Marie adressa un sourire coquin à André Dupré, mais Nicole n'avait pas encore remarqué ce monsieur. La jeune fille la fixa très étonnée.

« Que vous vaut un tel sourire, si rêver de Monsieur Chastagnier vous est fort désagréable ?

- Ce monsieur m'est odieux ; cependant, dans mes rêves, il est de ces hommes vigoureux et dénués de peur. Vous ai-je parlé de ses bras virils m'enserrant la taille ? »

Elle l'agrippa fermement mimant un homme bien bâti.

« Non ! Tout en la repoussant. Et mon désir n'est point de vous entendre en faire l'éloge. Vous devriez cesser de railler les hommes de notre entourage et prendre parti avant que vos charmes ne se ternissent et que vous n'alliez supplier qu'un mari s'offre à vous à force de vieillerie.

- Je m'en ris, puisque je suis riche comme... Cet homme là... Vous savez, cette mythologie complètement absurde, rétorqua Marie sur un ton taquin.

- Crésus !

- Oui, ce Crésus, je suis aussi fortunée que lui... Mais en fait, qui est-il ce Crésus ? dit-elle avec dérision.

- Vous avez toute une bibliothèque parée des livres les plus merveilleux pour vous instruire, ma chère Marie. Courrez-y pour en tirer quelques avantages auprès de la gent masculine.

- Vous pensez que c'est l'intelligence qui fera trouver mari à une demoiselle ?

- Oui !

- Vous vous méprenez grandement. La bourgeoisie ne tolère que la beauté, après la fortune bien entendu. Vos charmes, et seulement vos charmes vous feront prendre un paon pour époux, dit Marie en lui déboutonnant le haut de sa robe avant de poursuivre le visage paré de son plus beau sourire. Vos seins sont bien trop camouflés. À moins que vous n'en ayez pas encore pour les mettre en valeur. Montrez-moi cela, finit-elle par dire en riant. »

Nicole resta, un instant, bouche bée avant de la repousser pour se reboutonner.

« Ne faites point la prude, je suis votre égale. Quoique votre bustier ne puisse me faire de l'ombre. Bref, faites confiance à votre meilleure amie pour vous trouver un bon mari qui n'ait pas le code Napoléonien pour livre de chevet. Un des livres que je me suis empressée de lire pour connaître mes droits de femme. L'avez-vous parcouru ?

- Oui ! Mon père m'a expressément demandé d'apprendre le passage des tâches qui incombent à la femme et d'apprendre ce texte subtil et empli de sagacité de Monsieur Proudhon. »

Tout en mettant sa main sur son cœur, elle poursuivit toute guillerette et fière de ses propos :

« *L'humanité ne doit aux femmes aucune idée morale, politique, philosophique. L'homme invente, perfectionne, travaille, produit et nourrit la femme. Celle-ci n'a même pas inventé son fuseau et sa quenouille* ».

Monsieur Dupré toussa fortement pour marquer sa présence. La jeune Nicole sursauta.

« Que faites-vous là !? reprit Nicole rougissante. Avez-vous entendu notre conversation ? Pourquoi ne vous êtes-vous pas manifesté ? Quel embarras !

- Mon bonheur est de vous surprendre. Et si je ne m'étais pas tu, je n'aurais pu vous entendre parler si librement et avec autant de grâce. »

Dupré saisit la main de Nicole pour y déposer un baiser. Nicole, flattée, baissa la tête tout intimidée par les charmes du bel André.

« Êtes-vous arrivé depuis peu, mon cher Monsieur Dupré ? Je ne vous ai pas aperçu dans le jardin.

- Oui, je suis arrivé hier soir. J'ai laissé l'effervescence de Paris pour me joindre à votre vie campagnarde. Monsieur Bourgeois, chère Mademoiselle De Nerval, m'a expressément supplié de venir le seconder, tant il craignait de passer l'été entouré de jeunes femmes, et là je le paraphrase, aux bavardages frivoles. D'ailleurs, cette matinée je l'ai passée à profiter d'une promenade dans les bois avec notre chère Marie qui est loin d'avoir des conversations d'une médiocrité affligeante. Quoiqu'elle soit, parfois, dans la limite de l'inconvenance. »

Marie lui écrasa le pied en passant devant lui.

« Vous étiez à Paris, Monsieur Dupré !? Comme il me tarde d'y revenir, renchérit Nicole tout émoustillée.

- Je vous convierais volontiers dans mon humble demeure, chère demoiselle, si cela n'était point condamnable. »

Il lui baisa la main en lui lançant un regard langoureux. Marie lui arracha la main de Nicole en le réprimandant du regard.

« Effectivement, une jeune fille ne peut-être que condamnée si elle demeure dans la maison d'un homme, et encore plus s'il s'agit d'un homme précédé d'une réputation des plus inconvenantes. De plus, elle n'est qu'une enfant. »

Nicole la repoussa en toisant Marie. Puis, elle se blottit dans les bras de Monsieur Dupré.

« Non ! Pas du tout ! Je suis une jeune femme maintenant. »

Marie l'attrapa fermement en la défaisant des bras d'André, très amusé par la situation cocasse dont il était le centre des convoitises.

« Chère Nicole, allons rejoindre mes hôtes dans le jardin. »

Ninon de Koch entra sereinement.

« Alors, c'est donc là que vous vous cachez ! Qui y a-t-il de si intéressant ici pour que vous me délaissiez à notre dînette ?

- Peu de chose, ma tante. Le soleil me donnait des sueurs, je suis donc venue prendre l'ombre. »

Nicole s'accrocha au bras de Ninon et lui fit part avec emphase de son bonheur d'avoir rencontré Monsieur Dupré.

« Il arrive de Paris, Ninon ! N'est-ce pas extraordinaire ? Il habite à deux pas de ma demeure et je ne l'y ai jamais rencontré. Si je ne le visais pas en ce lieu à chaque début d'été, je n'aurais pu échanger deux mots avec ce charmant jeune homme. Ce Monsieur nous fera passer de bonnes soirées au coin du feu à nous conter les tribulations des nuits parisiennes, car hélas, mon père refuse que je fréquente les bals et les soirées de la capitale.

- Oui, Paris est une ville des plus passionnantes. Cependant, il est de votre devoir, Marie, que vous vous occupiez de vos hôtes.

- Oui, ma tante. Venez, Nicole. »

Elles sortirent prestement.

Ninon et André se regardèrent avec malice. Puis Ninon se détourna en le toisant. André aimait s'amuser des jeux tacites de la belle Ninon de Koch.

« Vos affaires n'étaient point clôturées, dit-elle l'air désinvolte.

- Il me tardait de vous voir, reprit-il en la déshabillant du regard.

- Moi, il m'était commode de ne point vous avoir près de moi. Vous me lassez.

- Non, je n'y crois guère, dit-il après avoir ri. Vous voulez juste tourmenter mon cœur, Madame. Toutefois, n'ayant point de cœur, vous ne tourmentez que du vent. Vous êtes, de mes amantes, ma préférée. »

Elle s'assit.

« Non. Vous n'êtes pas là pour moi. Je ne suis qu'un prétexte pour que vous vous immisciez chez mon frère. Vous pourchassez mes nièces et leurs hôtes estivales pour vous glorifier de vos conquêtes. Nul n'est dupe et votre réputation vous précède.
- Vous vous méprenez, Ninon. Vos nièces ne me sont rien. Nicole est désespérément éprise de moi. Elle ne m'intéresse guère car vous savez que les conquêtes faciles m'indisposent. Élisabeth, la fille chérie de notre virtuose Viviane, n'est point encore pourvue de charmes féminins et vous savez combien les poitrines généreuses me stimulent. Sans compter qu'elle est un pur produit de la campagne, nourrie à la pomme de terre et ne vivant que pour combler, un jour prochain, un jeune puceau, ou bien un vieillard fortuné que sa mère lui aura servi. Louise nous quitte dès mardi et ne reviendra qu'au mois d'août. En ce qui concerne Marianne Bourbon, elle s'est fanée depuis qu'elle a pris pour époux un rustre qui la malmène. Quel triste minois que le sien.
- Et Marie ? »

André mit un genou à terre et laissa sa main parcourir le visage délicat de celle à qui il vouait un attachement sans équivalent. Puis, il s'adressa à elle avec beaucoup d'ironie.

« Oh, Marie ? Son esprit est bien mal tourné. Elle ferait fuir le plus valeureux prétendant à force de taquineries. Autant séduire une betterave. N'ayez crainte, vous ne perdrez pas votre amant avec de tels spécimens de femmes incultes et mal dégrossies. En vérité, votre frère me voulait près de lui. Je ne pouvais lui déplaire en refusant le privilège de vivre à l'Isle-Adam quelques semaines. »

André descendit sa main sur la poitrine généreuse de Ninon. Cette dernière resta impassible.

« Soit. Il me plairait pourtant que vous vous amusiez de mes nièces et de leurs amies. »

André se releva, surpris par une telle proposition.

« Diable ! Pourquoi ?

- Mon frère a jugé bon de m'informer, par une missive des plus hargneuses, qu'il voudrait que je m'abstienne de l'incommoder. Je ne suis pas de celles qu'il est séant de fréquenter. »

André lui adressa un sourire taquin.

« Parce que vous avez occis votre époux ?

- Vous savez bien que cette idée m'a traversée l'esprit maintes fois. Cet homme était un rustre. Je lui ai prêté plus de vingt ans de ma vie. Il est normal qu'il soit mort pour me permettre de vivre le peu de temps qui me reste de ma jeunesse dans l'opulence et les conquêtes amoureuses. Mon frère ne souffre pas que je vive en ville sans mâle pour me contrôler. Il me veut chaste. Germain m'a surveillée toute mon enfance et ce jusqu'à mon mariage avec un homme fortuné que lui-même a choisi. Et il faudrait, maintenant que je suis veuve, que je me plie à son bon vouloir ? Juste pour des on-dit de bas étage ?

- Le fait que vous ayez eu plusieurs amants en deux années de veuvage rend ses revendications des plus légitimes.

- Légitimes ? dit-elle en le rejoignant. Alors que lui cocufiait son épouse à la vue de tous ? Et qu'il n'hésite pas à se montrer avec des femmes de quarante ans plus jeunes que lui ! Les hommes sont sans vergogne. Rien qu'à l'idée de le croiser ici, j'en fais une crise d'urticaire.

- Comme je vous comprends, Madame, et comme je comprends ce qui vous vaut de vous être accoutrée d'une si sévère manière. Je vous préfère vêtue de décolletés raffinés que de vous voir portant une robe amèrement austère pour ne point déplaire à votre frère. C'est un péché de cacher de si nobles beautés. »

Il lui enserra la taille sans prêter attention à la porte grande ouverte. Comme s'il lui était plaisant de jouer avec le feu. Ninon ne dit mot, prête à se laisser prendre sur le sofa par ce jeune homme qu'elle affectionnait tant. André, devinant ses pensées, lui sourit avant de se détourner d'elle et de se servir un verre.

« Cependant, si votre frère vous ordonne de vous retrancher à l'Isle-Adam, vous ne pouvez y faire obstacle. Une femme, fut-elle mariée vertueusement, reste une femme qui pourrait entacher la réputation d'un honnête homme une fois délivrée des sacrés -démoniaques- liens du mariage. Et vous connaissez suffisamment Germain pour savoir que s'il vous soumet à un tel commandement, c'est qu'il a ses sources. Un de vos amants éconduits aura dû lui monnayer l'affaire. Il sait sûrement que je suis de vos plus fervents admirateurs. Je ne suis pas homme courageux, et ne souhaite nullement l'affronter. »

Elle rit à gorge déployée. André se détourna d'elle, non qu'il soit mécontent, mais pour l'attirer à lui.

« J'ai toujours su que vous n'aviez aucun cran face à un homme et que vous préfériez vous attaquer à une faible femme. Je vous rassure, il parle de vous avec éloge et n'attendait que votre venue. Je doute qu'il ait eu vent de vos escapades nocturnes dans ma couche. Vous cachez si bien votre profil frivole qu'il se laisse duper par vous. Et pourtant, il est de notoriété publique que votre légèreté dépasse les frontières françaises. »

Elle s'approcha de lui, souriante et malicieuse. Elle apposa sa joue sur son omoplate et l'enlaça de toutes ses forces en mettant ses mains sur la poitrine virile de ce bel homme. André prit sa main et la baisa tendrement. Ils restèrent ainsi pour goûter à cette proximité qu'ils aimaient tant.

« Mon frère souffrira mille morts en sachant ses filles corrompues. J'espère qu'après un tel déshonneur, il me laissera vivre librement. Alors, souscrivez-vous à mon plan ? »

André lui fit face, tout sourire.

« De déflorer votre nièce et ses proches ?... Par laquelle dois-je commencer ? Dans mes hauts faits de gloire, dois-je inclure la pubère ? Car hélas, Madame, je ne pourrais me fourvoyer de la sorte ; je ne saurais vous agréer sur ce point-ci.

- Et pourtant, Nicole vous vénère depuis toute petite. La tâche serait des plus faciles. Mais je me charge de Nicole, prenez les autres. »

Elle le regarda langoureusement avant de s'apprêter à sortir.

« Et l'affaire de la missive des De Nerval ?

- Quelle missive ? répondit-elle étonnée.

- Point de mesquinerie entre nous. Vous avez trompé tout le monde hier soir en feignant de ne pas être au courant du contenu de la missive que j'ai apportée. Mais je vous connais, Madame.

- Vous êtes donc au courant ?

- Le Tout-Paris l'est. Et ceux qui ne le savent point sont, soit atteints de cécité ou de surdité, ou bien n'ont cure des potins de bonnes femmes. »

Un sourire de connivence les engloba. Puis, Ninon se détourna de lui. André s'assit en l'interpelant avec désinvolture.

« Vous partez déjà, alors que notre conversation m'éveille au désir ?

- Je viendrai atténuer vos appétits à la tombée de la nuit. N'oubliez point de laisser votre porte non verrouillée.

- J'y veillerai, Madame.

- Non, tout compte fait, rejoignez-moi dans la salle d'eau.

- Bien, Madame. »

André Dupré s'allongea sur le sofa, fort satisfait de l'échange de mots, avec cette dame qu'il attendait depuis des mois. Il goutait déjà au plaisir qui en résulterait. Il aimait cette période propice à l'amour charnel et amical qu'il vouait à la magnifique Ninon de Koch, et comptait bien lui consacrer cet été-là.

Tandis qu'il se plongeait dans ses souvenirs, André entendait les rires, les jeux et les bonheurs qui auréolaient *le Domaine fleuri*. L'été était enfin là. Les villes bordant la mer allaient bientôt se parer de tout ce petit monde bourgeois, et Isle-Adam allait perdre beaucoup de sa communauté. Ce qui n'était pas pour déplaire aux domestiques moins sollicités à la belle saison. Certains d'entre eux suivraient leurs maîtres dans leurs déplacements estivaux, d'autres seraient assignés au grand nettoyage d'été du *Domaine fleuri* et de la villa parisienne.

Nicole avait entrainé Marie dans un jeu de course d'obstacles à travers le domaine qui s'était soldé par la chute du jeune Paulin Leroy. Il n'avait que neuf ans et n'avait pas encore mué. Ses cris furent entendus à plus d'un kilomètre à la ronde. Le petit garçon avait été amené sous une des tentes où des mets avaient été exposés en attendant l'heure du déjeuner. Heureusement, le médecin du village était parmi les invités, ce qui fit qu'il fut soigné très vite. Il ne s'agissait en fait que d'une simple égratignure sur le tibia qui ne pouvait prêter à conséquence dramatique. Philibert, son frère, avait été houspillé pour l'avoir entraîné à grimper, alors que leur mère leur avait interdit de jouer les chimpanzés sur un des arbres de la propriété.

Viviane avait vu la chute impressionnante de son fils et avait hurlé quand ce dernier avait atteint le sol. Paulin, en entendant sa mère, eut si peur de se faire disputer qu'il avait pris l'initiative de crier bien plus fort qu'elle. Il s'était si bien pris au jeu qu'il avait vraiment fini par ressentir une forte douleur, alors qu'en réalité la blessure n'aurait pas valu un tel cirque.

Cela fit perdre à tous l'envie de jouer.

Élisabeth, sa sœur, s'était gaussée en voyant l'égratignure sur la jambe de son grand frère. Elle le traita de poltron, ce qui ne plut nullement au petit garçon qui après avoir été soigné et rassuré eût un peu honte d'avoir pleuré de la sorte au vu de tous. Cela lui avait évité une bonne punition, dévolue à son frère Philibert qui se faisait rabrouer par sa mère tenant dans ses bras la plus jeune des Leroy, Agnès. Cependant, il n'aimait pas que sa sœur cadette le nargue, juchée sur les genoux de son père. Car Paulin avait un caractère bien trempé, et ne souffrait pas de la voir si proche de son père. Il sentait qu'Élisabeth pouvait tout obtenir de lui ce qui avait tendance à l'agacer.

Albert Leroy ne montrait pourtant jamais qu'Élisabeth était sa préférée. Il était un bon père faisant toujours passer l'intérêt de ses enfants avant le sien. Il était fier de chacun d'eux. Les avoir à ses côtés lui donnait du bonheur, lui faisant oublier toutes ses afflictions. Chaque âge avait son lot de découvertes et chacun de ses enfants possédait un caractère bien défini.

Élisabeth était une petite fille de sept ans câline et taquine. Elle s'exprimait fort bien pour son âge. Elle avait plaisir à se jouer de Paulin qui prenait toujours tout au premier degré. Élisabeth commençait à lire et son plaisir était de récupérer le journal dès qu'il arrivait au petit matin et de se précipiter dans la chambre de son père pour lire les gros titres qu'elle déchiffrait de mieux en mieux. Puis, s'ensuivait toujours une partie de chatouilles que Viviane interrompait souvent, n'appréciant pas la complicité qui existait entre son époux et sa fille.

Agnès venait de fêter ses deux ans et avait pris plus de temps que les autres enfants Leroy à marcher. Viviane s'en était beaucoup inquiétée et avait fait venir le médecin aussi souvent que possible, prétextant que sa fille était peut-être atteinte d'une maladie rare. Le médecin trouvait l'enfant en bonne santé et n'avait pu s'exprimer sur son retard moteur et verbal. Viviane avait rabroué Albert, tant il ne s'inquiétait nullement de voir sa fille se déplacer à quatre pattes alors qu'elle avait déjà seize mois. Si Monsieur Leroy ne s'en alarmait pas, c'était parce qu'il avait compris que de ses enfants, Agnès était celle qui lui ressemblait le plus. Elle était aussi calme, réservée et sage qu'elle était paresseuse et timorée. À deux mois, elle était de ces nourrissons qui ne pleuraient jamais, préférant attendre sagement dans son berceau qu'on vienne lui donner à manger. Agnès regardait le plafond de la nurserie en imaginant un tas de choses la faisant bien rire. Elle ne pleurait que très rarement et toujours pour une bonne raison. Elle prenait le temps de vivre, d'observer et de développer un imaginaire qu'elle gardait au fond de son cœur.

Pourquoi se lever quand il suffisait de se mettre à quatre pattes pour aller à l'endroit voulu ? Pourquoi se jucher sur ses pieds quand cela lui occasionnait tant de frayeur ? Pourquoi parler quand il suffisait de sourire pour que tous fondent devant ce minois angélique ?

Albert se voyait en elle si prompt à prendre la vie simplement, sans se presser. La première fois qu'Agnès avait pris l'initiative de se lever en se tenant au sofa, puis, après mures réflexions, de marcher jusqu'à la méridienne lui faisant face, Viviane avait ameuté tous les gens de maison pour qu'ils contemplent le miracle survenu dans leur demeure. Albert et Agnès s'étaient adressés un sourire de connivence avant de rire aux éclats.

Le plus ironique, pensait Albert, c'était que Viviane portait Agnès dans ses bras à tout bout de champ depuis que l'enfant savait marcher, à peine deux mois avant leur arrivée au *Domaine fleuri*. Ce qui ne déplaisait nullement à la petite fille qui était toujours partisante du moindre effort. Quoique, Agnès commençait à comprendre les bienfaits de la parole et des avantages qui en résulteraient.

Philibert était un garçon de douze ans espiègle et habile pour son jeune âge, ayant décidé, deux ans auparavant, d'embrasser la carrière de Président. Il avait tellement réclamé à rencontrer le Président, Monsieur Loubet, que ce dernier lui avait été présenté l'année passée lors de l'inauguration de la salle Catherine de Médicis, au moment où la salle des cessions était récupérée par l'administration du Palais du Louvre.

Albert Leroy avait vu tant de bonheur dans les yeux de son fils aîné qu'il fut fort heureux d'avoir pu le satisfaire. Même s'il était persuadé que Philibert avait plus le caractère à œuvrer pour le bien commun, qu'à entrer en politique où les plus vils hommes sévissaient.

En revanche, il voyait bien Paulin se complaire dans une quelconque fonction politique puisqu'il était déjà des plus mielleux et sournois. Il savait manipuler son monde et jouer de diverses mimiques pour obtenir gain de cause. Il était très observateur et travaillait bien avec son précepteur qui ne faisait que des éloges de son jeune élève. De plus, Paulin avait un visage d'ange et l'utilisait à bon escient pour se faire apprécier de la gent féminine.

Albert trouvait amusant que son Paulin joue les Don Juan aussi jeune, sans se douter que Philibert avait commencé à charmer les filles depuis belle lurette. D'ailleurs, après le petit déjeuner, il avait si bien charmé la jeune De Nerval par des vers habilement choisis qu'il avait réussi à lui soutirer un baiser. Le jeune Leroy était fort heureux, car il n'avait jamais embrassé une jeune fille ayant deux ans de plus que lui. Sans compter qu'il s'en était si bien sorti qu'elle n'avait cessé de le poursuivre lors du jeu « des chats et des souris ». Nicole De Nerval avait même proposé à Marie de les faire travailler la scène du balcon de *Roméo et Juliette*. Marie avait accepté et proposé de les mettre en scène dans moins de trois soirs dans le grand salon pour divertir toute la famille.

Monsieur Bourgeois n'aimait pas beaucoup le théâtre, mais il accepta tant sa fille, son neveu et la fille de sa cousine avaient insisté. Après tout, ces trois-là s'enfermeraient pour répéter et ne le dérangeraient pas. Mieux valait cela que de les avoir dans les pattes, pensait Germain.

Les convives avaient pris place sous les grandes tentes déployées à l'occasion de cette partie de campagne et s'apprêtaient à partager un repas des plus succulents.
Les bourgeoises portaient toutes des chapeaux et des ombrelles qui les protégeaient du soleil car une dame du monde se devait d'être des plus blafardes pour ne point déplaire. Un teint hâlé vous expédiait dans la classe ouvrière ou, pire, dans celle des domestiques et autres fermières.
Monsieur Bourgeois insistait toujours pour que Marie porte un chapeau à défaut d'une ombrelle. Il ne supportait pas de voir sa benjamine exposer sa peau de jeune fille du monde à un soleil aussi brûlant. Il lui avait maintes fois fait le reproche pour son laisser-aller. Il n'était pas séant de se pavaner sans protection. Il lui fallait s'évertuer à se protéger pour ne pas déplaire à un homme du monde qui aurait la délicatesse de la demander en épousailles.

Au vu de ce que Monsieur Bourgeois avait lu dans la lettre de sa cousine, il n'y avait plus aucune importance à ce que Marie sorte découverte. Toutefois, les plus riches parisiens étaient dans son domaine, il lui fallait montrer que son autorité était appliquée et qu'il possédait les jeunes femmes les plus émérites de tout Paris.

Bien dommage qu'il ne puisse en dire autant de son benêt de fils qui lui avait fait l'affront de se désister, un jour aussi faste où ses invités étaient venus admirer toutes ses largesses.

Léandre n'était décidément pas le fils que tout père rêvait d'avoir.

Chapitre III

Le petit monde de Ninon et d'André

Ninon De Koch se détendait depuis peu dans la baignoire en fonte proche des appartements qu'elle occupait depuis l'enfance. Tant de choses ici lui rappelaient les bonheurs et les peines qu'elle avait pu ressentir quand elle était jeune femme. Cette pièce avait vu maintes joies et désillusions. Des rêves les plus intimes, aux retombées négatives de ceux-ci quand aux prémices de son mariage, elle avait compris combien elle avait été leurrée, bafouée, humiliée par un époux sans âme, sans scrupule et sans morale.

Oui, c'est ici qu'elle l'avait vu forniquer avec une des servantes de son frère Germain, que lui même avait dû prendre bien des fois dans cette baignoire. Si celle-ci avait pu parler, nul doute qu'elle aurait influencée le marquis de

Sade en personne dans ses écrits à la morale douteuse, que Ninon se plaisait à lire avec ceux qui l'avaient conquise.

La porte calfeutrée s'ouvrit lentement et se referma presque aussitôt. Elle devinait la silhouette à la musculature fine qui se dirigeait vers elle d'un pas léger et assuré. Cela la fit sourire discrètement, car elle était secrètement heureuse que le jeune Dupré l'ait rejointe à l'heure demandée.

André posa ses mains sur les épaules humides de Ninon De Koch qui tourna la tête pour baiser les doigts fins de celui qu'elle avait connu en bel éphèbe. André massa légèrement la nuque de celle qui lui avait tant donné. Ses manches bouffantes s'imprégnaient de l'humidité de sa peau blanche et soyeuse en retombant sur son dos ruisselant d'une eau chaude.

André se déplaça pour lui faire face en contemplant les parties du corps de la charmante Ninon qu'il pouvait apercevoir au travers de l'eau parsemée de la mousse du savon blanchâtre qui rendait sa peau si parfumée. Une peau qu'André trouvait plaisante à lécher. Son regard en disait long sur le désir charnel qui l'avait saisi en caressant son épiderme ; un désir qui grandissait tandis qu'il contemplait ce corps nu dans ce bain tendancieux. Il devinait l'envie de son amante qui la dissimulait derrière un sourire hautain. Toutefois il connaissait cette gente dame, de corps comme d'esprit. Il connaissait son désir de jouer avant de s'ouvrir à lui.

André détacha son nœud de cravate noué autour de son col sans détourner son regard d'elle, puis il enleva sa chemise et défit son pantalon tout en retirant ses chaussures.

Il resta un instant nu devant elle pour qu'elle puisse contempler sa verge s'éveiller au désir. Ninon n'eut aucune réaction pour bien lui faire comprendre qu'elle ne comptait pas le rejoindre. Elle aimait tant qu'André cède à son caprice de l'avoir à ses pieds. C'était sa façon à elle de prendre le pouvoir sur l'homme ; le seul instant où tout mâle était à sa merci, dépendant de son bon vouloir. Et elle savait qu'André se pliait toujours à ce jeu puisqu'il avait compris depuis fort longtemps qu'elle avait besoin de se sentir au-dessus de lui pour pallier à plus de deux décennies d'asservissement à un époux malsain. Tant de souillure laisse forcément des traces que Ninon avait transformées en jeu coquin pour cet amant soigneux et si désireux de faire son bonheur.

André enjamba la baignoire et s'allongea dos à elle sur sa poitrine généreuse. Il prit ses bras et s'entoura d'eux en posant les mains de Ninon sur son buste parsemé de poils, qui lui octroyaient un aspect de douce virilité. Ninon sentit ce torse à la musculature fine frissonner sous la caresse de ses doigts. Dieu qu'il était des plus parfaits, pensa Ninon en descendant sa main sur la traînée de poils qui allait du nombril à son phallus. Puis, elle le prit délicatement dans ses mains en contemplant le visage d'André, qui était reposé sur son épaule. Il soupira, les yeux clos, gorgé de plaisir, goutant à la tendre douceur de vivre qui l'étreignait.

Ninon observait son amant dormir profondément. C'était un moment qu'elle aimait à savourer puisqu'il était bien trop beau à ses yeux pour qu'elle n'en détache le regard un seul instant. À l'aurore, elle pouvait jouir de son apparence sans rougir d'être autant subjuguée par ce jeune homme. Sûrement qu'il l'aurait raillée s'il avait su combien il lui était plaisant de l'observer avec admiration alors que lui dormait du sommeil du Juste.

Il y avait bien une heure qu'elle avait ouvert les yeux. Elle avait vu la lumière du jour filtrer au travers des grandes tentures qu'elle n'avait pas totalement refermées dans l'espoir que le lever du soleil l'éveilla assez tôt pour permettre à André de regagner sa chambre avant que la maison ne s'éveille totalement. Elle soupçonnait que son frère la fasse surveiller par un de ses valets assujettis au même titre que lui au mal.

Cette opportunité de savourer ce moment privilégié, elle en gardait le secret dans les tréfonds de son âme, en préservant l'image de son André paisiblement endormi.

Une âme qui se refusait à aimer, et qui pourtant portait secrètement la passion en son sein pour cet homme. Un homme qu'elle avait connu imberbe et malheureux à l'aube de ses vingt ans.

***

André était né quinze ans après elle, dans un beau quartier de la capitale. Il avait été choyé par sa mère et son père qui n'avaient eu qu'un fils. Puis, son père était parti au ciel, le laissant pour seul héritier d'une fortune considérable que son grand-père avait acquise par le commerce du café. Le patriarche Vernier Dupré avait tracé la carrière de son unique petit-fils, désirant qu'il devienne quelqu'un d'important en étudiant le droit, les métiers de la finance ou la médecine. Malheureusement, André se découvrit une passion pour les troupes itinérantes qui se produisaient à Paris.

Un jour, comprenant que sa famille ne le laisserait jamais assouvir son penchant pour le métier de saltimbanque, il s'enfuit avec l'une de ces troupes qui partaient en tournée en France.

Durant trois années il sillonna les routes en divertissant les villages et les villes. Il apprit à aimer la dureté de cette vie nomade, mais surtout le bonheur d'être libre comme l'air. Il apprit à aimer les femmes qui se donnaient à lui sans rien demander en retour. Il apprit à aimer le partage du pain quotidien et les soirées arrosées, sans les contraintes de la bienséance qui auraient vues d'un mauvais œil les mœurs de ces gens du voyage.

Les notions d'équité et de partage étaient étrangères au jeune Dupré avant d'entrer dans la vie de ces nomades. Ils avaient peu, et pourtant possédaient plus de richesses que sa famille qui ne donnait rien et se gardait tout.

Un jour, cette vie lui fut arrachée brutalement. Il y avait si longtemps qu'il avait quitté les siens, qu'il croyait en être à jamais délié. Toutefois, c'était sans compter sur l'acharnement de sa famille à vouloir le ramener dans le droit chemin. Il fut enlevé de son foyer de cœur, une nuit hivernale, et ramené dans une demeure que Vernier Dupré avait louée à l'Isle-Adam.

On le roua de coups durant des jours ; le persuadant que ces voleurs de saltimbanques seraient tués s'il retournait auprès d'eux. Il savait que c'était vrai, puisqu'il avait vu ses tortionnaires abattre Évos, un comédien qu'il avait admiré quand il l'avait vu improviser sur les pavés parisiens. Il était devenu un grand ami, qui lui avait appris les ficelles du métier de comédien et le plaisir de se produire devant un public. Évos était tombé brutalement sans qu'il n'ait pu réagir face à ses agresseurs. Puis, les hommes rétribués par sa famille avaient brulé les caravanes et fait fuir les gens et le bétail. André avait été jeté dans une berline où se trouvait son grand-père. Après cela, il fut enfermé dans une chambre aux fenêtres obstruées par des planches solidement clouées pour qu'il ne puisse pas s'échapper. Il ne revit la lumière du jour qu'au printemps suivant, après que le docteur eût réussi à convaincre son grand-père de le laisser sortir de ce cachot improvisé tant le jeune homme était au plus mal à force d'enfermement.

Epuisé, mortifié, vidé de toute envie de fuir, André dériva dans le parc du manoir sous haute surveillance sans qu'aucun but ne l'anime. Il errait, l'âme torturée par le gâchis de sa vie et des souffrances qu'il avait engendrées en rejoignant ces gens du voyage. Il s'en voulait tant de n'avoir rien pu faire pour sauver son ami Évos. Il pleurait la misère qu'avait dû être la vie de ses amis contraints de survivre à un hiver mordant ; sans caravanes, sans animaux pour les nourrir ou les couvrir et sans matériel pour se produire et ainsi assurer leur subsistance.

Tous ces enfants avec qui il avait fait mille pitreries, toutes ces femmes qui pour certaines l'avaient fait homme, et tous ces hommes courageux qui lui avaient appris à protéger les siens, il les avait condamnés à la dureté d'un hiver glacial. André avait failli à toutes les valeurs inculquées durant plus de trois ans.

C'était tout cela qui le rendait amer et fermé à tout ce que sa famille ne pouvait pas comprendre. Son grand-père prônait une attitude rigoriste en parlant de façon monocorde durant des heures. Il ne pouvait comprendre l'ingratitude de ce petit-fils, puisqu'il pensait l'avoir sauvé d'une vie de bohême des plus impures.

Seule sa mère le regardait avec tristesse mais elle ne pouvait dire mot de peur d'être rabrouée à son tour. Elle avait terriblement vieilli. André s'en voulait aussi pour ça, de l'avoir fait tant souffrir par son absence et l'incertitude qu'elle nourrissait sur le devenir de son fils. Elle avait perdu le visage de sa jeunesse que la mort d'un époux aimant avait déjà bien altéré.

C'est ainsi que Ninon, venue durant la fin du printemps de l'an de grâce 1893, vit André assis sur les bords de l'Oise, avec toute l'apparence de la souffrance, sous la surveillance de deux hommes de main. Elle aima dès cet instant cet adonis qui avait sombré progressivement dans un mutisme macabre.

Ninon s'asseyait près de lui tous les jours et ainsi observait silencieusement les eaux du fleuve s'écouler paisiblement. Elle lui adressait un « bien le bonjour » chaleureux et plein d'entrain qu'André ne daignait pas relever. Il restait là, le regard perdu dans le lointain, recroquevillé sur lui-même. Chaque jour elle lui lisait des textes d'auteurs qu'elle affectionnait. Parfois même le journal du jour. Elle ne savait pas s'il l'écoutait, toutefois elle persistait dans l'espoir qu'un jour tout ce qu'elle avait fait trouverait sa récompense.

Un après-midi, Ninon abasourdie par un été bien trop ensoleillé, ôta ses chaussures et mit ses pieds dans l'eau, puis lui tint ce discours :

« Jeune homme, ne trouvez-vous point que l'eau est des plus délicieuses pour contrer ce soleil exacerbé ?...

Point de réponse, alors je vais vous ôter vos chaussures pour que vous puissiez goûter à cette eau limpide. Dussè-je me faire passer pour une dame entreprenante, car je ne doute point que vos sbires se feront une joie de colporter que je suis une gourgandine pour oser toucher les pieds d'un jeune homme si peu connu de ma famille. »

Sur ce, elle ôta les chaussures et les chaussettes du jeune Dupré, qui observa cela d'un œil intrigué par tant d'audace. Par ce toucher, elle avait réussi à le sortir de ses pensées perdues dans les limbes d'un esprit défait de toute réflexion. Ce contact physique l'avait éveillé. André n'en avait plus senti de si doux depuis des mois.

Malgré cela, il fallut encore plus d'un mois à Ninon pour entendre le son de sa voix.

Comme chaque jour à la même heure, elle venait le retrouver sur le bord du fleuve. Maintenant, il semblait montrer un intérêt à sa venue. Il défaisait lui-même ses chaussures pour tremper ses pieds, et accordait grand intérêt aux conversations de cette belle dame. Elle parlait des potins du village, de la vie de la paroisse, de son frère Germain et de ses filles, la benjamine Marie âgée de treize ans, la cadette Louise, l'aînée Marianne, et le fils héritier de son frère, Léandre âgé de dix-neuf ans. Elle lui confia qu'elle abhorrait la vie qu'elle avait aux côtés de son époux, et comment il avait fait de son fils de treize ans, Richard, le plus affreux des garnements à force de gâteries.

Un jour, André osa une question qu'il avait envie de lui poser depuis des semaines.

« Pourquoi avez-vous épousé Monsieur De Koch ? »

Si Ninon fut surprise d'entendre le son de sa voix, elle ne le montra pas en renchérissant immédiatement, fort heureuse d'avoir pu briser la barrière du silence.

« Je n'ai pas eu le choix. Mon frère voulait que j'épouse Hilaire pour que rejaillisse sur lui le prestige d'une telle union. La famille De Koch est une des plus riches de la région.

- Je ne suis donc pas le seul à ne point avoir le choix d'être ce que je désire.

- Me permettez-vous d'exprimer ma pensée sur ce sujet ? Il acquiesça d'un mouvement de tête avant qu'elle ne reprenne. Vous avez le choix bien plus que je ne l'aurai jamais. En tant qu'homme vous êtes libre. »

Il se mit à rire avant de renchérir avec un brin d'ironie.

« Vous ne devez donc rien savoir de moi pour affirmer une telle chimère dénuée de sens profond.

- Détrompez-vous, Monsieur Dupré, tout le monde dans le voisinage est au courant de votre fugue de plus de trois années.

- Alors comment pouvez-vous me dire que j'ai le choix d'être ce qui me sied le mieux ?

- Vous avez le choix d'un homme du monde, Monsieur Dupré. Le métier qui vous rapprochera le mieux de ceux que vous aimez, vous pouvez vous l'approprier. Faites-vous avocat pour défendre les droits de ces gens-là ou bien médecin pour les soigner ou que sais-je, trouvez le métier qui vous donnera matière à l'épanouissement. Montez un théâtre. Votre vie ne peut-être sur les routes à vous produire devant un public de villageois, mais elle peut-être dévolue, d'une autre façon, à la scène et au public. Il n'y a pas qu'un seul chemin qui mène au bonheur. »

Il resta muet un long moment, réfléchissant à ce qu'il venait d'entendre. Il commençait à entrevoir un espoir dans toute sa souffrance. Puis, l'image d'Évos gisant sur le sol lui revint en mémoire.

« Beaucoup de gens ont souffert et sont morts à cause de moi.

- Non, pas à cause de vous. Ils ont fait ce qu'ils désiraient faire, en étant pleinement conscients des dangers de vous prendre parmi eux. Ont-ils eu peur ? Ont-ils abandonné en sachant le péril qu'ils prenaient en vous protégeant ? Non, ils ont agi en leur âme et conscience, faisant fi des risques qu'ils encouraient. C'est cela que vous devez retenir d'eux ; ils prenaient la vie telle qu'elle est, et ils ont vécu leur vie avec passion. Honorez-les en continuant à vivre selon leurs principes, libre et sans astreinte. Un jour, votre grand-père mourra et vous serez seul à la tête d'une immense fortune.

- On dit que les gens vils vivent plus longtemps. La cruauté conserve bien plus que les plus vertueuses pensées.

- Soit, je vous l'accorde, mon cher Monsieur Dupré. J'en témoigne par mon époux et son âge des plus avancés. Toutefois, j'espère que notre seigneur écoutera mes prières et le fera succomber à une crise cardiaque au cours d'un de ses ébats éhontés. Votre grand-père étant bien plus vieux que mon monstrueux époux, je gage qu'il parte rejoindre Lucifer aux enfers dans moins de cinq années.

- Je fais le vœu qu'un accident de chasse ou un miraculeux empoisonnement emporte sa carcasse putride de pestilence, renchérit André sur un ton ironique avant de reprendre avec plus de causticité : Engageons un pari sur lequel des deux mourra en premier. Je gagerais que votre

époux sera six pieds sous terre avant mon vénérable ancêtre.
- Et bien moi j'atteste que c'est votre affreux grand-père qui ira brûler en enfer bien avant.
- Parions une coquette somme.
- Je préférerais parier un asservissement total à l'autre durant une année.
- C'est-à-dire ?
- Si je gagne, vous devrez vous plier à tous mes caprices durant nos entrevues.
- Et si je gagne ?
- Je serai toute à vous.
- Quel plaisant pari ma chère. »

Ils se serrèrent la main énergiquement en riant en cœur un long moment sous le regard surpris des deux hommes qui les surveillaient. Ils ne pouvaient rien entendre de la conversation étant bien trop éloignés.

Elle se leva, mit ses chaussures et s'éloigna en se sachant observée par ce jeune galant qui l'avait intriguée à la minute où elle avait entendu parler de lui. Cet homme qu'elle n'avait jamais remarqué à Paris quand il était plus jeune, puisqu'il ne signifiait rien hormis un de ces garnements qui serait un jour aussi arrogant et dénué de bonté d'âme que ces messieurs qui se congratulaient d'être les plus émérites de la race humaine, buvant leur vin raffiné à la table bien garnie de son époux.

Le lendemain Ninon traversa la petite forêt qui séparait le domaine de son frère de celui de la famille Dupré. Elle marchait sans grande hâte, préférant flâner et profiter de cette fin d'été, quand elle vit André Dupré débouler d'un taillis en courant à grandes enjambées vers elle. Il l'empoigna en riant aux éclats en l'entraînant dans son sillage. Ninon fut surprise, mais se laissa néanmoins conduire dans cette course folle et enivrante.

« Que faites-vous ?

- J'essaie d'échapper à mes sbires, ça fait des mois que je rêve de faire ça, sans jamais oser.

- Laissez-moi vous guider, je connais bien les moindres recoins de cette forêt. »

Ninon passa devant lui en serrant la main du jeune homme fermement. Au bout de quelques minutes, elle l'enjoignit à se baisser pour entrer dans une petite cavité qui débouchait dans une caverne. Epuisés, ils s'écroulèrent sur la mousse douillette qui parsemait la grotte à ciel ouvert.

C'était comme une cheminée naturelle entourée de parois rocailleuses. Ninon se leva et se dirigea vers un renfoncement d'où elle sortit une malle. Elle l'ouvrit et prit une couverture et un oreiller qu'elle déposa sur le sol, puis elle s'allongea dessus.

André l'observait avec attention. Il admirait cette femme si pleine de sagesse et de candeur. Ce n'était pas une contradiction puisqu'elle recelait une part des deux. Il la rejoignit et s'allongea à ses côtés. Bien que Ninon sentît le visage du jeune garçon au-dessus du sien, elle garda les yeux clos. André pouvait observer les traits délicatement fins de celle qu'il désirait. Cela le surprit de ressentir cet émoi, car il ne pensait plus s'ouvrir à de telles pulsions.

Il s'était senti mourir, s'éteindre à la vie. Il avait ardemment désiré mettre fin à ses jours, et nul doute qu'il aurait été jusqu'à cet acte fatidique si Ninon ne lui était apparue plus de deux mois avant ce jour.

« Madame, venez-vous souvent ici ?

- Tous les jours.
- Et votre époux ?
- Il n'aime pas l'Isle-Adam préférant les faubourgs malfamés de Paris. Quand je suis ici, il peut s'adonner à ses vices plus aisément.
- Il vous cocufie ?
- Cela m'arrange, j'ai une aversion pour les plaisirs de la chair. »

André la regarda tendrement tandis qu'elle continuait à fermer les yeux. Il déposa un baiser sur ses lèvres. Ninon ouvrit les yeux, surprise d'une telle audace, et essaya de le repousser, mais André la tint fermement. Elle le gifla, puis se leva en se détournant de lui. Il resta assis et l'observa, attendant qu'elle lui refasse face. Ninon finit par le regarder avec une profonde confusion.

« Monsieur, promettez-moi que vous ne referez jamais ça.
- Je ne puis promettre une telle chose quand je vous sais si désireuse de me céder.
- Vous vous trompez grandement, Monsieur !
- Je sais voir le désir quand il existe. Vous vous persuadez vous-même de n'avoir plus de passion pour les jeux de l'amour. Vous, ne point aimer faire l'amour, je n'y crois guère. En revanche, ce que je crois c'est que votre mari est un imbécile, qui n'a jamais su vous aimer. Il ne sait pas vous faire l'amour. Mais moi, je saurai vous apprendre... Venez là et enjambez-moi telle une cavalière domptant Pégase, le plus farouche des chevaux ailés. »

Ninon avait laissé des larmes s'échapper de ses yeux, elle était terrifiée et en même temps rassurée par le regard bleuté de ce jeune homme qui l'avait autant comprise qu'elle l'avait compris.

Elle s'approcha de lui toute frémissante. Elle qui donnait toujours l'impression d'être maîtresse de ses émotions, le laissait entrevoir ses faiblesses, ses peurs, et ses peines, telle une petite fille à la merci des grâces de son prince.

Il lui tendit ses deux mains ; elle les saisit, et naturellement leurs doigts se caressèrent tendrement. Elle l'enfourcha, telle une amazone prenant son étalon avec force, puis elle enlaça André sur sa poitrine avant de le regarder amoureusement. Il prit son visage dans ses mains et l'embrassa avec ferveur. Ninon se sentit chavirer, perdre pied dans l'étreinte de ce jeune galant. Elle n'avait jamais ressenti ça. La douceur de ses lèvres sur les siennes, la chaleur de sa langue mielleuse pénétrant doucement sa bouche, le frisson qui parcourait son corps, lui fit presque perdre connaissance tant l'intensité du moment était à peine soutenable.

André comprit que l'émoi ressenti était plus qu'elle ne pouvait supporter. Il l'allongea à ses côtés et la tint tendrement dans ses bras, tandis que le corps de sa belle était secoué par des spasmes insufflés par des pleurs contenus depuis tant d'années. C'était maintenant à lui de la rassurer en la défaisant de ses terreurs.

Il se passa bien une heure avant que Ninon ne releva son visage pour l'embrasser, tout en lui retirant son foulard noué autour de son cou, sa veste et sa chemise, tandis qu'André lui défaisait son corset en lui baisant sa poitrine, puis son ventre frissonnant. Il retira ce qui restait de sa robe avant de s'insérer dans son antre de pureté avec la plus grande des délicatesses.

André avait connu l'amour dans les bras de jeunes femmes, mais il avait vécu cela avec l'insouciance d'un garçon prêtant à l'ébat amoureux le côté taquin d'un jeu d'enfant.

La jouissance qu'il ressentit en Ninon était plus forte, murie par près de sept mois d'enfermement et d'une intense souffrance qui l'avait irrémédiablement changé en un homme prêt à prendre sa destinée en main.

Il revenait à la vie.

Pour Ninon, c'est à trente-cinq ans qu'elle connut enfin son tout premier plaisir dans les bras d'un homme.

Après cela, Madame De Koch opta pour une vie moins chaste et Monsieur Dupré entama des études de droit.

Tous les deux s'étaient trouvés et avaient donné un nouveau sens à leur vie…

***

Ninon réveilla André pour qu'il retourne dans ses appartements. Et comme à chaque réveil, ils se firent grand bien.

Puis André se leva pour s'habiller sous l'œil faussement détaché de Ninon. André n'avait plus que sa chemise à mettre quand il s'arrêta en jetant un regard amusé à son amante.

« Qu'est-ce à dire, Madame ?
- Avez-vous réfléchi à notre conversation d'hier après-midi ?
- Grandement, Madame.

- Et ?...
- Je vais m'y employer.
- C'est tout ? Vous y employer. En temps normal, vous ne feriez pas la fine bouche.
- Je me sens bien trop parfait pour me fourvoyer avec de telles dames. Louise, ce serait un jeu d'enfant de la ravir à son époux. Marie ne semble point séduite par la gent masculine. Je risque de m'y casser les dents. Aucun de nous ne semble trouver grâce à ses yeux. Marianne a perdu tout son éclat depuis son mariage avec ce nigaud de Bourbon ; quelle pauvre femme est-elle devenue ! Au regard de tout cela, je ne peux que m'estimer heureux d'être un fervent offenseur du mariage. Pendez-moi sur le champ si un jour je vante les vertus du mariage. Non, décidément le mariage ne m'attire guère au vu de tous ces visages ternes et désœuvrés, qui furent trompés par de vains discours sur sa pureté et ses bienfaits.
- Alors, pourquoi vous empressez-vous d'assister aux cérémonies maritales de vos proches et voisins ?
- Mais pour me rire d'eux ! Quoi de plus amusant que de railler la mariée avant la déconvenue d'une nuit de noces qui lui sera des plus amères ? Trouvez-moi un seul couple de nos connaissances qui se marie par amour ? »

Elle réfléchit un bref instant avant de renchérir toute heureuse de sa trouvaille :

« Gertrude Deville.
- Oh non, c'est la situation de son époux qui l'a séduite et non son amour pour lui.
- Ils semblent pourtant bien heureux de leurs épousailles.
- Comme vous sembliez l'être par le vôtre. Que d'apparences pourtant.

- Je plains cette femme si son malheur est aussi grand que l'était le mien.
- Ne vous inquiétez pas pour elle, puisque ce n'est pas son époux qui a pénétré son antre de plaisir en premier, mais moi, plus de deux ans avant qu'elle ne convole en justes noces. Elle a été assez maligne pour cacher sa défloraison, et lui bien trop stupide pour avoir décelé la supercherie. Elle me remercie encore avec largesse de l'avoir sauvée d'une nuit de noces épouvantable, dit-il d'un sourire coquin qui en disait long avant de reprendre. Selon ses dires, Bernard Deville est loin d'être un expert dans le domaine du sexe. »

Ninon lui adressa un sourire malicieux avant de renchérir.

« Vous êtes un satyre de bel homme, André ; j'atteste que les mantes religieuses adoreraient vous digérer. Ce pourquoi, toutes nous rêvons de vous faire l'amour, jusqu'à ce que mort s'ensuive.
- Je vous adore, Madame. Vous et votre répondant des plus crus.
- Et moi, j'adore votre extraordinaire modestie, Monsieur, elle ferait pâlir dieu en personne.
- Oh non, madame, je préférerais faire pâlir le diable, il est bien plus accommodant aux péchés de chair. »

D'un air caustique, elle lui adressa un baiser de la main. Taquin, il fit comme si le baiser l'avait atteint. Ninon s'allongea, le laissant finir de s'habiller.

André sortit avec prudence de la chambre. Il jeta un bref coup d'œil sur le long couloir de la demeure des Bourgeois avant d'emprunter le grand escalier qui menait à sa chambre. Il ne prêta pas attention à la jeune Marie qui avait entendu la porte des appartements de Ninon s'ouvrir. En apercevant André, elle s'était cachée derrière une tenture toute proche avant qu'il ne jette un regard circulaire sur le couloir.

Marie le vit s'éloigner et prendre l'escalier. Elle n'était pas étonnée. Elle savait qu'une relation ambiguë les liait depuis fort longtemps. Depuis le jour où elle les avait vus au bord de l'Oise.

Marie se souvenait bien de la première fois où elle avait aperçu André Dupré.

Un jour qu'elle se promenait avec Marianne et Louise durant l'été 1893, elles aperçurent un jeune garçon assis au bord du fleuve qui leur fit grandement peur car sa posture physique laissait entendre qu'il avait perdu la tête. Son regard absent, froid et humide de larmes avait bouleversé Marie. Les hommes de main, brandissant leurs armes et leurs mines patibulaires, l'avait effrayée.

Marianne et Louise avaient eu si peur qu'elles s'étaient empressées de regagner le domaine pour raconter à qui voulait l'entendre que la propriété adjacente à la leur était occupée par un dément. Marie était restée, cachée derrière un arbre, tant elle était intriguée par ce garçon. Elle revenait chaque jour pour s'assurer qu'il allait mieux. Mais à chaque fois il semblait au plus mal. Jusqu'au jour où elle avait vu sa tante Ninon lui faire la lecture, et au fil des semaines, le sortir de son aphasie malsaine. Puis, elle les avait vus, se promener, rire et parler chaque jour de cette fin d'été.

En septembre de cette même année, tante Ninon l'avait invité à son anniversaire et l'avait ainsi présenté à la famille Bourgeois. Nul n'ignorait ce qui s'était passé, mais presque tous firent silence sur les malheurs du jeune André.

Germain Bourgeois eut quelques propos déplacés et non dénués d'une volonté de faire mal au jeune garçon, cependant ce dernier avait prit la mesure de ce qu'il avait vécu et opta pour une attitude décontractée et une repentance faussement voulue. André était désireux de s'asseoir dans les bonnes grâces du frère despote de la femme à qui il vouait déjà le plus grand des respects, pour obtenir un droit de visite dans cette demeure quand bon lui semblerait.

André haïssait Monsieur Bourgeois pour tout ce qu'il avait fait de mal à cette noble dame et saurait bien lui dire un jour combien il l'avait en horreur. En attendant, il se devait d'être fourbe et calculateur pour s'en faire un ami. Si André n'avait pas transformé ses pharisaïsmes forcés en jeu, il aurait fini par se haïr lui-même d'adresser la parole à un homme aussi abject. Dans toutes ses afflictions, il lui était apparu une seule devise : paraître pour conquérir et dominer ceux qui se congratulaient d'être des dieux.

Jouer la comédie était exactement ce qu'il savait faire de mieux, puisqu'il avait pratiqué cet art avec brio durant les trois dernières années. Il était un bon comédien, sachant vivre les émotions des personnages qu'il interprétait. La scène était sa maison, le seul lieu où il pouvait être tout ce qu'il désirait. Adulé par le public qui le plébiscitait, il savait se jouer de lui, se faire aimer de lui et l'amener là où il voulait. Il ne jouait pas la comédie, il était ceux qu'il interprétait.

C'était pareil dans la vie réelle ; il suffisait juste de se donner un rôle, de se l'accaparer pour tromper tout ce petit monde d'hommes envieux de leur prochain, emplis de cupidité, de morgues, et de les faire vous désirer, jusqu'à vous supplier d'être de leurs amis.

Ninon faisait ça depuis si longtemps qu'elle en avait perdu tout attrait pour ce jeu, néanmoins André lui avait fait reprendre le goût des faux semblants. À deux, ils s'amusaient plus profondément et se congratulaient d'être l'intelligence de ce petit monde bourgeois. C'était la seule vanité qu'ils avaient, le seul conducteur dans une vie où chacun avait dû renoncer à beaucoup de ses rêves.

À peine un mois après la soirée qui honora le trente-cinquième anniversaire de Ninon, André célébra le sien dans le domaine alloué par sa famille.

Ses vingt ans, il les fêta en grande pompe, invitant tout le beau monde du voisinage et de nombreux parisiens. Il leur fit d'ailleurs grande impression, tant ses discours étaient pleins d'intelligence et de sagesse.

Il joua si bien son personnage d'homme comblé qu'il finit par y croire lui même. Tous avaient oublié que quelques mois auparavant, il était le jeune garçon que tout le monde prenait en pitié ; celui qui avait entretenu tous les commérages durant des mois.

Cette jeune personne avait disparu de leurs mémoires tant André était le jeune homme que tous voulaient comme invité, que toutes les mères et pères voulaient comme gendre, que toutes les jeunes filles souhaitaient pour époux et que toutes les femmes mûres désiraient secrètement.

Nul doute qu'André Dupré était un homme des plus intelligents et volontaires pour obtenir toutes ces grâces en un temps record.

Marie était comme toutes les autres filles du bourg, non qu'elle ne soit subjuguée par ces discours d'esthète, mais pour ce qu'elle avait compris de sa souffrance et de son habileté à se relever de tous les coups qu'on lui avait assenés. Elle savait bien qu'il n'avait pas oublié l'objet de sa venue à l'Isle-Adam ; comment aurait-il pu ?

Ce jour-là, elle commença à l'admirer en secret et à le prendre pour modèle, lui qui avait décidé de vivre selon ses vœux, et d'attendre patiemment que la fortune de son grand-père lui soit restituée pour vivre libre de toute contrainte familiale.

André n'avait pas encore remarqué la petite Marie. À cette époque il préférait regarder les courbes de naïades de l'ainée des Bourgeois. Effectivement, Marianne était une jeune fille de dix-sept ans des plus admirables, que tous les hommes regardaient avec exaltation. Elle aurait pu prétendre à un mariage heureux, cependant, Germain Bourgeois en décida autrement le jour où il rencontra le richissime Gaston Bourbon qui avait jeté son dévolu sur la belle Marianne de dix-neuf ans sa cadette.

André avait tenté de convaincre Germain que Marianne aurait été plus heureuse avec un homme jeune dont elle se serait amourachée, mais il avait refusé, bien trop attiré par les bienfaits qu'il retirerait de cette union. De plus au cour de l'année 1897, Germain avait proposé la main de Marianne à son cher ami André, mais ce dernier avait refusé en prétextant qu'il devait finir ses études de droit avant de s'établir.

Marianne fut mariée à Monsieur Bourbon au printemps 1898. C'est à cette occasion qu'André connut sa première grande conversation avec Marie qui le fit bien rire. Elle s'était exprimée avec une aisance déconcertante sur le vote des femmes, la Prusse et l'économie du pays. Elle montra une force qu'il n'avait jamais remarquée auparavant. Dès cet instant, il la nomma *Mam'zelle Bourgeois.*

Durant les jours qui suivirent, il prit grand plaisir à converser avec elle. Il aimait ses réparties, sa force de discourir sur des sujets très pointus. Mais ce qui lui plaisait davantage, c'était ses taquineries et sa façon bien à elle d'attaquer les hommes et leurs arrogances. Il passa tellement de temps avec elle que cela le surprit lui-même de trouver plaisant la compagnie et l'esprit d'une autre femme que Ninon.

Un jour qu'il se promenait, il l'embrassa. Il sentit qu'il avait tort de faire cela puisqu'il avait beaucoup de respect pour elle. Mais il ne put s'en empêcher tant la beauté de Marie le troublait.

« Vous m'aimez André ? » lui dit-elle en joie, tout intimidée par un baiser aussi furtif qu'enivrant.

André comprit qu'il allait lui faire grandement mal. Il regretta, dès l'instant où il lui avait volé ce baiser, d'avoir eu ce geste déplacé, mais il était trop tard. Ce qui n'était qu'un jeu pour lui était réel pour elle.

« Pardonnez-moi, Mam'zelle Bourgeois, je ne voulais pas vous offenser. »

Marie le regardait crédule et déstabilisée.

« Vous ne m'aimez point ?
- Pas comme vous l'entendez.
- Alors pourquoi ce baiser ?
- J'en avais envie. Vous en aviez envie vous aussi. Vous aviez parlé de votre sœur et de votre dégoût du

mariage. Je pensais que vous désiriez rester célibataire, vous prendre un amant et vous jouer des convenances.

- Je vous l'accorde, je désire me jouer de cette société oisive, mais point ainsi. Pas avec vous André. Je pensais qu'il y avait du respect entre nous.

- J'en ai pour vous, croyez-moi, dit-il d'un air affligé par sa propre gaucherie.

- Permettez-moi d'en douter, André. »

Elle laissa ses larmes jaillir. André s'avança vers elle pour la prendre dans ses bras tel un ami, mais il n'était plus temps d'être de ceux-là. Elle le repoussa avant de s'enfuir en courant.

Marie et André ne reparlèrent jamais de ce jour d'un bel été s'amenuisant. Ils gardèrent le silence en pensant qu'un jour ils oublieraient qu'ils avaient vécu ce moment. Et effectivement, André le bannit de sa mémoire, prêtant aux larmes de la jeune Bourgeois une amourette sans attache. André s'arrangeait de croire que l'affection de la jeune fille à son égard s'en serait allée à l'instant où ils se quitteraient. Et c'est tout naturellement qu'au Noël suivant en revoyant Marie, ils reprirent leurs joutes verbales taquines avec un naturel qui dans un premier temps déconcerta André, puis il fut fort heureux de constater que son amitié avec la jeune fille était intacte.

Au printemps 1899, André obtint son diplôme d'avocat et se préparait à faire carrière dans un domaine qu'il avait appris à estimer. Il n'attendait plus qu'une chose, que son aïeul édenté succombe enfin et le laisse en paix.

Ce qui arriva l'été suivant.

Vernier Dupré mourut dans l'indifférence générale, car nul n'avait d'affection pour cet homme que la goutte avait rendu encore plus détestable. Et le plus ironique de tout, ni Ninon, ni André ne gagnèrent leur pari puisque Hilaire De Koch mourût à quelques heures d'intervalle du vieux Dupré.

André et Ninon rirent d'une telle ironie durant longtemps et se jurèrent asservissement à l'autre durant une année complète. Chaque demande de l'un était acceptée par l'autre sans sourciller. En vérité, ils passèrent de si bons moments qu'ils ne regrettèrent nullement d'avoir perdu ce pari et trouvé cette solution des plus accommodantes. Leur agrément trouva sa fin, et naturellement ils cessèrent ce jeu plaisant.

André était tout entier à son travail et consacrait moins de temps à Ninon. Selon ses dires, il la savait fort occupée par ses nombreux amants et ses voyages de plus en plus longs sur la côte normande et sur la côte atlantique.

Ils se virent à l'exposition universelle de dix-neuf cents et au Noël qui suivit. André s'accommodait de ce peu de temps qu'il passait en sa compagnie, persuadé qu'il en était de même pour celle qu'il nommait :

« Sa meilleure amie ».

Chapitre IV

Marie entre en scène

Marie regardait le ciel bleu parsemé de nuages blancs se disloquer et prendre d'autres formes plus imaginatives les unes que les autres. Elle pouvait passer des heures à les contempler. Elle se demandait combien d'endroits ces nuages avaient pu survoler. Quels mondes des plus exotiques ils avaient pu voir.

Quand elle était petite, Marie rêvait de se transformer en nuage pour voir le monde d'en haut. Observer les êtres peuplant la terre et en tirer quelques écrits réalistes. Les nuages étaient pour elle un sujet d'admiration et de réflexion. L'hiver précédent, elle avait largement lu les théories de Monsieur Luke Howard sur la condensation des nuages. Elle pouvait donc aisément nommer ce type de ciel Cirrus, composé de cristaux de glace, et évaluer leur distance du sol à plus de quatorze kilomètres.

Mais, en ce début d'après-midi du 14 juin 1901, son esprit était accaparé par André Dupré sortant de la chambre de sa tante. Jusqu'à présent cela ne l'avait en aucun cas bouleversée de savoir que ces deux-là entretenaient une relation scandaleuse puisqu'elle n'avait jamais eu la preuve flagrante qu'il en était ainsi. C'était des suppositions basées sur les « on-dit » et le fait qu'elle les avait vus devenir proches huit ans auparavant. Mais aujourd'hui, il n'y avait plus de doute sur leurs ébats éhontés. L'époux de Ninon était mort deux ans auparavant, plus rien ne l'empêchait d'entretenir des relations avec des hommes. D'ailleurs, elle avait entendu son père parler ouvertement de son déshonneur d'avoir une sœur se comportant aussi peu dignement. Elle en avait ri, trouvant en Ninon un modèle au grand cœur, qui avait tant souffert des bassesses de son époux. Elle méritait bien de se divertir avec les hommes qui lui plaisaient. Marie estimait qu'elle n'avait pas à la juger sur sa vie de libertinage. Après tout, les hommes se vantaient, dès qu'ils étaient débarrassés de leurs épouses par un veuvage ou une répudiation, de courir les femmes sans le moindre reproche de leurs semblables. Comme si les hommes pouvaient avoir tous les droits au bonheur dès qu'ils étaient libérés de leurs vœux de mariage, alors qu'en revanche une femme n'avait le droit qu'à la misère de toilettes noires et à l'irrémédiable chasteté en guise de fidélité à un cadavre en décomposition.

Marie approuvait que sa tante puisse faire le choix d'une vie plus faste et moins austère que celle à laquelle cette société, régie par des hommes, la condamnait. Néanmoins, dès l'instant où elle avait compris qu'André faisait partie de ses amants, elle s'était sentie moins tolérante envers cette femme qu'elle respectait comme une mère. Elle l'imaginait, tenant dans ses bras le bel André, lui prodiguer des caresses et l'aimer tels deux amants d'un livre sulfureux. Cela avait éveillé en elle un sentiment qu'elle avait cru perdu depuis longtemps. Un sentiment d'amour qu'elle avait refoulé en sachant cet homme aussi prompt aux épousailles qu'un noble conduit à l'échafaud lors de *la Grande Terreur*.

Marie ne pleurait jamais, car elle se savait privilégiée dans cette vie. Elle n'avait jamais eu faim, ni froid, ni ressenti un quelconque manque, hormis celui de n'avoir pas connu sa mère, ce pourquoi il aurait été égoïste et offensant de verser une larme alors qu'autour d'elle beaucoup n'avaient pas sa chance. Mais ce matin, elle avait laissé ses yeux s'humidifier et sa peine la submerger. Elle avait compris qu'elle n'était pas guérie de l'amour ressenti pour cet homme, avec qui elle entretenait une relation des plus importantes à ses yeux.

Elle le voyait dans ces fragments de nuages, à travers son regard chagriné et perdu dans un dédale de questionnements qui ne trouvait pas de fin. Elle avait accepté et respecté André, même après qu'il l'eut repoussée, puisque son amitié et leurs chamailleries lui étaient importantes. Elle avait à maintes reprises entendu André se vanter et se rire de ses conquêtes, mais jamais cela ne l'avait peinée. Elle s'était rendue à l'évidence que ces hommes volages n'étaient sûrement pas pour des jeunes filles qui croyaient secrètement que l'amour pouvait se vivre à deux, et non dans la couche d'autres femmes que celles à qui ils étaient liés par un serment de fidélité lors d'un pieux mariage.

Ce matin-là, elle avait senti son cœur se briser en le voyant quitter la chambre de Ninon. Ses mains avaient serré la tenture qui la masquait à la vue de celui qu'elle aimait sans le savoir.

Au petit déjeuner, elle les avait observés, mais aucun de leurs regards ne pouvait révéler qu'ils étaient amants depuis fort longtemps. Ils cachaient si bien leurs attachements qu'elle fut abasourdie par leur habileté à dissimuler un tel secret. Elle aurait voulu parler à sa tante, comme de coutume, de ce qui la chagrinait, mais le fait que celle-ci soit directement liée à son mal-être la força à se taire.

Marie quitta la demeure et marcha le long de l'Oise, puis elle se dirigea vers les champs de betteraves et observa longuement les gens au travail. En début d'après-midi, elle avait fini par s'allonger dans un champ de blé aux abords d'une grange à foin.

Ainsi étendue et camouflée à la vue de tous, elle avait observé les nuages à la curieuse silhouette de l'homme qui occupait toutes ses pensées. Cela l'avait empêchée d'écrire dans son journal un nouveau chapitre de son premier roman qu'elle avait entamé moins d'un an auparavant.

Un roman qui parlait avec beaucoup d'ironie de la condition de la femme en ce début de siècle aux allures novatrices.

C'est au moment où elle s'était rendue à l'évidence qu'une histoire sérieuse avec cet homme ne pourrait la combler qu'elle entendit des cris de joie se rapprocher d'elle. Elle releva la tête en se gardant de se montrer et vit le visage de Louise sautiller au-dessus des épis de blé. Elle aperçut un homme l'agripper et disparaître dans les blés avec elle. Les rires redoublèrent un bref instant, puis se turent. Marie aurait dû s'éloigner dans les plus brefs délais tant la joie affichée par sa sœur ne pouvait prêter à confusion sur son bonheur d'être happée par cet illustre inconnu. Cependant la curiosité l'emporta. Elle se mit à genoux et avança au plus près d'eux. Louise était allongée sous cet homme que maintenant elle reconnaissait comme étant le fils de l'intendant d'une des propriétés voisines. Sa sœur prenait une vive satisfaction à ses baisers enflammés, et haletait de plaisir aux assauts fougueux du corps si habilement encastré au creux de ses reins dans un mouvement de va-et-vient brutal. Le pantalon du jeune homme était baissé jusqu'à hauteur des genoux et la robe de sa sœur soulevée jusqu'à la taille, ce qui camouflait son torse et une bonne partie de son visage qu'elle avait rejeté en arrière pour respirer plus aisément.

Marie était choquée par une attitude aussi concupiscente que mutine. Elle réalisait que dans sa demeure il y avait plus d'une seule personne qui faisait fi des convenances. Néanmoins, sa sœur étant mariée et mère de trois enfants en bas âge, comment pouvait-elle se comporter comme une vulgaire ribaude ? Marie était une jeune fille vertueuse, même si elle se plaisait à colporter les potins les plus indécents. Mais, jamais elle ne le faisait dans le but de nuire à autrui. C'était juste pour se rendre intéressante face à ce petit monde frivole qui se jouait des malheurs des autres. En une seule journée, elle aurait eu matière à faire si elle avait eu l'âme d'une vipère. Mais là, il s'agissait de trois personnes des plus importantes à ses yeux. Mieux valait ne rien en dire et oublier qu'elle avait vu les siens se comporter aussi peu honorablement. Même si elle estimait que la seule à blâmer était Louise, puisqu'elle était mariée à un homme qu'elle avait choisi. Pourquoi donc se satisfaisait-elle dans les bras d'un autre ?

Elle regarda de nouveau le couple et ne put s'empêcher de contempler les fesses du jeune homme, puisqu'elle n'en avait jamais vu dépourvues de tout vêtement. Elle ferma les yeux, honteuse d'avoir eu envie de les observer.

Marie rampa le plus loin possible d'eux. Elle recula jusqu'à ce que les gémissements de plaisir ne soient plus audibles. Elle se releva en prenant son journal sur son cœur et regagna le sentier. Elle ne l'avait pas encore rejoint quand elle entendit Marianne l'interpeler au loin. Marie, apeurée que son autre sœur puisse l'entendre, lui indiqua de son doigt de se taire. Marianne accourut vers elle et l'entraîna vers la grange. Si Marie s'était retournée, elle aurait pu apercevoir le visage furibond de Louise les regarder s'éloigner.

Marianne poussa la porte de la grange et entraîna violemment sa sœur à l'intérieur.

« Mais lâchez-moi ! Vous me faites mal ! » Hurla Marie déstabilisée par une réaction aussi brutale.

Marianne, sans prêter attention à ses cris, s'éloigna d'elle pour inspecter la pièce dans tous ses recoins sous l'œil intrigué de Marie.

« Que faites-vous ?
- Il nous faut faire acte de prudence, dit-elle en la rejoignant.
- Pourquoi ?
- Venez-vous asseoir, Marie. »

Elle s'assit sur une meule de foin et tendit le bras pour inviter sa sœur à s'asseoir à ses côtés. Marie s'exécuta, affligée par le regard paniqué de son ainée. Marie en aurait presque oublié Louise batifolant dans les blés.

« Votre ton est intriguant, Marianne… Votre époux se porte-t-il bien ? »

Marianne hurla d'un cri strident en se levant brusquement. Marie, affolée, lui ferma la bouche avec sa main en jetant un regard sur l'entrée.

« Vous avez perdu la tête !? Qu'ai-je dit de si désastreux ? » dit-elle, affolée.

Marianne pleurant faussement, conduisit Marie à voir que cette dernière se jouait d'elle et qu'un service lui serait exigé avant la fin de cette entrevue. Soudain, Marie afficha une mine terrifiée en songeant à un drame plausible et s'écria :

« Grand dieu ! Est-il mort ? »

Marianne s'arrêta soudainement de pleurer, ne comprenant nullement où sa sœur voulait en venir.

« Qui ?

- Mais votre époux, répondit Marie toute déroutée.

- Si seulement c'était vrai ! reprit Marianne en pleurant de plus belle sans prêter la moindre attention à la mine choquée de sa jeune sœur.

- Vous souhaitez la mort de votre mari ?

- Et pourquoi ne la souhaiterais-je point ? Ce goujat, ce malotru ! » répondit Marianne tout en se levant pour pleurer de nouveau sous les signes incessants de la jeune Marie lui implorant de baisser d'un ton.

Puis, elle reprit avec dégoût son discours :

« Ce barbare, cet homme qui n'a pas dépassé l'âge de bronze ! Et je suis gentille, j'aurais pu dire l'âge de pierre. Je le hais ! » conclut-elle en se rasseyant violemment.

Marie lui tendit son mouchoir. Marianne l'attrapa d'un geste brusque et se moucha bruyamment.

« Voyons, Marianne, calmez-vous. On va finir par vous entendre.

- Qu'ils m'entendent !

- Je vais m'assurer que personne n'est à la porte. »

Elle se précipita à l'entrée de la grange et jeta un œil sur la campagne verdoyante du Vexin français. Elle ne vit pas Louise cachée derrière une meule de foin qui ne comptait rien perdre de la conversation que ses sœurs s'apprêtaient à avoir. Louise se savait découverte par sa benjamine, il lui fallait donc trouver un secret avilissant pour que Marie garde le sien bien enfoncé au fond de son gosier de jeune fouineuse.

Marianne avait cessé de pleurer et observait du coin de l'œil Marie en se demandant si elle aurait le cran de lui avouer l'inavouable. À l'instant où la jeune fille fit volte-face pour se diriger vers elle très intriguée, Marianne reprit ses pleurs de plus belle en se mouchant exagérément.

À l'instant où Marie s'assit à ses côtés, Marianne la serra contre elle.

« Les hommes sont des vampires. Ils vous sucent jusqu'à la moelle. Des vampires, je vous dis ! Gardez-vous de vous marier, ma sœur, finit-elle par dire tout en mettant son mouchoir au creux du décolleté de Marie, qui fut fort écœurée de la moiteur qui s'en dégageait, imprégnant sa peau.

- Votre peine est causée par votre époux ?

- Mon époux, quelle mystification ! Le rôle d'une épouse est la plus grande des farces. On vous vend le mariage comme un cadeau attrayant et magique. La nuit de noces serait l'avènement d'une nouvelle ère. Le « su-sucre » avant l'apothéose !... Le devoir conjugal... Il porte bien son nom, celui-là !

- N'est-ce pas plaisant ?
- Plaisant ! répondit Marianne fort offusquée. Pas le moins du monde. Quelle déconvenue, ma chère. Vous avez plus de chance de gagner aux jeux de hasard que de récolter un bon mari.
- À ce point ? reprit Marie des plus déçues par une telle révélation.
- Gaston est un félon !
- Il est vrai que je n'ai jamais trouvé votre époux des plus sympathiques. Toutefois, de là à le qualifier de tous ces adjectifs abjects, vous y allez un peu fort.
- Un peu fort !? Il veut annuler notre mariage ! »

Marie resta choquée un bref instant avant de répondre d'une voix fluette et décontenancée.

« Oui, effectivement. Vous avez employé les bons qualificatifs. J'en rajouterais un, si vous me le permettez.
- Faites, faites, acquiesça Marianne fort satisfaite de trouver un appui.
- Oh, le malappris !
- C'est tout ? reprit sa sœur aînée insatisfaite d'une si petite insulte.
- Je n'en ai pas d'autres qui me viennent à l'esprit. Revenons-en à votre époux. Pourquoi veut-il annuler votre mariage ? »

Marianne lui prit la main et la posa sur son ventre avec tendresse.

« Sentez-vous quelque chose bouger ?

- Non, dit-elle étonnée d'une telle question avant de comprendre où voulait en venir sa sœur. Je devrais ? reprit-elle tout sourire de s'imaginer tante.
- Vous devriez sentir un bébé... Et il n'y a pas de bébé ! conclut-elle en hurlant avant de reprendre plus sereinement. Je suis mariée à lui depuis trois ans ! Trois ans à m'allonger dans ce lit quand bon lui semble ! Et rien, pas l'ombre d'un geignard. Un garçon aurait été la plus belle des réalisations pour assurer la lignée de Monsieur, mais une fille aurait suffit à me rétablir dans ses bonnes grâces. Au lieu de cela, je me retrouve inféconde.
- Êtes-vous sûre de l'être ?
- C'est bien cela qui me conduit ici, dit-elle avec un sourire empli d'un vif intérêt. Vous êtes la seule à pouvoir me sortir de cette histoire.
- Moi, mais comment ?
- Gaston veut me laisser sans le sou. Il essaie de rassembler ses amis avocats pour trouver une faille dans notre mariage dans le seul but d'une désunion qui ne me laisserait rien. L'annulation du mariage pour tromperie sur la marchandise.
- C'est vous la marchandise ? reprit Marie avec ironie.
- Une femme n'est rien. Les hommes s'accommodent de nous pour satisfaire leurs besoins primaires.
- Je vous trouve aigrie, ma sœur. Où sont passés vos rêves de prince charmant ?
- Effondrés le jour où mon mari m'a sauté dessus sans crier gare.
- C'est horrible ce que vous me dites là.
- Mieux vaut vous préparer dès maintenant à vos obligations maritales.

- Mais tante Ninon m'a toujours dit que cela était plaisant, autant pour l'homme que pour la femme.
- Des contes de fées pour que les petites filles se ruent à l'échafaud. Si on leur disait que le mariage est une plaie, elles se feraient toutes nonnes. Et ces mâles seraient bien embêtés. Je vous le dis, Marie, ne prenez jamais époux !
- J'ai toujours dit que je ne me marierai jamais.
- Bien ! »

Les deux sœurs restèrent sans parler de longues minutes. Marianne commençait à s'impatienter, mais elle tenait à ce que Marie entreprenne de lui demander ce qu'elle désirait qu'elle fasse pour elle. Marianne prit une mine désinvolte en se mirant les ongles, bien que cela ne trompait nullement sa jeune sœur. Marie se leva et fit les cent pas. Puis elle revint vers Marianne et se planta devant elle, bien décidée à lui apporter son soutien même s'il était évident que cela était déplaisant et peu recommandable pour une femme du monde.

« Pourquoi vouliez-vous mon aide ?
- André est de vos amis ?
- Ami est un grand mot, dit Marie d'un ton las.
- J'ai eu vent de ses conquêtes. Elles sont légion, dit-on.
- Oui, j'en ai eu vent, répondit-elle l'air faussement détaché.
- Ordonnez-lui de me courtiser.
- Pourquoi ? s'exclama Marie, surprise d'une telle demande.
- Mais pour m'engrosser, voyons ! reprit du tac au tac Marianne nullement honteuse.
- Quoi !? Renchérit Marie de plus en plus choquée par l'impudence de sa sœur. Mais vous disiez être infertile !

- Ah non, je n'ai point dit cela, reprit Marianne la mine alarmée tout en se levant pour reprendre. Les hommes, pour quelques avantages, disent tous que leur femme est coupable. Cependant, il se peut que ce soit eux. Et pour être sûre de cela, un homme m'est nécessaire. André est un Don Juan. Il ne refuserait pas une partie de plaisir. Il faut que vous le décidiez.
  - Hors de question ! C'est une chose innommable, inconvenante et contre les règles de Dieu !
  - C'est Dieu qui m'a mise dans le purin ! Il doit bien se railler de moi, celui-là.
  - Blasphème ! Hurla Marie tout en faisant les cent pas pour se détendre les nerfs qui menaçaient de submerger sa raison.
  - Oh, ne jouez pas les prudes avec moi. Que direz-vous quand votre sœur sera répudiée, que père sera déshonoré et vous, impropre au mariage ?
  - Pourquoi serais-je impropre ?
  - Si une fille de la famille l'est, toutes les autres le sont.
  - Tant pis, je ne comptais pas me marier de toute manière. »

Marie s'assit rageusement en faisant la moue. Marianne s'approcha et lui fit la mine la plus pitoyable qui soit.

« Je vous en prie ! »

Marianne faisait penser à ces petits chats implorant leur mère de leur donner une tétée supplémentaire. Cela faisait longtemps que Marie n'avait plus vu sa sœur s'adonner à ce subterfuge dans l'espoir qu'on lui cède. C'était le petit jeu que Marianne avait adopté toute son enfance pour que ses caprices soient approuvés dans la seconde. Depuis son mariage, elle s'était ternie, oubliant même cet amusement qui lui plaisait tant naguère. Marie vit tellement de détresse au fond de ses yeux qu'elle comprit qu'elle ne pouvait pas la laisser insatisfaite, même si cela lui coûtait d'approuver un plan dénué de bon sens. Elle connaissait assez André pour estimer qu'il serait fort satisfait d'aider la pauvre Marianne à procréer. Cela navrait Marie de savoir que ce Monsieur donnerait de sa personne sans compter et avec le plus grand des plaisirs.

Marie se leva dépitée et regarda Marianne avec résignation.

« Bien. J'accepte dans le seul but de vous sauver. »

Marianne, toute guillerette, se précipita dans ses bras.

« Merci !

- Je ne sais pas comment je vais faire pour aborder un tel sujet avec cet homme puéril.

- Allez droit au but. Les fioritures ne sont pas nécessaires. Vantez-lui mes nombreux charmes.

- Malheureusement, ils ne sont point visibles, ma chère sœur, dit-elle en la détaillant narquoisement de la tête aux pieds.

- Oh, comment osez-vous !? S'exclama Marianne avant d'entendre sa sœur glousser. Vous me taquinez », reprit-elle grandement soulagée.

Marianne finit par rire aux éclats avant d'enlacer sa sœur. L'aînée des filles Bourgeois était apaisée d'avoir pu exprimer ses plus délicates angoisses. Elle ne pouvait savoir qu'elle signait l'arrêt des rêves d'amour que nourrissait Marie à l'égard de l'homme que Marianne avait choisi pour la sauver d'une désunion. Elle ne pouvait se douter qu'elle demandait l'impensable à sa jeune sœur, puisque Marie avait toujours fait taire sa passion pour Monsieur Dupré. Nul en ce monde n'aurait pu penser que

Mam'zelle Bourgeois était éprise de son ami de querelles et de joutes verbales des plus exquises. Oui, Marie avait si bien caché son inclination que cela avait fini par la perdre. Sa bonté naturelle lui faisait passer l'intérêt de sa sœur avant le sien, même si cela devait lui briser le cœur.

Louise, tapie sous la fenêtre de la grange, n'avait pas perdu une miette de la conversation. Elle jubilait d'avoir un motif pour préserver ses agissements charnels d'une possible fuite de Marie, si cette dernière avait la mauvaise idée de dénoncer son inconduite.

Aucune des trois sœurs n'avait eu vent du projet de leur tante de les déshonorer en proposant à André de salir leur réputation. Ninon ne se doutait nullement de la facilité avec laquelle le jeune homme allait obtenir satisfaction en un temps record.

Quand Marie et Marianne sortirent de la grange bras dessus, bras dessous, Louise se camoufla à leur vue et les observa s'éloigner fort satisfaite.

C'est le regard plein de sympathie de Marie et celui tant reconnaissant de Marianne qui apparut à Monsieur Vincent De Nerval quand il les vit entrer dans le grand salon de la demeure Bourgeois.

« Tendre Marianne, tendre Marie, quelle joie de vous voir unies.

- Vincent ! s'écria Marie heureuse de sa venue inopinée avant de se précipiter dans ses bras. Oh, Vincent ! Quelle surprise de vous trouver ici. »

Il la fit tournoyer sous le regard très intéressé de Marianne qui les contourna pour mieux jauger Vincent. Elle afficha un rictus, fort satisfaite de pouvoir compter sur un autre ami cher de sa sœur si jamais André ne voulait pas l'honorer. Marie comprit où voulait en venir Marianne et la réprimanda en silence. Vincent s'apercevant que Marianne le mangeait du regard, s'adressa à elle d'un ton taquin.

« Quel regard des plus aguichants, Marianne. Rêvez-vous de vous sustenter ? »

Il pouffa de rire tant il était persuadé d'avoir lancé une boutade déplacée. Marie en fit de même. Elle s'amusait d'être la seule à connaître la vraie nature de ces deux-là. Décidément, Marianne jetait bien vite son dévolu sur Vincent sans savoir qu'il n'y avait aucune chance qu'il acceptât un plan aussi scabreux.

Vincent prit la main de Marianne et la lui baisa avec séduction et grâce.

« Oh, Monsieur De Nerval, vous avez toujours de tendres manières.

- Certes, certes, Madame Bourbon. Elles me valent les plus beaux éloges.

- Je vous croyais à Trouville, s'exclama Marie en s'interposant entre eux.

- Moi aussi, je me croyais à Trouville, dit-il le ton amusé. J'ai été dépêché par ma mère pour affaire avec votre père.

- En effet y a deux jours de cela, j'ai apporté une lettre destinée à père que je tenais de votre mère. Grand dieu, mon père ne semblait nullement satisfait de ce qu'il y a lu. Notre grande cousine lui aurait-elle fait part d'un drame familial ? »

Monsieur Bourgeois entra d'un pas silencieux, en accompagnant son approche d'un air glacial.

« Vous connaissez ma mère et son penchant à dramatiser une situation des plus gentillettes.

- Des plus gentillettes !? s'exclama Monsieur Bourgeois. Ce n'est pas le qualificatif que j'aurais attribué à vos faits d'armes, Monsieur De Nerval.
- Oh, Monsieur Bourgeois dans toute sa splendeur ! » reprit Vincent sur un ton empli de causticité.

Il s'approcha joyeusement de lui et l'enlaça sans que Germain Bourgeois n'ose le toucher de ses mains.

« Comme il est agréable de vous caresser », reprit Vincent avec une pointe d'ironie.

Embarrassé, Germain se défit de son étreinte. Vincent s'amusait de l'aspect déconfit du cousin de sa mère. Il connaissait assez Germain pour savoir qu'il s'apprêtait à passer un sale quart d'heure. Vincent prenait donc le parti de s'en affranchir puisque la situation le faisait souffrir.

« Je pourrais en dire autant, renchérit Monsieur Bourgeois d'un air coincé. Mais je ne voudrais froisser ces jeunes femmes qui pourraient penser que je vous préfère à elles. D'ailleurs, je vous implore d'aller chercher notre chère petite Nicole. Elle est impatiente de revoir son frère bien-aimé.
- Allez-y, Marianne, s'exclama Marie en agrippant le bras de Monsieur De Nerval. J'ai tant de choses à raconter à mon Vincent. »

Germain esquissa un sourire pincé.

« Je suis fort aise de savoir que vous appréciez Monsieur De Nerval. Cependant je voudrais m'entretenir avec lui un moment. Je crois que la petite navigue sur l'Oise avec votre tante. Hâtez-vous. »

Marie déçue d'être indésirable fit une révérence, accompagnée par sa sœur qui ne quittait plus Vincent des yeux. Ce dernier les salua joyeusement d'un mouvement de main, plutôt efféminé. Marie sortit prestement, mais

Marianne, sur ses talons, s'arrêta dans l'encadrement de la porte pour adresser un sourire aguicheur à Vincent qui ne comprenait pas pourquoi la jeune femme le regardait avec autant de désir. Marie revint et attrapa sa sœur en la poussant hors du salon.

Vincent n'eut pas le temps de s'interroger sur l'attitude de la dame plus longtemps, car il sentit le regard inquisiteur du très faussement respecté, Germain Bourgeois. Vincent fit face à l'homme qui le regardait avec une dureté implacable. Puis, Germain le contourna à trois reprises sans que le jeune homme ne daigne le regarder. Il préférait réajuster ses manches et se mirer les ongles. Sans doute pour se donner une contenance, puisqu'il connaissait pertinemment les remontrances qui allaient lui être faites. Il finit par soupirer grossièrement avant de parler d'un ton sarcastique.

« Comme j'aime à être toisé de la sorte... Venez-en au fait, Monsieur Bourgeois. »

Germain ferma les portes battantes du salon avant de sortir la lettre qu'il avait reçue pour la brandir sous le nez du jeune De Nerval.

« Voici une missive de vos parents... Rien ne sera épargné à votre famille. Il y a peu, elle a eu revers de fortune, sans l'héritage d'un parent proche vous ne seriez plus rien.

- Serait-ce ma faute si mon père est un âne bâté, incapable de résister aux jeux de hasard ?

- Soit, je vous l'accorde. Votre père est un âne... Et vous, Monsieur De Nerval, qu'êtes-vous ? »

Vincent prit un air désinvolte ce qui exaspéra encore plus son hôte.

« Savez-vous ce que vos parents ont écrit ?

- Ils vantent mes hauts faits de gloire ? répondit-il l'air taquin.
- Cessez de me railler ! N'aurez-vous aucune décence ?
- Non, Monsieur. »

Avec légèreté, Vincent eut un bâillement. Puis il se dirigea vers la table pour prendre un grain de raisin avant de s'asseoir tranquillement pour le déguster sous l'œil circonspect et déconfit de Monsieur Bourgeois qui n'entendait rien à un tel comportement.

« Cessez de me juger et je m'abstiendrai de vous moquer... Je n'y peux rien, moi, si les hommes me procurent plus d'émois que les jupons d'une femme. Après tout, la vie nous a donné tous ses plaisirs. Pourquoi s'en priver ? Vous êtes condamné à ne goûter qu'à un seul met, parce qu'on vous dit que celui-ci vous sied mieux qu'un autre. Moi, je dis « non », car les plaisirs de la chair sont multiples et attrayants. Vous devriez tenter votre sexe pour comprendre mon point de vue.

- Plutôt me faire pendre que de m'adonner à des plaisirs condamnables ! répondit Germain offusqué par les propos indécents qu'il venait d'entendre.
- Un plaisir, c'est cela même. Toutefois, ce vertueux plaisir n'était point condamnable du temps des antiques Grecs.
- Vos propos sont une corruption dans ma demeure. Vous êtes pire qu'une prostituée !
- Prostituée, moi ? dit-il avant de s'esclaffer. Je vous l'accorde. Cependant, ce qualificatif vous convient bien mieux. Vous êtes un libertin, courant les jupons plus vite qu'un lièvre poursuivi par un chien dans une garenne. Et si vos vices s'arrêtaient à de simples fornications, je n'y

verrais guère à redire. Une catin, vous l'êtes bien plus que moi pour donner votre précieuse Marie aux De Nerval pour de vulgaires pièces d'or. »

Germain feignit l'air offusqué, ce qui amusa grandement Vincent.

« Point de heurt, Monsieur Bourgeois, cela ne vous sied guère en cette heure gravissime. Monnayer Marie ne vous donne point le droit de me toiser en me jaugeant sans vergogne. C'est bien de cela qu'il s'agit dans cette missive que mes parents vous ont fait parvenir en toute hâte dans l'espoir que mon inconduite soit effacée promptement ? »

Germain se détourna de lui, atteint dans son égo. Vincent se leva, s'avança et se positionna face à lui, attendant que ce dernier le regarde.

« À vous la réplique, mon cher beau-papa. »

Germain le fusilla du regard.

« Je ne vends pas ma fille, Marie, au plus offrant. Je lui assure une vie prospère et dénuée de misère… Bien que je n'approuve nullement ce mariage, il lui assurera néanmoins une vie confortable », finit-il par dire sur un ton hésitant, confirmant qu'il était fort mal à l'aise de mentir à un homme qu'on ne pouvait duper.

Vincent pouffa de rire en regardant le salon avec ironie.

« Il est vrai que ce domaine de plusieurs centaines d'hectares n'est qu'une babiole. Et je ne parle pas de vos affaires qui se portent à merveille et de tous vos autres biens immobiliers… Regardez-moi, Monsieur le cousin d'une branche de la famille des plus misérables de cœur, et osez encore dire que je suis une catin. Je ne vends pas de la chair, moi. Je la caresse. Bien que je doute que Marie ait ce privilège avec moi. Cependant, je vous promets qu'elle sera libre de s'adonner à… Vincent eut un instant de réflexion avant de reprendre sur un ton caustique : À tous ses vices et vertus. Je serai un mari des plus conciliants, car j'aime éperdument votre benjamine malgré ses attraits féminins que je déplore. Quel merveilleux homme elle aurait été si seulement vous aviez fait votre travail correctement.

- Je ne vous connaissais point aussi vil, Monsieur De Nerval.

- Moi non plus. Je me découvre depuis que je me suis fait prendre, dit-il en riant à la face de son hôte qu'il haïssait au plus haut point avant de reprendre pour donner le coup de grâce. Prendre, hum… Quel merveilleux mot que celui-là… J'aurais cru que vous seriez, de par votre goût du libertinage, plus enclin à me comprendre… Je ne peux me passer de l'amour d'un homme, comme vous ne pouvez vous passer de celui d'une femme. Enfin, si l'on peut qualifier vos nuits avec des femmes d'actes d'amour, puisque j'ai eu vent que vous êtes le pire des goujats, sans cœur et sans âme pour vos pauvres proies. »

Monsieur Bourgeois piqué au vif s'assit. Peu de gens se permettaient de lui parler avec si peu d'égards. Il eut la brève pensée de congédier ce De Nerval qui se permettait de le juger aussi mal. Toutefois la vue de la lettre qu'il tenait à la main lui rappela qu'il y avait trop d'argent en jeu pour qu'il y renonçât du fait de quelques inconvenances de ce jeune nigaud. Après mûre réflexion, il se leva et le regarda droit dans les yeux.

« Ma cousine et son époux parlent de m'offrir leur demeure de Saint-Germain et de léguer la moitié de leur fortune à vous et à ma fille.

- Véridique. Votre cousine veut que l'affaire dont je suis victime reste dans la famille. Mon père et ma mère

feraient n'importe quoi pour laver leur fils du soupçon d'inversion qui pèse sur lui. Un mariage m'épargnera les pires calomnies.
- Comment vais-je annoncer cela à ma pauvre fille.
- Fort heureusement, Marie connaît mon attirance pour le sexe fort.
- Plait-il !? Comment est-ce possible ?
- Depuis toujours, nous nous amusons à rire ou à apprécier les mâles que nous croisons. Je pense que Marie n'a guère l'envie de se marier un jour. Notre mariage lui assurera ce vœu de célibat. Elle me sauve des persiflages et je lui donne la vie qu'elle désire. »

Il lui tendit la main. Germain hésita, un instant, à la lui serrer.

« N'ayez nulle crainte, je ne suis point une maladie infectieuse et de plus, vous n'êtes pas mon genre. Les hommes étroits d'esprit et qui plus est séniles, je les exècre... Je reprends cette missive, gage de votre silence sur ce sujet. »

Vincent lui arracha la lettre tout en continuant à tendre la main à son hôte des plus mécontents. Monsieur Bourgeois, avec grandiloquence, lui serra la main du bout des doigts. Vincent se mit à rire. Un rire qui pouvait s'entendre jusque dans les étages. Germain s'en inquiéta et quitta la pièce pour fuir le plus loin possible cet homme qui le dégoutait par ses pratiques sexuelles calomnieuses. Heureusement que le fils de sa cousine était un héritier, sinon Germain l'aurait fait chasser de ses terres dans la seconde.

Si Vincent avait adoré moucher cet abject Monsieur Bourgeois, il n'en ressentit pas moins une profonde amertume de devoir s'adonner à ce simulacre de mariage pour se rasseoir dans les bonnes grâces de la haute société qui l'avait condamné dès l'instant où il avait eu le malheur d'avoir été surpris avec l'homme qu'il aimait profondément. Il lui restait à convaincre Marie que ce mariage lui serait accommodant, elle qui rêvait d'être libre et sans attache à un homme.

En arrivant dans sa chambre, il entreprit de lire cette lettre qui lui fit grand mal :

Paris, le 11 juin de l'an de grâce 1901

À l'attention de mon cher cousin et ami,
Monsieur Germain Bourgeois,

Il est arrivé une chose innommable dont il me plairait plus de taire la teneur que de vous la divulguer sans embellissement.
Vous connaîtrez sans nul doute ma disgrâce, car la nouvelle de l'inconduite de mon fils tiendra tout Paris en haleine dans les semaines qui viennent. Je vais m'atteler à vous conter ma mésaventure qui risque de me porter préjudice si vous ne m'aidez point promptement.

Vincent est... comment dire ?
Il est inconvenant de prononcer ce mot, cependant, je puis l'écrire. J'en rougis d'avance. Ayez pour moi la plus grande des tolérances.
Je suis mère, et bien navrée de l'être en un tel moment.

Vincent a été surpris dans les bras d'un homme par les fils des Ponti. Ils ne se sont point fait prier pour en parler à leur famille, qui vous le savez, nous tient en horreur depuis que notre fortune nous a été restituée.
Ils ne souffrent pas de nous savoir possédant plus de largesse qu'ils n'en auront jamais.
Ils colportent que Victor, mon très respecté époux, ne vaut guère mieux que ce fils que je ne pourrai plus nommer ainsi, tant que son affront n'aura pas été lavé.

Je vous supplie de me donner votre fille Marie pour que je puisse en faire l'épouse de mon inconvenant fils. Et ainsi, sauver la face.
Vincent marié, nul ne pourra croire les Ponti. Cette histoire sera rangée dans les méfaits de ces gens sans aucun scrupule.
En échange, mon époux et moi-même, vous offrons notre villa de villégiature de Saint-Germain et tous les biens qui s'y trouvent.
Je suis ouverte, ainsi que Victor, à toutes autres propositions que vous voudrez bien nous soumettre.

Je vous prie de considérer ma requête et de l'agréer.

Votre cousine et amie dévouée
Catherine De Nerval

Marie s'était rendue dans le sous-bois. Elle avait appris qu'André était parti se promener à cheval. Cela faisait bien une heure qu'elle attendait son retour quand elle le vit trottant au loin. La jeune fille se jeta dans l'herbe et se mit à pleurer fortement pour que ce dernier l'entende.

André était fatigué de sa balade. Il avait galopé plus de deux heures et avait hâte de se délasser dans un bon bain avec la tendre Ninon. C'est à ce moment-là qu'il entendit des pleurs en continu. Il prit la direction d'où venaient les sanglots et fut surpris de découvrir Marie reposant sur le sol d'herbe et de mousse. Il descendit de cheval promptement et s'approcha d'elle, fort inquiet.

« Est-ce vous, Mam'zelle Bourgeois ?

- Laissez-moi ! dit-elle en s'asseyant sur l'herbe.

- Pas avant que vous me disiez ce qui se passe. »

André s'accroupit à ses côtés et lui prit les épaules pour la regarder. Il vit qu'elle n'avait aucune larme. Marie fit la moue en se blottissant dans ses bras. André comprit qu'elle le manipulait. Ce n'était pas d'un comédien dont on pouvait se jouer.

« C'est ma pauvre sœur, reprit Marie en pleurant de plus belle.

- Marianne ? »

Marie s'arrêta aussitôt de pleurer faussement pour le rabrouer.

« Oui ! Quelle autre sœur pourrait avoir besoin de mes services !? Soyez toute ouïe et cessez de m'interrompre.

- Oui, si vous parlez sans fioriture, car les affaires de votre sœur ne me regardent en rien. »

Elle se leva, furieusement en le repoussant.

« Si vous le dites. Remontez sur votre pouliche et quittez cette forêt si Marianne ne vous touche point.

- Je ne saurais être touché par une telle dame. »

André lui adressa un sourire malicieux en se levant, constatant que Marie mourrait d'envie de lui dévoiler une affaire qui promettait d'être des plus intéressantes.

« Mam'zelle Bourgeois, dit-il avec la plus grande des courtoisies avant d'empoigner la bride de son cheval.

- Mais que faites-vous ?
- Vous m'avez demandé expressément de partir, renchérit-il en revenant vers elle.
- Et depuis quand vous vous exécutez quand je vous donne un ordre. Vous êtes consternant, déboussolant et… et… Où j'en étais ? dit Marie pour en revenir à ses affaires.
- À votre sœur… Marianne, je crois ?
- Oui ! Marianne ! Elle est en danger ! s'écria-t-elle avant de pleurer excessivement.
- Vous sombrez dans le drame absolu, très chère Marie. N'exagérez-vous pas un peu ?
- Non, pas le moins du monde. Quand vous saurez, vous serez tout aussi déconfit.
- J'en doute fort, reprit André en s'esclaffant sous l'œil désappointé de la belle jeune fille qui opta pour un ton plus mélodramatique dans l'espoir de le convaincre de l'infortune de Marianne.
- Ma sœur est perdue !
- Non, je viens de la voir dans le jardin. Elle plantait des roses rouges, ou jaunes, ou vertes. »

Marie le réprimanda du regard.

« Grand dieu, seraient-elles bleues ? reprit-il en souriant à pleines dents. Continuez votre histoire extrêmement passionnante. Je suspecte une fin particulièrement hilarante.

- Non, point de drôlerie dans mon histoire, reprit Marie en dramatisant davantage. Mais vous l'aviez dit il y a peu : un drame, des plus absolus !... Ma sœur est mariée depuis trois ans à Monsieur Gaston Bourbon. Cependant, elle n'a pu lui donner un enfant. Pas même une fille. Mon beau-frère a fait savoir à Marianne qu'il comptait révoquer le mariage pour ne point lui donner de sous.
- Il veut engager l'annulation de leur mariage ? Un divorce ? C'est impossible ! Monsieur Bourbon ne peut souscrire à une telle abomination.
- Et pourtant, telle est son intention. J'ai besoin de votre aide. Une tâche bien précise, qui ne peut être confiée qu'à un homme qui désapprouve les règles de la bienséance et des plus profondes vertus. »

Elle prit une grande inspiration avant de poursuivre.

« Imaginez qu'elle ne soit point infertile et que ce soit lui le fautif... Si elle arrivait à avoir un petit sans l'aide de son époux... »

André resta sans voix en comprenant les intentions de la jeune fille. Il était rarement surpris par ses contemporains, néanmoins, elle avait réussi à l'intriguer. Il n'aurait jamais cru que Marie puisse parler de ce genre de chose avec autant d'aisance et sans s'empourprer. Curieusement, André se sentit gêné que Marie puisse lui demander de mettre Marianne dans sa couche. Puis, il se rappela la demande de Ninon. Il commença à jubiler qu'une des jeunes femmes Bourgeois lui soit servie sur un plateau aussi aisément. Il échafaudait déjà un plan pour que la jeune Marie lui cède.

« Je commence à deviner ce pourquoi vous avez tenu à ce rendez-vous secret.

- Un rendez-vous secret !? Non, j'étais là, sur l'herbe, quand vous êtes arrivé. Je n'attendais nullement votre venue.

- Je vous adore, renchérit André en affichant son plus beau sourire. Vous êtes si délicieuse. Cependant, le mensonge ne vous sied guère. Sans le vouloir, vous arrangez mes affaires.

- Quelles affaires ? »

Il fit mine de retourner à son cheval d'un pas fier et décidé.

« André Dupré !? », s'écria-t-elle presque en supplication.

Il lui fit face en jouant le révolté.

« Non, il ne peut-être question d'une telle chose !

- Pourquoi ? »

André abandonna aussitôt sa révolte exagérée pour un air plus taquin.

« Parce que votre sœur n'est point de celles qui m'émeuvent.

- Sottise ! Seul le beau sexe vous intéresse. Gueuse ou princesse, vous les aimez toutes !

- Vous croyez ? Je n'ai jamais été un homme porté sur le sexe, dit-il avec cynisme. Vous m'accusez sans vergogne et sans l'ombre d'une preuve.

- Cessez cette comédie ! Cela pourrait lui sauver la vie si vous acceptiez !

- Mais qu'elle meure m'est totalement égal !

- Comment osez-vous ?

- Je suis un gentleman et non un rustre. Je ne puis y consentir.

- Un gentleman, vous !? Vous êtes le pire scélérat que le seigneur ait engendré. »

André l'avait menée là où il voulait. Un bref moment, il scruta Marie sur toute sa hauteur la mettant mal à l'aise.

« Soit, je vous l'accorde. Je suis un scélérat, et le plus vil de tous. J'abonde dans votre sens, si tel est votre désir. Bien que je doute que cela vous agrée... Selon vos dires, et comme tout homme irrespectueux digne de ce nom ; je ne puis honorer un tel contrat sans contrepartie. »

Avec délicatesse, il mit ses mains sur les épaules de la jeune fille en les caressant. Marie n'arrivait plus à esquiver le moindre geste tant elle ne trouvait aucune parade à une demande aussi manifeste. Elle n'osa le regarder, mais opta pour la niaiserie.

« Quelle contrepartie ?

- Vous, reprit André en la serrant avec vigueur contre lui.

- Oh non ! Vous savez que je ne puis faire cela, renchérit Marie en se défaisant de son étreinte. Je suis pure, Monsieur.

- Oh non, pas d'hypocrisie avec moi. Vous savez que votre pureté s'arrête à votre hymen. Le reste est entaché de mille tromperies.

- Je vous l'accorde. J'aime me rire des gens et colporter les ragots les plus inavouables. Mais ma défloraison signifierait ma perte !

- Alors, souffrez cela pour une noble cause. »

André s'allongea dans l'herbe avec désinvolture.

La jeune fille se détourna de lui, très en colère qu'il puisse songer utiliser son attachement à sa sœur pour satisfaire son penchant bestial. Marie se sentit atteinte dans son intégrité par cet homme qui lui proposait une chose impensable.

« Je me ris de voir combien votre sœur compte pour vous. »

Elle le regarda écœurée.

« C'est un sacrifice bien trop grand que vous exigez de moi.

- Soit, votre sœur n'est que votre sœur après tout, dit-il l'air détaché. Elle est remplaçable.

- Non, elle ne l'est pas ! Pas plus que ma vertu ! »

Elle fit quelques pas pour s'éloigner de lui.

« J'entends ce Gaston faire scandale dans le seul but d'obtenir l'annulation du mariage pour ne rien céder à son épouse. Quel goujat ! »

Elle empoigna de la terre et la lui jeta au visage. André en rit, ce qui exaspéra la jeune fille. Elle prit un temps de réflexion avant de revenir vers lui.

« Je puis y consentir, si vous acceptez de m'épouser.

- Bien ! s'exclama t'il en l'agrippant pour l'allonger à ses côtés. Passons à l'acte ce soir même ! Vu votre ignorance de la chose, je puis vous conseiller un livre importé des Indes, des plus explicites sur le sujet. Votre père cache ce livre dans la bibliothèque, au rayon que personne n'aime à lire… Au rayon… -droit-, je crois. »

Elle le repoussa et se releva péniblement, sans qu'André ne tente quoi que ce soit pour la retenir. Il était déjà satisfait de la tournure de cette fin d'après-midi.

« Vous me prenez pour une sotte ! Le mariage d'abord. »

Il se leva d'un bond.

« Vous épouser, vous ? Autant me pendre à cette branche ! Vous me tueriez à force de jacasser ! Si je devais me marier, et je dis bien -si-, je prendrais une femme docile et non une harpie !

- Alors, je vous conseille d'approfondir votre lecture de ce livre ignominieux, sans moi. »
Marie s'éloigna promptement sous le regard amusé du jeune André.
« C'est encore plus simple que je ne le pensais. Je ne lui donne pas plus de deux jours avant qu'elle me supplie de la posséder. »

André s'était amusé de cette conversation dès l'instant où Marie s'était jouée de lui en pleurant faussement.
La douceur de la belle saison lui enlevait toute cognition. Il n'avait aucune conscience de la gravité des actions irréparables qu'il s'apprêtait à commettre par simple jeu puéril.

En revanche, Marie avait pleinement réalisé qu'elle perdrait l'affection qu'elle avait pour sa sœur dès l'instant où celle-ci lui prendrait son amour de toujours. Pire, elle perdrait André s'il lui ôtait, par simple jeu, sa vertu.

Ce qui n'était que farce au début de son entretien avec son ami de toujours s'était mué en tragédie dès qu'André avait profité de sa faiblesse pour lui imposer une contre partie des plus avilissantes.
Chaque pas qu'elle faisait pour rejoindre sa demeure lui arrachait des larmes.

Elle se sentait seule et perdue face à des décisions qui allaient changer sa vie à jamais.

Chapitre V

Cher Léandre

Léandre Bourgeois avait quitté Paris au petit matin avec la ferme intention de faire valoir ses droits auprès des siens. Cependant, plus il s'approchait de la demeure familiale de l'Isle-Adam, plus sa belle assurance s'effritait.

À moins de cinq kilomètres de son lieu d'arrivée, il commença à avoir des tremblements qui animaient la moindre parcelle de son corps, transi d'angoisse à l'idée de croiser le regard empli de dureté de l'homme à qui il devait toutes ses largesses. La moiteur de ses mains posées sur le volant ne cessait de le faire glisser et de provoquer des sorties de route de la petite berline acquise en 1899 lors du premier salon de l'automobile du jardin des Tuileries. Toutefois, cela ne pouvait lui porter préjudice puisque le chemin de campagne qu'il avait emprunté était totalement déserté de tout véhicule motorisé ou de calèche.

Le bonheur de revoir ses trois sœurs n'arrivait pas à l'extraire de ses plus amères pensées. La veille, il s'était endormi paisiblement, en accord avec ses désirs profonds, mais le matin l'avait de nouveau empli de doutes.

Monsieur Bourgeois avait fait part à son fils héritier de son souhait de le voir marié avant l'hiver suivant à un parti avantageux. Le regard chagriné de Léandre lui démontra qu'il ne partageait pas ses désirs d'union. Monsieur Bourgeois avait fait parler son cœur en offrant à son fils le choix de la jeune fille qu'il désirait si celle-ci avait, bien entendu, une fortune acceptable. Par acceptable, il fallait entendre considérable, presque indécente en paraphrasant les propos de ce cher Germain.

Monsieur Bourgeois aimait à sa façon son fils, cependant il aurait préféré se targuer d'avoir un héritier plus productif et plus enclin à se montrer viril que d'afficher l'image du craintif auquel il avait toujours eu droit. Léandre faisait honte à son père à bien des égards. Dès que Monsieur Bourgeois évoquait son seul fils, il se parait d'une affligeante expression de déception de n'avoir pu engendrer un modèle d'homme plus émérite que son couard de rejeton. Il lui avait d'ailleurs maintes fois fait le reproche ouvertement, et à la face de qui voulait l'entendre, qu'il était le déshonneur de sa vie. Léandre était vite devenu l'objet de toutes les moqueries de la haute société parisienne qu'il se devait de fréquenter pour contenter ce père si peu enclin à la mansuétude.

L'idée même d'une union ne lui déplaisait pas, néanmoins il n'arrivait pas à concevoir ses épousailles avec un être de chair puisqu'il avait depuis longtemps appris à aimer Dieu bien plus qu'il ne trouvait d'attraits aux charmes des femmes, malgré qu'il ait connu diverses expériences dans leurs bras emplis de ferveur. Certaines lui avaient fait oublier un temps ses désirs monastiques. Toutefois, il se lassait bien vite, et leurs tendres caresses ne le soulageaient de ses peines qu'un temps infime.

Toujours il revenait à ce Dieu, si grand, si bon et si majestueux, dont les écrits le transportaient bien au-delà d'une simple vie terrestre. À l'aube de ses vingt-sept printemps, il avait compris où était sa place. Une place qu'il s'apprêtait à défendre de tout son être à la face de ce père qui le terrifiait depuis sa plus tendre enfance. Un père qui ne lui avait jamais prodigué le moindre sourire, le moindre signe d'affection. Un père colérique et capricieux qui avait éteint sa mère à la vie à force de malveillances.

Ismérie Bourgeois était morte à la suite d'une fièvre quelques mois après avoir mis au monde la gentille Marie, laissant Léandre, Marianne et Louise inconsolables. À six ans le petit Léandre comprit ce qu'était la mort. Il souffrit beaucoup de l'absence de sa tendre mère, qui les avait laissés démunis face à ce père acariâtre s'affichant sans retenue avec des femmes. Léandre avait toujours pensé que si son père avait soigné sa mère au lieu de courir les salons, elle aurait peut-être survécu à cet hiver glacial. Germain Bourgeois l'avait laissée souffrante, préférant se divertir tandis que son épouse avait lutté toute la nuit pour survivre à une fièvre liée à un état grippal qu'elle endurait depuis des semaines. Cela n'avait pas alerté Germain qui avait renchéri qu'un médecin aurait été inutile. « Mon épouse est robuste avait-il dit, pourquoi perdre de l'argent sans raison ? ».

Ismérie Bourgeois s'était éteinte au petit matin sans avoir revu son époux. Léandre lui avait tenu la main toute la nuit, même après que les domestiques lui aient conseillé de ne pas s'approcher de sa mère de peur qu'il attrape la même maladie. On l'avait chassé de la chambre à maintes reprises, mais toujours il revenait, tenant les saintes écritures sur son cœur, essayant de déchiffrer ce qu'il pouvait pour apaiser sa mère qui lui adressait un sourire morbide. Il savait à peine lire, mais il s'efforçait d'être le plus clair et le plus rassurant possible.

Au petit matin, il s'éveilla aux côtés du corps dépourvu de chaleur de sa mère qui portait un regard glacial sur ce petit garçon qu'elle avait tant aimé. Léandre lui caressa le visage. Il ne pleurait pas, préférant murmurer une prière parlant des cieux qu'il avait entendue à la messe. Les prières l'apaisèrent, même s'il récita la même en boucle une bonne dizaine de fois avant que la femme de chambre, assoupie sur le fauteuil, ne s'éveillât. Elle fut prise d'une violente émotion en regardant ce petit garçon fermant les yeux de sa mère, puis embrasser ses paupières une dernière fois.

Léandre ressentit, ce matin-là, la présence de Dieu. Et c'est ainsi qu'il put continuer à vivre et protéger ses petites sœurs de ce père à la cruauté profonde. Il fut un frère aimant et désireux de les amener au bonheur, jusqu'à ce qu'il aille à l'université et qu'il commence à penser à son propre avenir. Léandre s'éloigna progressivement du rôle de père protecteur qu'il s'était assigné à la mort de sa mère, préférant étudier la médecine pour mieux comprendre le fonctionnement du corps humain. Mais toujours il revenait à sa foi et au bonheur qu'il éprouvait dans les chants et les écrits religieux. Dès qu'il le pouvait, il passait beaucoup de temps à l'église de la sainte Trinité à converser avec le prêtre et les sœurs.

Il trouvait en père Jean l'affection qu'il n'avait jamais connue avec son père ; des réponses à ses questionnements, et la certitude que le monde ne tournait pas autour des frivolités et de l'arrogance d'une certaine bourgeoisie pleine d'avarice et de vices dont il faisait partie.

Quand il fut homme, il tenta de se rapprocher de son père en adhérant à toutes ses théories stupides, ses bavardages futiles et ses vicieuses pensées, cependant il avait bien vite compris que ce n'était pas là la vie telle qu'il la concevait. Il se défit bien vite de ce père sans âme au grand regret de ce dernier, qui avait espéré que son fils ferait enfin partie de lui. Il avait commencé à l'aimer et à s'amuser un peu de sa présence. Germain ne comprit pas le brusque changement d'attitude de Léandre quand il revint à de sérieuses études et qu'il cessa de se divertir à ses côtés dans les soirées parisiennes.

Léandre pensait à sa vie tout en roulant à vive allure dans le véhicule à moteur qu'il avait acquis grâce à la colossale fortune familiale qui lui était dévolue et dont il n'avait que faire depuis qu'il s'était enfin décidé à vivre pour ce Dieu qui lui avait tant apporté. Il venait de passer son diplôme de médecine. Il n'avait aucun doute sur les résultats positifs qui en résulteraient. Cependant, il était temps d'être honorable et de parler de ses choix. Léandre craignait l'hostilité de son père face à son envie d'entrer dans les ordres et de la sanction qui en découlerait. Il avait peur de son père, mais aucunement de son choix. Il était temps enfin de se défaire de cette emprise morale qui le bâillonnait.

Le véhicule entra dans la cour de la demeure familiale alors que l'après-midi venait tout juste de commencer. Il s'arrêta devant la porte d'entrée où se précipitèrent deux serviteurs qui dévalèrent les marches à vive allure. Léandre les salua et demanda à ce qu'on amène sa malle dans ses appartements. Il s'était exprimé avec assurance tout en estimant qu'à la lumière des révélations qu'il s'apprêtait à faire, il ne risquait pas de s'éterniser à la villa du *Domaine fleuri*.

À quelques minutes de l'arrivée de Léandre, Marie sortit de la bibliothèque en jetant un regard fautif sur le couloir qui menait à l'escalier principal. Elle se dirigea vers lui lentement en espérant n'y croiser personne. Marie tenait bien serré entre ses bras un livre, à la magnifique reliure en cuir lui masquant tout son torse. Un livre avec lequel elle préférait s'isoler pour être entière à la lecture sulfureuse à laquelle elle s'apprêtait à s'adonner. Elle entendit le véhicule de Léandre arriver à grande vitesse. Au moment où elle regarda la porte d'entrée de la demeure, elle tomba nez à nez avec Monsieur Albert Leroy qui descendait l'escalier.

« Pardonnez-moi, cousine. Je ne vous avais pas vue. »

Albert remarqua que la jeune fille avait la mine déroutée et tendue. De plus, elle serrait fortement le livre contre sa poitrine. Il ne pouvait pas voir le titre de cet ouvrage, toutefois il comprit qu'il n'était pas de ces livres qu'on se vantait d'avoir lu. Le flegmatique Monsieur

Leroy lui adressa un sourire chaleureux pour la tranquilliser.
« Vous cherchez certainement votre épouse ? dit-elle toute tremblotante.
- Non ! »
Il se reprit immédiatement, car il valait mieux faire croire que son épouse lui manquait plutôt que montrer qu'il était fort satisfait d'en être débarrassé.
« Euh, je voulais dire... L'auriez-vous vue naviguer par là ? reprit-il avec un large sourire empli de sarcasme.
- Non, j'en suis navrée. Je crois que Viviane est allée faire une balade en forêt avec vos enfants. »
Il baissa la tête pour masquer son contentement.
« Je vois que cela ne vous sied guère, enchaîna Marie surprise qu'il soit affligé de ne pas l'avoir à ses côtés.
- Non, bien au contraire. Je suis ravi de goûter à une totale liberté. »
Marie le regarda, amusée par une telle franchise.
« Je voulais dire, renchérit-il, qu'elle me manque grandement ; cependant, un couple ne s'en porte pas plus mal si une séparation de quelques heures se fait parfois. »
Le ton ironique qu'il avait pris rassura Marie qui lui adressa un rictus conciliant.
« Comme je vous comprends, mon cher cousin.
- Je vous laisse à votre lecture, ma chère Marie. »
Il la salua, prit la direction opposée à la porte d'entrée et se dirigea vers la sortie qui donnait sur les jardins. Marie resta dubitative.
« Quel pauvre homme, dit-elle avant de prendre l'escalier, fort heureuse qu'il n'ait songé à lui demander le titre de son ouvrage.
- Marie ! » s'exclama Léandre.

Elle s'arrêta net dans son élan, tandis que Léandre la rejoignit pour la serrer dans ses bras. Son frère était un homme de fort belle prestance qui avait hérité de la carrure de son père, et de son impressionnante ossature à la réputation incassable. Il souleva Marie de la marche tel un frêle oiseau sur une branche d'arbre. Léandre la fit virevolter avec bonheur, et le livre lui fut arraché. Il tomba lourdement sur le sol.

Un livre était précieux, puisque rare et très cher. Le simple fait de faire tomber un ouvrage de cette qualité était un sacrilège. Léandre s'agenouilla immédiatement pour s'assurer que la reliure n'était pas endommagée. Marie resta sans bouger, tétanisée par la découverte que son frère allait faire et de la honte qui en résulterait.

Léandre caressa le cuir en lisant à haute voix le titre de l'ouvrage.

« Le Kama Sutra. »

Il resta, un bref instant, sans réaction avant de lever la tête en direction de sa jeune sœur qui lui adressa un rictus gêné. Il lui répondit par un sourire chaleureux avant de se lever.

« Si vous voulez parfaire votre enseignement sur un domaine aussi large que celui-ci, je vous conseillerais mes livres de médecine très détaillés sur l'anatomie masculine et féminine. Toutefois, je vous concède que celui-ci est des plus éducatifs, bien que… Sachez que toutes ces… ces figures ne peuvent être réalisables. À moins que vous ne vous entraîniez à la contorsion de votre corps, ma chère sœur. »

Il lui adressa un large sourire en lui tendant l'ouvrage. Marie le saisit, puis elle déposa un baiser sur la joue de son frère toujours si conciliant et empli de délicatesse.

« Nous prenons une collation à trois heures dans le jardin, y serez-vous ?
- Je vais me changer, puis je serai tout à vous. En attendant, ma chère Marie, l'ouverture d'esprit n'est pas de mise chez tous nos concitoyens, alors gardez ce livre enfoui au fond d'un de vos tiroirs.
- J'y comptais bien, mon précieux Léandre. »
Elle le serra dans ses bras avant qu'il ne lui tende la main pour l'accompagner galamment à l'étage.

Tous furent heureux de l'arrivée de Léandre. André l'accueillit à bras ouverts, car il avait en grande amitié le jeune homme qu'il ne voyait que très peu tant ses affaires le maintenaient trop souvent à son cabinet. Ils auraient voulu passer le reste de la journée à se conter les derniers mois écoulés, mais Louise entreprit de mettre en place un colin-maillard géant et comptait sur la participation de son frère à ce jeu qu'il affectionnait depuis toujours.

Au *Domaine fleuri*, Léandre, Marie, Marianne, Louise et Ninon avaient bien souvent joué à des jeux de plein air durant des heures entières. Les rires incessants avaient auréolé la demeure toute leur enfance malgré l'absence de leur mère. Leur tante Ninon avait été leur refuge, la tendre écoute qu'ils attendaient et les bras affectueux pour faire taire leurs peines. Avec elle, il n'y avait jamais de chagrin qui s'éternisait plus d'une heure.

En ce 15 juin 1901, Léandre ressentait le même bonheur d'être parmi les siens, d'autant qu'il savait qu'il ne serait plus le bienvenu en ce lieu de liesse.

Il regardait ses cousins, Albert et Vincent ; ses cousines Élisabeth, Viviane, Agnès et Nicole ; ses neveux les jumeaux Gaétan et Philippe ; sa nièce Éloïse ; et sa tante qu'il savait ouverte d'esprit pour accepter son choix. Il s'étonna que son fils Richard ne fût pas présent.

Après avoir couru dans les prés à divers jeux, Léandre s'assit aux côtés de sa tante ; toujours aussi gaie et aimante, elle le serra contre elle comme un fils.

« Ma tante, où est Richard ?

- Dans le sud avec sa nouvelle Vénus à dépenser sans compter l'argent de feu son père.

- Je vous sens déçue par lui.

- Non, pas par lui. C'est à Hilaire que va toute ma rancœur. S'il m'avait laissée m'occuper de mon fils au lieu de m'en priver dès qu'il le pouvait, cet enfant aurait connu davantage l'amour d'une mère. Richard a souffert de mon absence, au même titre que moi. Hilaire n'avait que faire d'une femme quand il pouvait en avoir des centaines. Il s'est marié uniquement pour avoir un fils. Dès qu'il l'eut, il n'eut plus besoin de moi.

- Oncle Hilaire était un monstre pour arracher un enfant à l'amour d'une mère. Vous devriez parler de cela à votre fils, ma tante. À la lumière des actions néfastes de son père, il ne pourra que vous pardonner.

- Richard ressemble bien trop à son père. Il est intraitable. Hilaire l'a très bien formé. La haine, l'avarice, le vice, la sournoiserie, voici ce qui le compose. Dès qu'il se sera lassé de sa jeune amie il reviendra à Paris pour me rabrouer chaque fois que je passerai la porte de la demeure. C'était devenu un jeu pour son père et il le reproduit avec un bonheur évident. J'ai eu des remontrances de mon frère à cause de lui. Je suis confinée à l'Isle-Adam tant que Richard ne revient pas à Paris.

- Pourquoi cela ? dit-il avant de s'apercevoir que Ninon prenait une mine empourprée. Oh, je comprends. Vous avez un amant qui n'a su rester discret.
- Cela vous choque, mon cher neveu ?
- Pas le moins du monde au vu des nombreuses amantes de mon père et de tous les hommes que je côtoie et qui s'en targuent à longueur de journée. Au regard de leurs bévues, ils ne sont point honorables pour juger leurs prochains. En vérité, nous vivons dans un monde déplorable, où les gens n'ont plus le moindre cœur.
- Vous pensez que l'Église vous apportera plus de clairvoyance ? »

Léandre la regarda tristement.

« Je n'en sais rien... Ma seule certitude est que je me sens plus proche de Dieu que de la plupart des hommes que je connais. Je suis prêt à suivre ma destinée.
- L'avez-vous dit à votre père ?
- Non, ma tante. Je compte lui en parler dans les jours qui viennent. »

Ninon lui prit la main affectueusement en le regardant avec amour. Léandre se sentant soutenu par la femme qui l'aimait comme un fils, se regorgea d'espoir et d'une assurance certaine qui ne le quitterait plus.

« Comme prêtre, vous n'assurez guère, mon cher neveu, ironisa-t-elle. Je vous confesse que je suis infidèle à un mort et nulle réprimande ne vous anime. Décidément, vous avez du travail pour devenir un bon prêtre pétri d'une foi en un Dieu qui n'a jamais osé montrer le bout de son nez de peur qu'on le crucifie comme le fut son rejeton.
- J'y travaille, ma chère tante, j'y travaille ardemment. »

Ils rirent si fortement qu'ils furent entendus jusque dans le bureau du maître des lieux.

Monsieur Bourgeois referma la fenêtre pour ne pas être dérangé. Vincent était avec lui et attendait la venue de celle qu'il avait pour amie.

Marie entra dans le cabinet privé de son père peu, rassurée par sa mine sévère. Elle regarda Vincent en espérant trouver une réponse. En échange, il lui fit une grimace taquine.

L'intendante qui l'avait emmenée dans ce lieu austère referma la porte. Monsieur Bourgeois s'avança vers sa fille et lui prit les deux mains avec une affection qu'elle ne lui connaissait pas.

« Ma chère, Marie, il est temps pour vous de vous marier, lança-t-il sans préliminaire qui aurait pu la rassurer. Vincent vous aime et vous apporte sa fortune en présent à vos épousailles.

- Plait-il !?... de quoi parlez-vous père ? Je ne compte point me marier et encore moins avec mon grand ami ! Je vous ai toujours dit que je voulais rester célibataire.

- Il me plait à moi que vous abandonniez votre rôle de fille et que vous preniez celui d'épouse. »

Marie vit la détermination qui s'affichait sur le visage de son père. Elle regarda Vincent qu'elle savait réfractaire au mariage autant qu'elle. Elle était sûre de trouver en lui un allié.

« Vincent, je ne vais pas vous épouser.

- Pourquoi ? »

Marie fut surprise d'une telle réponse, mais renchérit immédiatement.

« Parce que je ne vous aime point d'amour.

- Tant mieux, moi non plus ! Détestons-nous cordialement toute notre vie sous le couvert d'un pieux mariage ! »

Vincent s'était avancé et lui avait pris les mains. Il ironisait, néanmoins Marie devinait qu'il agissait ainsi par peur de quelque chose.

« Vous êtes ma fille chérie ; ce pourquoi je consens à cette union qui vous apportera le confort et une sécurité certaine. Si vous trouvez un mari d'égale fortune, je consentirai à vous dédouaner de ce mariage, mais je doute que...

- Père, je ne suis pas de celles qui se marient par intérêt monétaire ! »

Germain s'apprêta à répondre, mais Vincent s'interposa.

« Permettez, cousin, que je parle à Marie seul à seul. »

Germain acquiesça avec la mine patibulaire d'un homme qui n'avait pas l'habitude d'être contredit. C'est sans grande conviction qu'il leur laissa son cabinet.

Vincent s'assit sur le rebord du sofa. Marie le regarda, intriguée.

« Pourquoi ce subit intérêt pour le mariage, Vincent ?
- Mes parents le veulent pour laver leur honneur.
- Je ne comprends pas.
- J'ai été, disons... surpris dans les bras de mon amant.
- Vous parlez de votre bien-aimé, Louis ?
- Oui... Ma famille ne veut nullement que l'affaire s'ébruite et, pour cela, ils ont conçu un démoniaque plan.
- Vous marier à moi.
- Oui. Un comble, non ?
- Une horreur, oui. »

Ils rirent en cœur avant que Marie ne lui demande :

« Pourquoi moi ?
- J'ai dit que vous étiez la seule femme avec qui j'accepterais de me marier.
- Plait-il !? Vous êtes dément !
- Non, lucide. Vous ne souhaitez point vous marier, mais vous savez que tôt ou tard votre père, plus attaché à l'argent qu'à ses filles, vous donnera en pâture à un vieux sénile pourvu d'un compte en banque des plus garnis… Je vous offre la liberté de vivre comme vous l'entendez. Vous ne voulez appartenir à aucun homme, moi je ne veux appartenir à aucune femme… Je serai déshérité si vous ne m'aidez pas. Vous savez qu'ils n'hésiteront pas une seconde. Nous sommes dans une société d'apparence et d'apparat. Nulle place pour l'amour.
- Vous aimez Louis, n'est-ce pas ?
- De tout mon cœur, Marie… Je ne pourrais me résoudre à vivre loin de lui. Savez-vous ce qu'est se cacher ? Ne point vivre son amour au grand jour ? »
Marie s'assombrit en pensant à André. Vincent, connaissant son secret, comprit qu'il lui faisait remonter de douloureux souvenirs à la surface.
« Suis-je sot ?... Oui, vous le savez mieux que quiconque. Comment avez-vous pu vous résoudre à vivre sans cet amour ?
- Je n'ai nul autre choix que l'acceptation, Vincent.
- Moi, je n'accepte pas, répondit-il avec une virulence que Marie comprenait bien. Je veux vivre avec mon tendre Louis, enchaîna t'il d'un ton plus doux. »
Marie se détourna de lui et se dirigea vers la fenêtre. Elle garda le silence un long moment, observant son frère Léandre en grande conversation avec sa tante. André, au loin, faisant une partie de croquet avec les plus jeunes, le

cousin Albert et sa dulcinée aux antipodes l'un de l'autre. Marie soupira avant de revenir auprès de Vincent.

« Nous vivrons dans la même demeure ?

- Si cela vous sied. Chambre à part, bien sûr, renchérît-il avec sarcasme.

- Non, je voudrais vivre pour toujours à l'Isle-Adam.

- Si tel est votre agrément. Mais sachez que je ne quitterai Paris pour aucun coin de France.

- Chacun chez soi, c'est bien mieux… Et ma vertu ? »

Vincent fut surpris d'une telle question, dont la réponse lui paraissait évidente. Cependant il voyait tellement de crainte dans le regard de la jeune fille qu'il prit le parti de la rassurer maladroitement :

« L'intimité avec une femme, j'ai déjà donné. Distillez-là à votre guise, mais ne comptez point sur moi pour élever l'enfant d'un autre. Quoique… vous… engrossée… nul ne pourra sous-estimer ma virilité.

- Vous jurez sur votre honneur que vous me laisserez vivre ma vie, comme je l'entends ? »

Avec désinvolture, il mit la main sur son cœur.

« Croix de bois, croix de fer, si je mens je vais en enfer.

- Je suis des plus sérieuses, Vincent. Jurez-le.

- Je vous promets de ne rien vous imposer et de vous laisser faire ce qui vous plaira.

- Alors, j'accepte de vous épouser. »

Ils se firent une poignée de main, fort satisfaits de la tournure des évènements.

« Je pense que nous allons bien nous amuser à notre mariage, reprit Vincent tout guilleret. J'ai hâte d'y être.

- Et moi donc, mon cher Vincent. »

Ils eurent un éclat de rire. Puis, Marie revint à la fenêtre et vit André se diriger vers sa demeure. Elle fit face à Vincent, toute chamboulée.

« J'ai à faire, cousin. Je vous laisse le soin de parler à mon père de mon acceptation.

- Nos épousailles peuvent-elles être annoncées dès ce soir ? »

Elle s'arrêta sur le pas de la porte.

« Oui, le plus tôt sera le mieux. Plus vite nous serons débarrassés de ce mariage, plus vite nous pourrons reprendre notre quotidien. »

Elle lui fit un salut et sortit promptement sous l'œil circonspect de Vincent qui ne comprenait pas sa subite précipitation.

Marie vit André franchir le seuil de sa demeure et l'interpella de la main en l'enjoignant à la suivre. Sans attendre, elle monta les escaliers. André était étonné de constater qu'elle se précipitait à l'étage, néanmoins il la suivit, fort amusé de la voir inspecter le couloir avec précaution. Elle ouvrit la porte de ses appartements au moment où André l'eut rejointe et l'entraina dans sa chambre en refermant la porte sitôt qu'il fut entré.

Le jeune homme afficha une mine ravie en découvrant la chambre qu'il avait tant espérée contempler un jour. Il jeta un bref regard circulaire avant de se jeter sur le lit en s'allongeant de tout son long. Marie était restée devant la tenture de la porte. Son regard était baissé et ses joues rouges comme des tomates bien mûres. André tapota sur le lit pour qu'elle relève la tête. Marie constata qu'il avait une pose décontractée et prônait un regard charmeur et lascif.

« J'ai toujours eu envie d'entrer dans votre chambre, Mam'zelle Bourgeois.
- J'ose croire qu'il y a peu de chambres où vous n'avez point souhaité entrer.
- Comme vous êtes délicieuse, Marie. J'aime vos reparties vives et mordantes. Revenons à nos affaires. Avez-vous pensé à notre conversation hautement philosophique d'hier ? »

Marie s'allongea à ses côtés, ce qui surprit André.

« Oui, répondit-elle en le fixant intensément. »

Il était allongé sur son côté gauche, sa tête reposant sur sa main, tandis que Marie, la mine contrite, était allongée sur le dos. Il pouvait voir son visage en dessous du sien qui le fixait.

André sentit son cœur battre à toute vitesse, ses mains se gorgeaient de moiteur et ses yeux se satisfaisaient de tant de beauté. Une envie ardente de la caresser l'étreignit. Il la prit par la taille, et pour la première fois de sa vie, il trembla.

« André, j'accepte... Je suis à vous, dès ce soir. »

En disant cela, elle ferma les yeux et se laissa aller dans ses bras. Marie ressentit un curieux mélange de peur et d'excitation. Son émoi était aussi grand que celui d'André. Il la regardait attendre le baiser qu'il n'arrivait pas à donner. André observait ses lèvres qu'il aurait voulu baiser à l'infini, son cou qu'il aurait voulu lécher, ses cheveux qu'il aurait voulu caresser, cependant il n'arrivait pas à agir. Il était comme tétanisé et se refusait à toucher cette jeune femme qui lui apparaissait comme une porcelaine délicate et pure qu'il ne pouvait salir de ce jeu stupide et déloyal passé avec Ninon. Son sens profond lui échappait. Marie qu'il désirait plus profondément qu'il ne l'aurait cru quelques heures plus tôt était toute à lui, son corps en émoi, sa verge se raidissant à la simple contemplation des formes généreuses de la belle Marie.

Contre toute attente, il se défit de son étreinte, arborant un air égaré. Il ne comprenait pas ces sentiments inconnus qui l'étreignaient et l'empêchaient d'être cet homme volage qu'il s'était toujours plu à être.

Surprise, elle ouvrit les yeux en le sentant assis sur le rebord du lit le plus éloigné d'elle. Marie s'approcha de lui, abandonnée par la belle assurance qu'elle avait eue en faisant entrer un homme dans sa chambre. Maintenant, elle se sentait aussi perdue qu'André. Ils restèrent un long moment assis sans mot dire. Puis, Monsieur Dupré se leva tout penaud et la salua.

« Mam'zelle Bourgeois.

- André ? », répondit-elle sans comprendre ce qui se passait dans la tête de cet homme si sûr de lui d'ordinaire.

Il se dirigea vers la porte. Marie se leva.

« Vous ne me prenez pas !? Dit-elle, désespérée, tandis qu'André s'arrêta sur le pas de la porte : Mais puisque je vous dis que je suis d'accord ! »

Il ouvrit la porte sans lui avoir adressé le moindre regard.

« Revenez, nigaud, je suis chaude comme de la braise ! »

Elle sortit dans le couloir pour le voir descendre promptement les escaliers. Marie resta perplexe sur le pas de la porte. Elle était tellement perturbée par une réaction aussi inhabituelle chez son ami que cela éclipsa sa promesse faite à la pauvre Marianne, se retrouvant sans étalon pour la féconder.

André gagna le hall d'entrée pour prendre l'air tant il était décontenancé. Il pensait humer l'air frais de la fin de journée et retrouver ainsi ses esprits. Malheureusement la belle Marianne l'interpella en se précipitant vers lui. André fit comme s'il ne l'avait pas entendue et passa l'encadrement de la porte avec précipitation.

« Monsieur Dupré, attendez-moi ! » s'écria-t-elle avant de se lancer à sa poursuite.

André eut à peine le temps de voir Ninon assise sur une chaise longue qu'il fit un plongeon spectaculaire dans les buissons. Madame De Koch ne garda pas son air étonné bien longtemps car Marianne, toute haletante, venait de faire son entrée. André, camouflé derrière le buisson lui fit signe de garder le silence. Ninon s'approcha d'elle en faisant mine de ne pas comprendre.

« Vous sentez-vous bien, Marianne ? Votre mine déconfite fait peine à voir.

- Avez-vous aperçu Monsieur Dupré, ma tante ? »

Ninon eut une subite envie de rire, néanmoins elle se ravisa.

« Ce Monsieur n'est point de mes amis. Je ne m'enquiers nullement de cet homme si peu recommandable. »

Marianne jeta un regard sur le parc, puis sur la porte d'entrée où elle l'avait vu passer, sans comprendre comment il avait pu s'esquiver sans que sa tante n'ait pu le voir.

« Pourquoi le cherchez-vous avec tant de hâte et de détermination ? » reprit Ninon sur un ton caustique.

Marianne resta interloquée, ne pouvant se vanter de la raison qui l'avait conduite à le poursuivre. Elle vit Albert se promener à l'orée de la forêt.

« Oh, non... Juste comme ça... Je vous laisse, ma tante. »

Marianne prit le chemin que son cousin avait emprunté, tandis que Ninon rejoignit André.

« Puis-je savoir pourquoi vous la fuyez ? »

André se releva.

« Je ne la fuis nullement, ma chère amie.

- Tient donc, ironisa-t-elle. J'avais cru comprendre que vous vous cachiez d'elle.

- Et cela, pour mieux l'exciter, renchérit-il pour sauver la face.

- Effectivement, cela fonctionne. Elle est à point. Elle semble chaude comme de la braise. »

André fut surpris d'entendre Ninon prononcer cette dernière phrase qui faisait écho à celle dite par Marie quelques minutes plus tôt.

« Je crois que le brasier est bien trop dense pour moi. »

André s'éloigna, laissant Ninon perplexe, observant Marianne rejoindre Albert.

Le soir venu, presque tous les invités de Monsieur Bourgeois attendaient l'heure du dîner dans le salon. Vincent De Nerval disputait une partie d'échecs avec Ninon ; Nicole, Marie, Louise, Marianne et Philibert jouaient aux cartes sur le magnifique tapis importé de Turquie ; Léandre lisait un roman assis sur le fauteuil de tissu vert que son père affectionnait. Ce dernier le regardait fort insatisfait qu'il ait eu à le lui laisser, puisque son fils avait eu la bonne idée de se l'accaparer, avant qu'il n'entre en ce lieu.

Viviane était au clavecin à essayer quelques accords malheureusement vains. À chaque son strident, les occupants du salon tressaillaient de douleur. Pour amuser la galerie, Nicole se levait rageusement en faisant signe de vouloir étrangler Viviane. Cette dernière faisait fi des moqueries en insistant lourdement sur les touches.

André entra dans le salon. Nul n'aurait pu déceler sur son visage qu'il y avait eu au cours de la journée écoulée, un moment qui l'avait gêné. Il s'était paré de son air le plus désinvolte. Il scruta la pièce un instant en prenant soin de ne surtout pas croiser le regard de la jeune Marie. Il était tellement préoccupé qu'il ne fit pas attention au pauvre instrument qui se faisait malmener par Madame Leroy.

« Pardonnez-moi, avez-vous vu mon journal ? demanda André.

- De peur d'être lu, il a pris ses jambes à son cou et s'est empressé de se jeter dans le feu, ironisa Vincent sous l'œil peu amusé du jeune homme. L'humour vous incommode, très cher André ? Vous étiez plus prompt à l'apprécier à cette soirée parisienne où je vous vis en joyeuse compagnie. »

André et Vincent s'adressèrent un sourire.

« Non, pas le moins du monde. Mais votre causticité est bien trop subtile pour qu'elle m'atteigne, répondit André d'un ton badin. »

Il vit le journal sur le sofa et se dirigea vers lui, s'en saisit et s'assit pour le lire.

Vincent susurra à l'oreille de Ninon.

« Je plains la femme qui l'épousera », dit-il avant de pouffer de rire avec son interlocutrice.

Albert entra dans le salon en bonne disposition. En entendant l'affreux son sorti de l'instrument, il fit une grimace de dégoût. Constatant que personne ne l'avait vu, il entreprit de repartir prestement. C'était sans compter sur Nicole qui l'aperçut au dernier moment, et n'hésita pas à l'interpeller en se précipitant pour lui faire partager cet instant musical unique.

« Cousin Albert, attendez ! dit Nicole en revenant avec lui bras dessus bras dessous, l'air fort satisfaite. Avez-vous quelques notions de solfège, mon cher ami ? »

Viviane s'arrêta de s'exercer et jeta un regard réprobateur à son époux, au vu de l'heure tardive à laquelle il la rejoignait.

« Non, ma chère Mademoiselle De Nerval. La musique ne me sied nullement, dit Monsieur Leroy tout en toisant Viviane.

- Je dirais même qu'elle ne sied à aucun Leroy, compte tenu de ce que nous entendons depuis plus d'une heure. Êtes-vous de mon avis, mes amis ?

- Oui ! » Dirent-ils en cœur, excepté Monsieur Dupré qui regardait Viviane fort amusé.

Viviane les fixa durement. Tous lui adressèrent un sourire empli de fausseté. Viviane, se sentant moquée, se précipita vers son époux en hurlant son prénom.

Albert la regarda d'un air malicieux.

« Tendre Viviane, je pense que vous avez bien trop charmé leurs oreilles ce soir. Gardez vos doigts de virtuose pour demain.

- Ah, non ! Renchérit Nicole qui n'avait pas compris l'humour subtil de son cousin éloigné. Plus jamais une telle horreur musicale ! Dites-lui, chère Tante !

- Vous devriez vous produire, Madame, à l'Opéra Comique, car vos dons musicaux sont un ravissement de chaque instant.

- Vous le pensez vraiment, mon amie ?

- Ah non, je ne le crois pas mon épouse adorée, puisqu'elle souffre depuis une heure de votre entêtement à vous croire l'âme d'un Mozart. »

Louise se dressa entre Albert et Viviane, en toisant cette dernière.

« Sans conteste, vous ne devez pas avoir l'oreille musicale pour ne point entendre que votre musique ressemble au cri d'une dinde qu'on aurait égorgée pour Noël. Pitié, faites-nous grâce d'une autre soirée à vous entendre !

- Tous me maltraitent, Albert, et vous ne dites rien ; pire, vous en rajoutez !

- Mais, Madame, vous tendez à chaque fois le bâton pour qu'on vous batte. Je suis piètre musicien, donc je ne m'offrirais point en pâture aux railleries en me croyant virtuose. À croire que vous aimez à vous donner en spectacle sciemment. »

André, le sourire narquois, applaudit pour que les regards se portent sur lui.

« Madame Leroy, malgré toutes leurs médisances, je peux dire que vous faites des progrès. Infimes, certes, cependant vous avez toutes les marges pour progresser. »

Elle se précipita vers lui, toute guillerette qu'une bonne âme ait décelé son potentiel musical et s'assit à ses côtés tout en froissant son journal.

« Vous le croyez vraiment ? »

Il défroissa son journal en souriant faussement à Viviane.

« Nul doute, Madame, vous êtes faite pour exceller au clavecin. Mais je vous conseillerais de vous parfaire dans vos appartements pour que vous ayez à la fin du mois de juin le plaisir de donner un récital. Je suis sûr que

Monsieur Bourgeois ne verra aucun inconvénient à ce qu'on transporte ce magnifique instrument dans votre chambre.

- Cela peut-être fait dans la soirée, ma chère », reprit Monsieur Bourgeois fort satisfait d'une idée qui soulagerait ses tympans.

Nicole pouffa de rire avant de répliquer.

« Je pensais que vous nous quittiez dès le 20 juin, Monsieur Dupré. Cela vous sauve d'un récital sanglant, et nous condamne à y assister.

- Ah bon ! Je n'ai point souvenance d'avoir stipulé que je partais aussi tôt dans la saison, rétorqua-t-il avec humour.

- Vous voyez, André est un connaisseur pour encenser mon talent de la sorte, reprit Viviane, ne comprenant décidément rien à la taquinerie dont elle faisait l'objet.

- Merci, Monsieur Dupré, renchérit Albert, je n'oublierai pas votre aide si précieuse. »

André lui adressa un sourire moqueur, qu'Albert lui renvoya.

« Bien, je vous laisse à vos amis, Madame, et je m'en vais de ce pas m'aliter en espérant ne pas cauchemarder.

- Vous ne dînerez point ? reprit Monsieur Bourgeois.

- Je vous saurais gré de me faire appeler quand le moment sera venu.

- Cela ne saurait tarder, renchérit Ninon, il est inutile de remonter dans vos appartements. Voulez-vous m'accompagner à la salle à manger dans le seul but d'espionner nos gens ?

- Avec plaisir. »

Albert lui tendit le bras et ils sortirent. Tout le monde reprit leurs jeux. Monsieur Bourgeois et André se remirent à leur lecture. Viviane, toujours assise aux cotés d'André sur le sofa le regarda fièrement. André s'en aperçut et lui adressa une œillade. Viviane rougit avant de regarder derrière elle, pour s'assurer que personne ne lui prêtait attention. L'air désinvolte, elle posa sa main sur la cuisse d'André qui releva la tête, très étonné. Il resta sans bouger cherchant un moyen de s'en défaire. Puis il osa la regarder, plus que gêné tandis qu'elle lui souriait chaleureusement. Il finit par prendre délicatement la main de Viviane et la ramena sur ses jambes recouvertes d'une robe douce et raffinée. Il reprit sa lecture tranquillement, mais cette fois-ci, Viviane remonta sa main jusqu'à l'aine. André jeta un bref regard sur les occupants du salon, s'assurant ainsi que personne ne les avait vus avant de la regarder, déconfit. En temps normal, André aurait adoré l'empressement de Viviane à jouer avec ses attributs, mais toutes les péripéties de ces deux derniers jours l'avaient ébranlé.

La demande de Ninon pouvait être satisfaite. Sans le moindre effort, il pouvait mettre dans son lit Marianne, Marie et Viviane. Monsieur Bourgeois aurait eu fort à faire avec elles et Ninon aurait été exemptée de toute surveillance pendant un temps incommensurable. Néanmoins, il ressentait une émotion qui le perdait loin de son dévouement à Ninon.

André finit par glisser au bord du sofa pour que la main de Viviane se retire d'elle-même.

Ninon entra dans le salon.

« Le dîner est servi, dit-elle.

- Chouette, je commençais à avoir une faim de loup ! » S'exclama Nicole en rangeant les cartes.

André se leva brusquement.

« Et moi donc ! Sauvé par le gong.

- Dommage », lui répondit Viviane d'une voix sensuelle.

André passa devant Viviane qui en profita pour lui mettre la main aux fesses. Il se retourna et lui parla en sourdine.

« Qu'est-ce qui vous prend, Madame ?
- Je suis à vous, Monsieur, à l'heure qui vous siéra.
- Aucune heure ne me sied, Madame ! »

André sortit prestement en passant devant Ninon sans lui adresser de sourire complice comme ils avaient l'habitude de faire. Cela l'étonna grandement, puis elle vit la mine désappointée de Viviane. Ninon avait remarqué qu'il était en train d'avoir une conversation privée avec cette dame, néanmoins elle n'avait pas vu la fessée qu'elle lui avait administrée étant dos à eux à cet instant précis. Ninon avait hâte d'apprendre ce que ces deux-là avaient pu convenir pour indisposer André de la sorte. Avait-elle refusé ses avances ?

Philibert tendit galamment la main à Nicole pour l'aider à se relever. Ils avaient pris leur temps pour ranger les cartes dans l'espoir de se retrouver seuls dans le salon. Ils se regardèrent longuement avant de se donner un baiser furtif qui les fit bien rire tant ils rougissaient de leur audace.

« Après le dîner, nous pourrions apprendre notre texte, » dit Philibert, le sourire coquin.
- J'en serais ravie, car Marie nous délaisse. Ma chambre serait idéale pour nos répétitions.
- Votre chambre !?... N'est-ce pas dangereux ? Votre frère pourrait nous surprendre et en tirer des conclusions hâtives.

- Même si Vincent nous surprenait, il ne pourrait rien en dire car je connais un secret qu'il ne voudra jamais que je divulgue.
- Un secret !? Lequel ?
- Si je vous le dévoile, cela ne serait plus un secret et je n'aurais plus rien à monnayer. Ce soir nous répéterons la scène du balcon et nous inclurons le baiser pour donner plus de force au récit, mais il va sans dire qu'il n'apparaitra jamais lors de notre représentation publique.
- Je l'entendais bien ainsi, ma chère Nicole.
- Vous entendiez bien aussi que nous devons garder cela secret. Il ne saurait être question qu'on apprenne que mon premier baiser fut échangé avec un garçon bien plus jeune que moi. »

Nicole quitta le salon sans un regard au pauvre Philibert qui voyait en ses propos une insulte détournée. Cependant, il n'était pas de ceux qui se laissaient abattre. Il comptait bien susciter un émoi auprès de la jeune Nicole qui ferait qu'elle le supplierait de l'embrasser à nouveau. Le jeune Leroy, contrairement à Mademoiselle De Nerval, n'en était pas à son premier coup d'essai. Il se savait charmant et convoité par les filles. Sa grande taille et son sourire enjôleur lui conféraient les privilèges d'un garçon plus âgé. Or il préférait taire cela pour mieux obtenir les faveurs de ces jeunes filles. Un esprit candide trouvait grâce à leurs yeux, tandis qu'un garçon trop insistant les ravissait moins. Philibert discernait que les femmes étaient bien compliquées, toutefois il ne pouvait s'empêcher de les trouver attractives.

Le repas fut copieux et englouti sitôt à table. Monsieur Bourgeois semblait fort satisfait, ce qui étonna tout le monde. Il était rare de voir cet homme la mine radieuse. Il était même inquiétant qu'il affiche une réelle satisfaction. Marie était sûre qu'il jubilait déjà de son union juteuse avec Vincent. Il pensait certainement à la villa de Saint-Germain qu'il occuperait dès qu'il en aurait l'envie et de la petite fortune que ce mariage lui apporterait.

Fort dépitée d'être si peu aimée de son père qui la vendait sans la moindre honte, Marie se vengea sur la nourriture en ingérant plus que de coutume des mets aussi parfumés que juteux.

En réalité, Monsieur Bourgeois ne pensait nullement au mariage de sa benjamine, mais à celui de son fils héritier. Il avait hâte que l'on desserve le plat principal pour faire une annonce avant que le dessert ne soit servi. L'heure tant attendue arriva et le maître des lieux se leva avec une très grande fierté.

« Je dois vous annoncer que d'ici la fin de la semaine, de nouveaux invités demeureront au *Domaine fleuri*, et cela pour une durée illimitée.

- Heureusement que je vous quitte, nous sommes déjà nombreux, grogna Viviane. Je n'aime pas être à l'étroit.

- Très chère, il n'y a que de futiles bourgeois qui se sentent à l'étroit dans une si vaste demeure, renchérit Albert sur un ton taquin.

- Vous m'insultez !?

- Plaît-il, ma tendre épouse ? Non, je n'oserais me permettre de vous vilipender. »

Monsieur Bourgeois abandonna son air jovial, considérablement excédé d'être interrompu. Il se racla la gorge pour les rappeler à l'ordre.

« Pardonnez-moi, mon oncle, reprit Albert. J'ai hâte de connaître le nom de la famille que vous recevez.

- Il s'agit de Monsieur et Madame Mongne et leur charmante fille que je destine à notre cher Léandre. »

Tous furent surpris d'une telle annonce. Tous les regards se portèrent sur Léandre, qui resta bouche bée tant il était étonné que son père fasse une telle annonce sans l'avoir informé au préalable.

« Voyons Léandre, ne feigniez point la surprise. Ne donnez pas matière à ce qu'on croie que je ne vous avais point prévenu. »

Léandre se leva d'un bond.

« Père, je vous avais dit que je réfléchirais. Vous m'aviez laissé un délai.

- Certes. Cependant, votre âge avancé ne nous permet pas de laisser passer une telle aubaine. Mademoiselle Marie Mongne est la plus délicieuse jeune fille qui soit.

- Vous connaissant, père, je pense que c'est sa dot qui vous parait indécemment délicieuse.

- Me croyez-vous cupide, mon fils ?

- Vous n'êtes que cela, père malgré votre fortune qui aurait comblé le président, Monsieur Loubet, en personne. »

Louise, Nicole et Vincent pouffèrent de rire, tandis qu'Albert, André et Ninon tentaient de camoufler leur sourire. Marie, Marianne et Viviane avaient baissé la tête pour ne pas avoir à affronter le regard colérique du maître de maison.

Germain Bourgeois ne se serait jamais avisé de faire une déclaration publique s'il avait su que son fils le rabrouerait. Il avait l'arrogance de croire que personne ne pouvait lui refuser quoi que se soit, et encore moins son poltron de fils. Germain n'aimait nullement être contredit et plus encore en public. Un public qui risquait de colporter cette humiliation en se riant de lui. Il frappa du poing sur la table.

« Vous épouserez Marie Mongne dès septembre...
- Non, père, hurla Léandre de désespoir. Dès septembre, j'épouserai la chrétienté. Je rentrerai dans les ordres que vous le vouliez ou non.
- Un prêtre dans notre famille !? Vous avez perdu la tête ? Comment pouvez-vous songer à me déshonorer de la sorte ?
- Vous déshonorer, père, en embrassant la carrière d'ecclésiastique ?
- Oui, c'est un déshonneur ! Vous êtes mon fils héritier ; mon seul et unique fils ! Comment pouvez-vous me faire ça, à moi qui vous ai donné la vie ? Moi qui vous ai tant donné, alors que vous étiez la moitié d'un homme dès votre enfance ! Vous êtes un couard, sans aucun objectif ! Vous êtes l'avilissement de ma vie. Un père ne désire pas avoir un pleutre pour fils, mais un homme viril qui le seconde !
- Germain, s'écria Ninon qui ressentait chacune des insultes de son frère envers son neveu comme une morsure profonde dans sa chair.
- Taisez-vous, femme ! »

Germain la regarda un instant, le visage bouffi de colère, les veines du cou saillantes et le cœur battant à tout rompre, puis il s'adressa à son fils.

« Vous n'êtes plus mon fils si vous choisissez la voie du déshonneur.
- L'ai-je déjà été ? répondit Léandre les larmes aux yeux avant de reprendre d'un ton déchiré. Je considère comme un déshonneur de vous obéir, vous qui n'avez

aimé quiconque en ce monde, pas même ma mère que vous avez laissée mourir sans la moindre compassion. »

Léandre quitta la table, déterminé plus que jamais à suivre son chemin.

Germain baissa la tête pour la première fois de sa vie en sentant un mal étrange s'emparer de lui et lui lacérer le cœur. Il quitta la table sans un regard pour ses hôtes. Peut-être avait-il un cœur finalement pour éprouver un remords.

Un long silence s'installa avant que Louise ne le rompe.

« Eh bien, quelle soirée charmante et riche en émotions... Mes sœurs, voyez l'aspect positif, notre héritage va s'en trouver grandi. »

Tous la regardèrent choqués d'une telle désinvolture.

Plus tard, cette réplique les fit bien rire et resta la plus mémorable qui fut prononcée chez les Bourgeois.

Chapitre VI

Il est plus facile de fuir…

Louise Delattre regardait le paysage défiler par la fenêtre du train qui la conduisait à Cabourg. Elle semblait peu encline à la bonne humeur dans la mesure où on l'avait tirée de son sommeil à une heure qu'elle jugeait indue.

Elle avait décidé de faire la moue pour bien souligner qu'elle en voulait à sa jeune et idiote de sœur pour l'avoir arrachée à la vie campagnarde, et surtout à son nouvel amant des plus émérites, sans avoir pu lui offrir un au revoir digne de ce nom.

Louise n'aimait pas être prise au dépourvu. Quand elle savait qu'une histoire prenait fin, elle s'arrangeait pour la clôturer avec la plus grande des coquineries. Elle voulait toujours que la dernière nuit d'amour avec un homme soit exceptionnelle et mémorable afin qu'il ne l'oublie jamais.

Et surtout, elle voulait qu'après cela, aucune femme ne trouve grâce aux yeux de son amant. Au jeu de l'amour, Louise aurait pu espérer avoir la place d'honneur tant elle se donnait sans restriction. Elle en était fort satisfaite, et n'aurait échangé sa vie pour nulle autre.

Elle aimait jouer avec le feu. Le risque d'être découverte prévalait sur toute autre considération. Plus le péril était grand que son mari repère ses écarts de conduite, plus cela lui procurait des frissons salutaires.

Dès l'âge de quinze ans, Mademoiselle Louise Bourgeois avait perçu que sa beauté ne laissait pas la gent masculine indifférente. Elle aimait taquiner les messieurs, leur imposer ses jeux favoris, les plier à ses moindres caprices, dans le seul but de les dominer à force de minauderies à outrance. Un simple mouvement d'épaule, un regard aguichant, et ils se laissaient dompter par elle. Elle aimait ce pouvoir qu'elle exerçait sur ces mâles de tous âges qui croyaient commander le monde par leurs arrogances. Louise ne comprenait rien à la politique, aux affaires et même à la littérature qu'elle trouvait ennuyeuse la plupart du temps. Néanmoins, elle s'efforçait de lire les ouvrages qui lui apprendraient ce qu'il lui fallait savoir pour soumettre un homme à son bon vouloir.

Louise aimait les richesses que sa naissance lui avait données, c'est donc tout naturellement qu'elle se mit à chercher un parti avantageux pour être la plus libre. Elle connaissait son père et son empressement à ce que ses filles deviennent femmes pour les soustraire à sa vue, tout en tirant d'elles des avantages monétaires satisfaisants. Louise n'était pas femme de lettres, cependant elle avait une intelligence intuitive sur ce que recelait le cœur des gens qui l'entouraient. Ce pourquoi, à dix-sept ans, elle décida de rechercher l'homme qui serait le plus proche de ses aspirations. Elle réalisait bien que la combler serait une tâche impossible pour un Monsieur, toutefois elle pouvait se rapprocher au maximum de ses désirs maritaux.

Pour la jeune Louise, un parti avantageux ne tendait pas vers la seule raison d'argent prônée par Monsieur Bourgeois. Elle voulait un homme qu'elle puisse mener par le bout du nez. Un homme qui soit suffisamment pris par ses affaires afin qu'elle conserve une grande liberté dans ses actions frivoles, et surtout qu'il soit assez stupide pour qu'il ne se rende compte d'aucune de ses manigances. Elle aurait pu prendre un homme riche et assez vieux pour qu'il succombe à une crise cardiaque au plus vite, mais le risque était trop grand. Avec les progrès de la médecine, il aurait pu avoir la malencontreuse idée de vivre centenaire et de lui survivre, gâchant ainsi sa jeunesse et les plaisirs qui en découlaient.

De plus, un fossile de l'ère jurassique dans sa couche n'était pas admissible pour elle. Louise préférait prendre un mari jeune et beau pour ne pas cauchemarder chaque fois qu'il lui prendrait l'envie de l'honorer. Mieux valait un homme bien bâti qu'un homme édenté à l'odeur putride.

C'est ainsi que Louise rencontra Henri Delattre lors d'un bal à Paris. Il était plaisant à regarder ; possédant un sourire charmant, un compte en banque indécent et une réflexion des plus élémentaires. Toutes les qualités requises pour combler Mademoiselle Louise Bourgeois qui se renseigna sur lui dès cet instant. Elle apprit que sa famille possédait des plantations de canne à sucre aux Antilles et que sa seule préoccupation était de marier leur fils ainé, trentenaire depuis peu. Il ne lui fallut pas longtemps pour se faire introduire chez eux par Henriette, la sœur cadette Delattre, qu'elle assena de compliments, pour s'en faire une amie. La famille Delattre fut extrêmement charmée par tant de beauté et de docilité qu'elle n'attendit pas deux mois avant d'imposer à leur fils de la courtiser. Henri était séduit par Louise, c'est un fait, mais pour des raisons évidentes il n'avait nulle envie de s'enchainer à elle, ni à aucune autre femme. Les arguments de sa famille sur les qualités indéniables de la jeune fille, et les rendez-vous plaisants avec Louise finirent par avoir raison de son désir de célibat.

Il n'aura fallu à la talentueuse demoiselle que deux entretiens avec Henri pour le gagner à elle. Elle jouait la jeune fille en fleur pleine de docilité et de fraicheur. Laissant malencontreusement glisser de son épaule sa manche pour mieux lui dévoiler son décolleté aguichant de sensualité. Se laissant tomber dans une herbe haute pour mieux lui demander de la déchausser dans le but de soulager son pied meurtri. Puis lui administrer de longs regards tendancieux pour ébranler sa virilité. À chaque entrevue avec la jeune fille, Henri revenait chamboulé par tant de charmes déployés avec tant d'innocence. Il ne rêvait que de la nuit de noces qui lui ferait posséder cette déesse ingénue qui n'avait aucune conscience du pouvoir sexuel qu'elle exerçait sur l'homme.

Henri Delattre était loin d'imaginer le subterfuge tant Louise était avisée. Néanmoins, elle s'était prise au jeu de la séduction et désirait Henri autant qu'il la désirait. Il lui tardait d'être au jour de son mariage pour pouvoir enfin connaître les plaisirs de la chair.

C'est ainsi que Louise se maria à l'été 1896, avant son ainée, à un homme qu'elle avait choisi. Elle ne fut pas déçue par la nuit de noces, puisqu'il était un mâle émérite dans le domaine du sexe. La seule ombre au tableau fut que le père Delattre exigea que son fils s'établisse aux Antilles avec son épouse pour faire prospérer son exploitation. Si cela n'avait pas démotivé Louise, il n'en fut pas de même au bout d'une année sur une île qu'elle commença à exécrer au fil du temps. Elle découvrit les désirs de son époux de se satisfaire dans les bras de femmes antillaises et son désintéressement total des plaisirs de la chair avec son épouse dès l'instant où ils arrivèrent sur l'île.

Louise comprenait mieux pourquoi Henri n'avait pas rechigné quand son père lui avait proposé de retourner sur l'île qui l'avait vu naître et qu'il avait dû quitter dès 1885 pour étudier en métropole. Elle apprit qu'il avait eu des bâtards sur la plantation, ce qui faisait que dès qu'elle voyait un petit métis âgé de dix ans ou plus, elle l'observait pour découvrir si ses traits étaient similaires à ceux de son époux.

La première fois qu'elle fît cocu son époux, cela ne fut pas prémédité. Lors d'un bal en l'honneur d'une délégation anglaise, elle rencontra un noble écossais qui, au premier regard, lui fit beaucoup d'effet. Elle se prit au jeu de la séduction et en ressortit fort satisfaite.

C'est ainsi que Louise comprit que l'amour n'était pas exclusivement dédié à son époux, même si ce dernier daignait l'honorer de temps en temps.

La jeune femme attendait chaque nouvelle délégation avec impatience. Parfois, il s'agissait de navires venus des Amériques ou de la Havane. Les hommes qui lui plaisaient, fussent-ils mariés, ne lui résistaient nullement. Elle pouvait ainsi se satisfaire et avoir des nouvelles du Vieux ou du Nouveau continent.

Sa fille Éloïse naquit l'année de son arrivée aux Antilles, ce pourquoi elle était sûre de sa filiation, mais ses jumeaux Gaétan et Philippe naquirent après plusieurs escapades hors du lit conjugal.

Trois ans sur une île, et elle ne rêvait plus que d'une seule chose : quitter cette terre et revenir chez elle tant elle s'ennuyait. La moiteur de l'île et les moustiques la tyrannisant commençaient à l'insupporter. Durant le printemps 1900, Éloïse eut une grosse fièvre qui faillit la perdre, puis ce fut le tour de Louise qui mit plus de deux mois à s'en remettre. Après cela, elle harcela son époux jour et nuit pour qu'il accepte leur retour en métropole. Il finit par céder, à son grand bonheur.

C'est ainsi que Louise pu regagner Paris au printemps 1901, bien déterminée à ne plus jamais remettre les pieds sur cette île à l'ennui mortel. Elle n'avait plus besoin de scruter le lointain dans l'espoir de voir une nouvelle cargaison d'hommes du monde qui lui ferait oublier les vicissitudes de sa vie. De sa fenêtre parisienne, elle pouvait voir les pavés foulés par un nombre incalculable d'hommes plus attrayants les uns que les autres. Elle n'avait qu'à leur adresser un sourire charmeur pour les cueillir, car Louise n'avait rien perdu de sa jeunesse et de sa beauté. Même après deux grossesses, son corps était celui d'une jeune fille, à la taille de guêpe et une poitrine voluptueuse et ferme. Cependant, elle déplorait que la mode du début du vingtième siècle ne soit pas plus décolletée.

Elle prenait grand soin de sa peau et de ses cheveux en passant des heures à leur entretien. Depuis qu'elle avait regagné Paris, ses tenues étaient à la dernière mode, alors qu'aux Antilles, elle avait toujours une saison de retard, ce qui la rendait furieuse. L'apparence tenait une grande place dans son cœur, car elle avait compris que cela était sa seule arme pour s'épanouir dans la vie. Une femme n'avait que très peu de chance d'être prise au sérieux en entreprenant des études. Les femmes intelligentes faisaient peur aux hommes et ne les rassuraient pas sur leur propre supériorité. Alors qu'une femme belle et élégante leur procurait un faire valoir entretenant leur ego. Il leur était fort agréable de s'introduire dans un salon, ou au sein d'un bal, au bras d'une épouse exquise, captivant tous les regards par sa jeunesse et sa beauté indiscutables. Qu'elle n'eut rien dans la tête hormis un vide sidéral ne préoccupait nullement une grande majorité des hommes de la bourgeoisie.

Louise n'était pas la plus instruite des femmes mais elle se targuait d'avoir un esprit vif. Son intelligence était d'avoir compris très jeune ce qui lui apporterait une vie plus épanouissante que la plupart de ses contemporaines.

Quand elle avait revu Marianne, elle s'était estimée heureuse d'avoir su choisir avec discernement son époux ; ce qui lui avait évité de se retrouver mariée à un illustre inconnu, trop égocentrique et pas assez bellâtre pour faire son bonheur. À sa première conversation avec Gaston Bourbon, Louise avait compris pourquoi sa sœur aînée affichait cette mine déconfite dès qu'il était en sa présence.

Louise n'avait pas décelé l'infortune de sa cadette les quinze premiers jours de son arrivée en métropole. Elle voyait Marianne fort occupée avec ses amies aussi malheureuses en amour qu'elle pouvait l'être, mais qui avait trouvé dans ce cercle de jeunes femmes délaissées un réconfort. Aucune d'elles ne se seraient permise de faire part de leur austère vie maritale, préférant donner le change en riant de bavardages futiles, puisque la société ne permettait pas un étalage public de ses disgrâces. Il y eut parfois des fuites concernant une infortunée dame, mais cela avait donné lieu aux plus acerbes critiques et moqueries, même de celles qui vivaient une détresse similaire.

Bref, on ne pouvait se confier à qui que ce soit dans ce monde bourgeois. Les secrets restaient dans les familles et le malheur bien bâillonné dans le plus noir des donjons.

C'est en écoutant la conversation que Marianne avait tenue à sa benjamine dans la grange que Louise avait compris pourquoi elle avait subitement changé d'attitude. Elle savait que quelque chose de grave s'était passé avec son époux. Louise avait imaginé qu'elle s'était faite rudoyer par Gaston, ou que ce dernier ayant appris une inconduite de son épouse l'aurait tourmentée. Toutefois, jamais elle n'aurait cru qu'il aurait eu l'audace de la menacer de désunion pour n'avoir pas su procréer.

« Pauvre Marianne » avait pensé Louise en l'apprenant. Elle risquait le déshonneur d'un divorce pour une chose qu'elle ne pouvait contrôler. Point de faute de sa part, point d'inconduite, point de tromperie, juste le malheur d'être née inféconde. Elle risquait tout et lui rien, à part d'être félicité d'avoir répudié une femme qui n'en avait que les dehors.

Louise aurait bien proposé à Marianne d'essayer un de ses amants qui l'avait fort satisfaite à Paris, cependant sa jeune sœur, l'ayant tirée du lit aux aurores, avait entaché ce plan.

Louise, contrairement aux apparences, avait du cœur, même si elle avait imaginé se servir de cette histoire si jamais Marie avait l'intention de divulguer son inconduite dans le champ de blé. Marianne l'avait émue au point de ne pas avoir trouvé le sommeil au début de la nuit. Elle n'avait pas cherché à voir son amant cette nuit-là, échafaudant déjà un plan de secours si André Dupré refusait la demande de Marie.

« André Dupré », quel homme exquis, avait toujours pensé Louise Delattre. Elle s'était sentie navrée de quitter la métropole juste quelques mois après sa défloraison, autrement elle n'aurait pu s'empêcher de se jeter dans ses bras à leur première entrevue. En vérité, cette idée n'avait jamais quitté son esprit. Si bien qu'il fut une des premières personnes à qui elle rendit visite à la capitale. Cependant, elle comprit rapidement que cet homme-là était épris de sa sœur, et cela à l'insu de lui-même. Il n'avait fait que parler de Marie, au point que Louise en aurait rendu son petit déjeuner à force de jacassements. Plus que déçue, elle renonça à lui dévoiler ses charmes.

Louise fut surprise d'entendre Marianne demander à Marie de quémander une nuit d'amour à cet apollon pour qu'il l'engrosse dans l'heure. Il aurait été vain de croire que Marianne avait assez de jugeote pour savoir que Marie était la dernière personne à qui demander un tel service. Louise savait que Marianne avait une capacité d'empathie pour son prochain qui approchait le zéro, mais de là à ne point voir que Marie était depuis toujours amoureuse de son ami André, cela confinait à la stupidité absolue. Effectivement, Louise connaissait le penchant de Marie pour André, et avant le jour de ses retrouvailles avec lui, elle n'avait jamais pensé qu'il en allait de même pour ce jeune homme.

Louise était vexée que Marianne n'ait pu voir qu'elle était la plus qualifiée pour lui trouver une bonne dizaine de mâles qui aurait pu la mettre enceinte dans le mois suivant leur copulation. Pourquoi ne lui avait-elle pas parlé à Paris quand son mari avait eu la déplorable idée de songer à la répudier ? Pourquoi avait-elle attendu son voyage à l'Isle-Adam pour en parler à une jeune pucelle qui ne pouvait être que d'une piètre aide, alors qu'elle même pouvait résoudre son problème, si, bien sûr, l'infécondité venait de son époux.

Autrefois, Louise et Marianne étaient de grandes amies, se confiant tous leurs bonheurs ou leurs déplaisirs, sans aucun tabou. Pourquoi ces cinq années avaient-elles changées cela ? Pourquoi Marie était devenue plus importante pour sa sœur ainée au point qu'elle lui dévoila une affaire aussi outrancière ?

Toutes ces questions défilaient dans l'esprit de Louise aussi vite que les paysages qu'elle scrutait de la fenêtre du train la ramenant à Cabourg.

Décidément, Louise n'aimait pas être supplantée. Elle avait la désagréable impression que la complicité qu'elle avait toujours eue avec la sage et respectable Marianne s'était envolée à force d'éloignement. Et qu'il était vain d'essayer de la regagner. Elle n'en voulait pas à Marie, mais bel et bien à son époux qui l'avait éloignée des siens pour satisfaire ses penchants antillais. Louise avait la rancœur sévère et le désir de vengeance des plus tenaces. Elle se promettait de donner du fil à retordre à Henri pour l'avoir privée d'une sœur qui lui était si chère et de l'avoir enfermée sur une île infestée de moustiques vampiriques qui l'avaient tyrannisée durant quatre longues et interminables années.

Assise sur la banquette douillette du train, Marie était dans le même état d'esprit que Louise. Cependant ses raisons différaient quelque peu. La nuit lui avait paru longue et infestée de questionnements ne trouvant pas de fin. À l'approche des cinq heures du matin, elle avait pris la décision qu'elle n'arriverait pas à affronter le regard d'André. Cet homme qu'elle aimait et qui vraisemblablement s'était joué d'elle en lui proposant de la déflorer dans le seul but de savoir si elle était prête à aller jusque-là pour sauver Marianne. Quelle piètre opinion pouvait-il avoir d'elle maintenant qu'il savait qu'elle ne valait guère mieux qu'une de ces gourgandines traînant dans les bars les plus malfamés de la capitale. Elle avait vu l'embarras d'André et sa déception tandis qu'il avait repris ses esprits, assis sur son lit de jeune fille. En vérité, sa proposition n'était qu'une farce qu'il ne comptait pas honorer. Pire, un examen déloyal et scabreux qui n'avait pour but que d'éprouver sa droiture. Au point qu'au dîner, il n'avait même pas daigné lui adresser un de ses regards emplis de sympathie et d'affection fraternelle. Comme elle avait eu mal au cœur tandis qu'elle avalait sans bonheur la nourriture qu'on lui servait.

Mais il y avait une autre raison qui l'avait poussée à fuir le *Domaine fleuri*...

Après les révélations monastiques de Léandre à son père, Marie avait regagné sa chambre le cœur empli de tristesse. Elle s'était mise à son bureau, avait ouvert son journal intime pour y apposer ses plus secrètes pensées, mais rien n'était venu. Marie était restée inerte, sans le moindre éclair de lumière qui aurait pu la guider à un moment de sa vie où elle se trouvait sur un fleuve mouvementé aux affluents divers, sans savoir lequel elle se devait d'emprunter.

L'entrée de Vincent dans sa chambre en catimini fut salutaire.

« Chère Marie ! s'était-il exclamé avant de poursuivre sur un ton jovial : Comme il me tarde d'être à demain. Êtes-vous prête pour l'annonce du siècle ! Nul doute qu'elle va en estomaquer plus d'un, même si votre frère a eu son moment de gloire ce soir... J'aime tant les surprises. »

Il s'attendait à entendre le rire taquin de la belle Marie, mais à sa grande surprise, elle le regarda, embêtée, ce qui fit qu'il rangea son sourire en poursuivant sur un ton qui n'avait plus rien de gai :

« A priori, vous n'avez pas l'air de les aimer. »

Marie lui avait répondu « Vincent, je suis navrée, je ne puis vous épouser. Je... J'aime un homme. J'ose croire que vous comprenez puisque vous vivez le même dilemme. »

« Non, je ne comprends pas, lui avait-il rétorqué. Vous m'aviez dit que ce mariage vous agréait. Si vous ne m'épousez pas, je suis perdu !

- Et si je vous cède, c'est moi qui le serai, avait-elle renchéri.

- Mais... Vous disiez que jamais vous ne vous marieriez. Que vais-je faire sans vous, Marie ? »

La jeune fille l'avait regardé avec une infinie tristesse avant de lui répondre avec douceurs.

« Vous ne pensez donc qu'à vous, Vincent ? »

Il n'avait pas su trouver les mots qui la ramèneraient sur son terrain car il ne voulait pas la brusquer. Vincent espérait que la nuit porterait conseil et qu'au petit matin, elle s'éveillerait plus disposée à entendre que ce mariage était salutaire pour vivre une vie libre de toute contrainte maritale. Après tout, n'avait-elle pas aspiré à cela depuis qu'elle était en âge de comprendre que ce monde était impitoyable pour les jeunes filles nourries aux contes de fées dénués de tout réalisme ?

La mine dépitée, il s'était assis sur le lit de la jeune fille. Marie avait gardé silence, dépassée par ces dernières journées qui chamboulaient à jamais sa perception de la vie.

C'est à cet instant que Marianne avait débarqué dans sa chambre telle une furie en la rabrouant.

« Où étiez-vous toute la journée ? Avait-elle hurlé, tandis que Marie soupirait grossièrement. Je constate que vous me fuyez depuis hier. Pire encore ; André me fuit ! À ce rythme-là, je vais me faire répudier plus vite que prévu… »

Marianne avait regardé sa sœur qui ne daignait pas réagir, sans apercevoir Vincent qui s'était levé du lit, fort intrigué par les dires de Madame Bourbon.

« Je vois que vous vous en moquez royalement. Quand je serai congédiée, peut-être aurez-vous plus de considération pour moi au lieu de vous soucier de vos petits problèmes de jeune pucelle dépressive… »

Marie s'était levée pour gagner la fenêtre. Même si tout ce qu'elle voyait était la nuit noire, elle persista à regarder dans le lointain.

« Mais qu'est-ce alors !? Votre attitude est effrayante ! Allez-vous réagir, nom de Dieu !? » avait repris Marianne complètement affolée par l'attitude détachée de sa jeune sœur, puis elle fit mine de pleurer.

« N'avez-vous point de cœur ?... Que vais-je devenir sans votre aide ? André détale plus vite qu'un lièvre dès qu'il me voit... Marie, quand penserez-vous à quelqu'un d'autre qu'à vous !? »

Vincent avait applaudi avec cynisme, provoquant chez Marianne un sursaut de terreur.

« Jamais ! Marie s'acharne à nous anéantir tous les deux pour d'obscures raisons que seul son esprit tourmenté connaît.

- Monsieur De Nerval, que faites-vous dans les appartements de ma sœur ?... Êtes-vous amants ? »

Marie s'était mise à rire nerveusement tant la situation lui apparaissait incongrue. Marianne interloquée la jaugeait d'une manière peu louable.

« Chère Madame, sachez que cela est impossible. Cependant, nous pourrions accorder nos violons. Faisons entendre à cette demoiselle nos désirs les plus inavouables. »

- Mais enfin, de quoi parlez-vous ? »

C'est précisément à ce moment-là que Marianne crut comprendre l'impensable, tant sa préoccupation majeure était de sauver son mariage, même si aux yeux de Marie il n'y avait plus rien à défendre. D'ailleurs, Marie avait assez d'intuition pour savoir ce que Marianne allait dire, ce qui la fit sourire d'avance.

« C'est finalement vous qui allez m'engrosser ? Avait-elle conclu sur un ton presque joyeux, tandis que Vincent avait fait une grimace. Oh, comme je suis contente ! Marie, vous avez trouvé un remplaçant à ce goujat d'André, qui ne sait honorer un contrat des plus avantageux pour lui. Oh, merci, ma sœur ! avait-elle dit en l'enlaçant fortement, sous l'œil décontenancé de Vincent qui avait vu Marianne s'avancer dangereusement en lui lançant un regard aguichant : Oh, vous… vous ! Vous êtes un gentilhomme. Je vous ai toujours trouvé extrêmement attirant. Je ne perds rien au change. Je gage que cette nuit me sera favorable. »

Elle l'avait enlacé sans que Vincent n'ait pu esquiver le moindre geste. Il recula en la repoussant. Dérouté par une telle attitude, il jeta un regard à Marie qui mima sa désolation extrême. Marianne s'était remise dans ses bras avec délicatesse, en commençant à défaire son nœud de cravate.

« Vous semblez souffrant, mon cher. N'ayez crainte, je vous câlinerai jusqu'à l'aurore, dans la tenue qui sera propice aux déchaînements de vos hormones mâles. À quelle heure dois-je vous rejoindre dans vos appartements ?

- Mes appartements ? Mais pourquoi faire ?
- Il s'agit bien de forniquer ? »

Vincent s'était dégagé de l'étreinte de Marianne pour se précipiter derrière Marie, qui avait feint l'air désinvolte.

« Qu'est-ce que ce cirque, Marie !? De quoi parle-t-elle ? » Avait beuglé Vincent affolé.

- De fornication, je crois. C'est bien le mot que vous avez employé, Marianne ? » Avait-elle répliqué avec ironie.

Marianne avait un air éberlué. Vincent, qui s'était servi de Marie comme bouclier tentait de se réajuster comme il pouvait, car la jeune femme avait retiré sa cravate et les premiers boutons de sa chemise plus vite qu'il n'avait jamais su le faire à son amoureux. La méthode de Marianne était imparable, il tenterait la chose dès qu'il retrouverait son Louis.

« Je… Je suis perdue, là… On parle bien de la même chose ? » Avait répliqué Marianne en bégayant.

- Nul doute que non, ma sœur.
- Plait-il ?
- Vincent n'est pas là pour tenter de vous féconder.»
- Grand Dieu, non ! Que Dieu m'en préserve… Quelle idée saugrenue ! Avez-vous perdu la tête, madame Bourbon ?
- Par tous les saints ! De quoi parlait-il alors ? »
- De mon refus de lui offrir ma main puisque j'aime André. »
- Ah ! Avait répliqué Marianne fort déçue avant de rajouter sur un ton suppliant. Que vais-je devenir, Marie ?
- Non ! Vous n'allez pas vous y mettre vous aussi Marianne, avait-elle hurlé. Sortez de ma chambre tous les deux, puisque seul votre bonheur vous intéresse ! »

Marie avait ouvert la porte en les enjoignant à sortir.

Marianne et Vincent avaient tenté une réplique, mais Marie les avait rabroués en leur souhaitant, à l'une de se faire engrosser hors de sa juridiction, et à l'autre de se trouver une autre dinde pour se rasseoir dans les bonnes grâces de ses parents.

Dès qu'ils furent sortis, elle avait claqué la porte violemment.

Marianne avait regardé Vincent avec une terreur si manifeste qu'il avait tenté de la rassurer en se gardant, tout de même, à bonne distance.

« Ne vous en faites point, Marie est une bonne âme... Elle trouvera un remède à votre disgrâce, chère Marianne. »

Voici ce qui avait décidé Mam'zelle Bourgeois à fuir le domaine au petit matin.

Marie avait échoué sur tous les plans. Elle ne pouvait satisfaire la demande de Marianne ; elle avait perdu l'affection de son meilleur ami ; Vincent allait la maudire d'avoir fui le domaine. Et pour couronner le tout, elle était perdue dans un dédale de questions à la noirceur incommensurable, face à une sœur qui lui jetait des regards antipathiques depuis l'aurore.

Si Marie avait eu davantage d'expérience, nul doute qu'elle aurait pu décrypter les réactions d'André Dupré d'une façon plus louable. Il aurait fallu qu'elle s'ouvre à Louise pour qu'elle comprenne que l'amour d'André avait été le seul obstacle à sa défloraison. Cependant, Marie avait été odieuse avec Louise et l'avait rabrouée quand celle-ci avait voulu en savoir plus. Ce qui fit que Louise garda le silence sur ce qu'elle savait de Marianne et d'André. Au fil du voyage, les deux sœurs s'étaient murées dans un mutisme profond qui les perdait toutes les deux loin de toute solution tangible.

C'est ainsi que Marie et Louise arrivèrent à Cabourg et rejoignirent la villa des Delattre pour s'enfermer dans leurs appartements respectifs le reste de la soirée.

Henri Delattre fut fort indigné quand il vit sa femme et sa jeune sœur lui passer sous le nez sans un bonjour chaleureux. Claquant leurs portes sans le moindre égard pour les nourrices, affectées par l'étrange voyage qu'elles venaient de faire avec les deux sœurs ennemies.

Ce même jour, André se leva très tôt puisqu'il s'était éveillé en entendant des chevaux hennir en quittant le domaine. Il n'y avait pas prêté attention. Il n'avait pas réalisé qu'il s'agissait du départ inopiné de celle qu'il commençait à voir d'une tout autre façon. Il prit un bain pour se détendre, cependant cela ne lui fit aucun bien. Il cogitait comme jamais sur les raisons de son mal-être.

Décidément, personne ne pensait plus au pauvre Léandre qui était en train de plier bagage dans sa chambre, persuadé qu'il ne reverrait jamais la demeure de sa naissance.

André avait fini par s'habiller et gagner l'écurie pour chevaucher sur des chemins de campagne qui le conduisirent à l'orée de l'ancienne demeure louée par feu son grand-père despote. Il la contempla avant de lancer son cheval dans un galop endiablé. Il maudissait toujours autant ce domaine où il avait vécu sept mois d'un calvaire profond. Il ressentait un pincement au cœur en se remémorant cette période sombre de sa vie. Puis, il trotta sur les bords de l'Oise, à l'endroit même où il avait passé des semaines dans une torpeur qui menaçait de l'anéantir. Il revoyait la dame qui l'avait sauvé d'une mort certaine tandis qu'il dirigeait son cheval dans la forêt pour rejoindre la grotte où il avait connu tant d'émois et de grandes passions dans l'écrin du corps de Ninon. André descendit de cheval, attacha sa sangle et s'accroupit pour pénétrer la cavité.

Tous les ans, il y revenait avec Ninon pour y faire l'amour comme au premier jour.

Il s'assit à même le sol et contempla la malle, toujours à l'abri dans un renfoncement de la grotte à ciel ouvert. André finit par l'ouvrir, en tira une couverture et s'allongea dessus.

Albert et Viviane prenaient leur petit déjeuner dans le salon, dans un silence presque plaisant pour Albert qui voyait dans le mutisme de son épouse un repos pour ses tympans.

Malheureusement, l'entrée en scène de la jeune Nicole De Nerval brisa ce silence presque religieux. Elle suivait de très près Monsieur Bourgeois, de sa voix aiguë de jeune donzelle.

« Je vous en prie, cousin, emmenez-moi chez les Dambry ! Il me faut de la société, sinon je vais mourir d'ennui, ici. Je suis une jeune fille de Paris, moi, pas une paysanne du Vexin. Il est vain d'aller visiter les gueux de votre pittoresque bourg. »

Monsieur Bourgeois n'aimait pas être nommé -cousin- par une gamine de tout juste quatorze ans. Mis sur le même pied d'égalité, il avait la sensation d'être insulté alors qu'il se sentait bien supérieur à tous ceux qui l'entouraient. Il s'assit dans un fauteuil avec l'air excédé d'un homme qui se savait pris au piège d'une gamine mal élevée par sa stupide cousine germaine. Nicole, nullement intimidée, s'assit à ses côtés avant de reprendre d'une voix encore plus criarde.

« Si vous n'accédez pas à mon désir, je dirai à ma mère que vous m'avez laissée me morfondre alors qu'elle vous a en grande estime. Que restera-t-il de votre grande amitié -cousinesque- après cela ?
- Soit, jeune fille ! Je vous emmènerai demain midi avec nous. En attendant, hors de ma vue, vous m'indisposez grandement.
- Ainsi que mon frère ?
- Non, Vincent ne sera pas des nôtres. J'ai entendu dire qu'il avait à faire.
- Mais non ! Je vais de ce pas l'informer de votre invitation. »
Nicole sortit en courant, sans que Germain n'ait pu la retenir. Albert lui adressa un sourire cynique à l'instant où l'intendante vint informer son maître du départ précipité de Louise et Marie.

Monsieur Bourgeois était fou de rage que ses filles soient parties sans le prévenir. Il ne décoléra pas pendant une bonne heure, tandis que Marianne pleurait à chaudes larmes sans qu'Albert et Viviane ne comprennent la raison de son chagrin.
La jeune femme était décontenancée par l'abandon de sa sœur, par cette fuite incongrue qui la laissait dans une terreur menaçant de la faire défaillir.
« Où est donc passée ma sœur ? » Meugla Germain.
Albert, observant le paysage, avait vu Ninon s'éloigner de la demeure. Il se proposa de partir à sa recherche. Après avoir eu l'approbation de son oncle, il quitta la demeure, fort heureux de s'être trouvé une occupation pour fuir la mauvaise humeur du maître des lieux.

Ninon savait où se trouvait André. À la minute où elle avait appris la fuite des sœurs, elle avait bien compris qu'il s'était passé quelque chose d'important que ce jeune homme avait préféré taire. Dans un premier temps elle avait vu André fuir Marianne, et maintenant c'était Marie et Louise qui le fuyaient.

Jamais ce Monsieur ne lui cachait quoi que ce soit. Il était clair qu'il avait dû vivre quelque chose qui l'avait profondément marqué pour qu'il préférât garder cela pour lui.

Ninon entra dans la grotte et le vit allongé. André la devinait, mais ne la regarda pas, préférant garder le silence.

« Que se passe-t-il avec les sœurs ? Hier, je vous ai vu faire grand effet à Marianne, si je ne m'abuse, et ne point en profiter pour honorer votre promesse.

- Ne me parlez plus d'effets. Mais qu'est-ce qu'elles ont toutes ?

- Notre plan marche à merveille, pourquoi cela vous désappointe ? »

Il la regarda, perdu, n'osant avouer ce qu'il n'avait pas pu faire.

« Je ne sais pas, reprit-il.

- Vous êtes un lâche, dit-elle tandis qu'André blessé par ce qu'elle venait de lui rétorquer se leva pour faire les cent pas avant qu'elle ne reprenne sur un ton plus chaleureux.

- Vous savez très bien pourquoi... Marie ? »

Il s'arrêta sans la regarder.

« Quoi, Marie ?

- Où en sont vos affaires avec elle ? »

Il la regarda un instant, avant de lui répondre, peu fier de lui.

« Je la tenais. Mais je n'ai pas pu. »

Albert avait presque réussi à rattraper Ninon. Puis, elle avait disparu de sa vue. Il pensait l'avoir perdue avant d'apercevoir le cheval d'André qui broutait tranquillement, puis il perçut des mots venus d'une cavité. Il s'approcha silencieusement de l'entrée et entendit la voix de Ninon. Et comme la curiosité humaine l'emporte toujours sur le bon sens, Albert resta à écouter la conversation plus que privée qui se tenait de l'autre côté de la paroi.

« Pourquoi, André ? reprit Ninon fort surprise de la réponse de son amant.
- Parce que je la veux.
- Je ne pense pas avoir saisi vos propos. Marie s'offrait à vous, pourquoi refuser si vous la teniez ?
- Je n'ai pas pu la prendre, parce que nous aimons nos chamailleries, nous rendre chèvre, nous énerver à force de tergiverser. Elle me motive dans toute chose que j'accomplis. Je ne puis lui faire une chose aussi horrible.
- Depuis quand faire l'amour est une chose aussi exécrable ? » Dit-elle sur un ton enjoué.
Il n'osa répondre. Il s'assit sur la couverture, affublé d'un air de petit chiot perdu. Ninon baissa la tête avec un curieux mélange de tristesse et de résignation.
« Vous l'aimez donc ?
- Non ! C'est impossible ! Je ne puis aimer un autre être que moi ! Ironisa-t-il pour se soustraire à la peine qui le saisissait.
- Il fallait bien qu'un jour vous soyez pris au piège de votre propre jeu.

- Pourquoi cela m'arrive à moi ? Et pourquoi avec cette mégère ?… Si… si… délicate, si… si belle…
- Je ne saurais le dire. Diable, je perds mon amant le plus appréciable au profit d'une nièce. »

André se résignait enfin à admettre qu'il aimait Marie depuis fort longtemps. Ninon s'assit à ses côtés, car elle venait de se rappeler la raison de sa venue en ce lieu.

« André, dit-elle en relevant son visage pour qu'il la regarde, avant de poursuivre l'air navré. Marie est partie aux aurores avec Louise. Que s'est-il passé pour qu'elle vous fuie de la sorte ? »

Le jeune homme prit une large inspiration.

« Je comptais vous satisfaire déloyalement. Quand vous m'aviez demandé de salir vos nièces vous ne pouviez imaginer que Marie viendrait me trouver dans l'espoir que je fasse l'amour à Marianne. »

Ninon le regarda fort surprise d'une telle demande de sa nièce. Elle s'apprêta à parler, mais André lui apposa sa main sur les lèvres.

« Attendez, mon amie chère à mon cœur, que je vous conte la suite... Marianne risque la répudiation pour ne pas avoir donné un fils à son nigaud d'époux. Ce pourquoi, Marie est venue me demander de féconder sa sœur.
- Eh bien, moi qui pensais être maîtresse dans l'art d'imaginer des idées scandaleuses, je suis battue. Je m'incline, mon ami. »

André essaya d'en sourire, mais n'y arriva pas. Ninon comprit que la plaisanterie n'était plus de mise. Elle lui prit la main et l'enjoignit à poursuivre de son air bienveillant.

« Je me suis montré indélicat face à une situation qui aurait mérité d'être traitée avec plus d'égards. Je me suis montré ignoble en me servant de cette pauvre Marianne pour satisfaire mes instincts bestiaux. Je n'ai accepté de prendre Marianne que si Marie s'offrait à moi. Ainsi, je pouvais honorer votre demande sans me donner le moindre mal pour la convaincre de se salir. Je suis un bien piètre homme d'avoir profité d'une situation des plus tragiques au bénéfice ma propre jouissance… La belle Marie m'a invité dans ses appartements, prête à commettre le péché suprême pour une jeune fille du monde. Le péché irréparable de chair qui la condamnait à ne jamais accepter la demande en mariage d'un homme pour qu'on ne découvre jamais son infortune. Un sacrifice de dévotion absolu à sa sœur qui est tout en son honneur, tandis que moi, je l'ai bafouée. Ce n'était pas un jeu et je l'ai pris comme tel. J'ai eu envie de pleurer quand je l'ai vu allongée à mes côtés ; de me jeter à ses pieds pour lui demander de me pardonner de l'avoir traitée comme une catin, et lui prouver que j'étais l'ami fidèle sur qui elle pouvait s'appuyer.

- Voilà qui explique cette fuite. Mais il n'est pas trop tard, mon ami. Elle est sûrement allée à Cabourg chez Louise. Allez l'y rejoindre et déclarez-vous à elle. Il n'y a aucune crainte à avoir. Vous savez qu'elle vous aime depuis toujours. »

Il sourit, fort satisfait de cette réponse. Puis son visage s'assombrit et il se leva.

« Marianne est en danger. Ce Monsieur Bourbon est un scélérat. On épouse une femme pour ses vertus et non pour des probabilités d'enfantement. Tous les hommes ont un bâtard quelque part, excepté lui ! Pauvre homme infertile qui n'assume point son incapacité à engendrer, préférant mener son épouse aux persiflages pour sauver la face. Cet

homme est un goujat pour oser salir la réputation d'une si noble dame… Ce pourquoi j'irai à sa couche ce soir pour la sauver du préjudice.
- Si vous faites cela, vous devrez à jamais renoncer à Marie.
- Étrange, non ?... Si je sauve Marianne, je perds Marie. Et si je ne la sauve point, je la perdrai tout de même, pour n'avoir rien tenté pour la sauver. »
Elle se leva et s'approcha de lui pleine de sympathie.
« Il y a peut-être un autre moyen ?
- Il n'y en pas… Mais dites-moi, n'est-ce pas vous qui vouliez ruiner la réputation de vos nièces à votre profit ?
- Certes. Cependant, être vil n'est pas de mon fait. Vouloir faire le mal est humain ; s'y appliquer est diabolique et nous retire notre âme. Et puis, Marianne et Marie sont un peu les filles que je n'ai jamais eues.
- Bougresse, vous traitez vos filles d'une bien curieuse façon.
- J'étais en colère contre mon frère. Ma vengeance envers ses filles aurait été injuste. Je suis femme et je devrais aider mon camp au lieu de le salir. En vérité, Monsieur, j'ai toujours su que vous aimiez ma nièce. Je ne crois nullement que votre rencontre fut décisive à votre amour. Je crois qu'il est né à force d'admiration. Car il est certain que vous avez en grande estime les idées de ma chère Marie… Je trouve dommage qu'il vous faille le découvrir dans un moment aussi délicat... Moi aussi, André, je vous admire tant, et si j'avais pu vous faire ressentir pour moi un peu de cet amour que vous avez pour Marie, quel bonheur j'aurais eu à vous avoir pour compagnon au grand jour. J'aurais été prête à perdre ma liberté de célibataire pour vous avoir à jamais à mes

côtés... En réalité, je n'ai point autant d'amants que je le prétends. Il est difficile de vous égaler ou de vous remplacer. Vous êtes le seul homme que j'ai aimé. Vous m'avez donné beaucoup de joie, d'attention et d'amour. Dans vos bras, j'ai appris le sens du mot extase... Mon époux ne m'a rien donné de tout cela. Ses mains sur moi n'ont été que des bâtons rudoyant mon corps. Ma peau s'est éveillée à la vie grâce à vous. Je serai pour toujours votre débitrice. »

Il s'approcha d'elle, ému par ces révélations.

« Ne dites rien, André. Mon âge m'interdit l'audace de croire que vous puissiez aimer une dame de quinze ans votre aînée.

- Détrompez-vous, Ninon. Votre âge n'est en rien responsable de mon peu d'inclination à votre égard. Vous êtes une amie que je respecte et que je respecterai toujours. Je suis navré que mon cœur ne puisse vous appartenir. Vous êtes une femme douée d'amour, de compassion et d'un honneur digne des plus grands de ce monde. Vous m'avez offert de si grands moments de bonheur et d'attentions que je puis dire que si vous pensez m'être débitrice, vous vous trompez. Nous nous sommes trouvés, un laps de temps très court, certes, mais tout était vrai et pur. Vous m'avez fait grandir. Devenir l'homme que je suis... Pouvons-nous être des amis après avoir été amants ?... Le supporteriez-vous ?

- Je vous le dois. Tant qu'à vous perdre pour une autre, autant que ce bonheur appartienne à la jeune femme que j'affectionne le plus au monde. »

Il déposa un chaste baiser sur ses lèvres avides d'être aimées de lui une dernière fois, puis il l'enlaça tendrement.

« J'irai parler à votre frère en votre faveur, afin qu'il vous laisse vivre comme vous l'entendez.
- Il ne vous écoutera point. Cet homme est dépourvu de cœur, il aime bien trop qu'on lui obéisse... Petite, mon frère m'a rendue triste bien des fois, puis mon défunt mari s'est substitué à lui pour me remettre une dose de chagrin et maintenant mon propre fils. Grâce à Dieu, mon veuvage m'a rendu heureuse. Aux yeux de la haute société je dois me vêtir de noir, cependant, dans l'enceinte de ma demeure, dès que Richard batifole dans un coin de France, je m'adonne à toutes les frivolités. Je porte de la soie de Chine aux couleurs chatoyantes, des perles les plus brillantes. Alors, croyez-moi, je ne laisserai pas mon frère et mon fils m'enlever cela. »

Ils s'enlacèrent tendrement, tandis qu'Albert se demandait comment il allait pouvoir aider Marie et Marianne à trouver le bonheur. Monsieur Leroy avait appris par son oncle que Vincent avait fait une demande en mariage pour le moins insolite et qu'il aurait dû officialiser cette promesse d'union la vieille. Mais Léandre avait changé le cours de la soirée.

Albert avait commis une erreur fatale autrefois, une erreur qui l'avait conduit sur un chemin sinueux et plein de morgue. Il ne désirait pas cela pour la jeune Marie. Il lui fallait lui parler et la convaincre de renoncer à ce mariage sans amour. Elle ne devait pas se sacrifier pour Vincent ou qui que ce soit d'autre. La vie était déjà si lourde à porter sans qu'il nous faille en plus l'accabler d'un mariage sans amour.

Tandis qu'Albert rebroussait chemin, il prit la décision d'aider sa jeune cousine à percevoir la vie sous un angle bien plus merveilleux qu'elle ne la voyait.

Chapitre VII

On dénoue les nœuds

Léandre avait décidé de prendre la route de Cabourg. Nullement pour ramener Marie à ce père acariâtre, mais pour l'aider à y voir plus clair. Il venait d'apprendre que Vincent avait demandé la main de sa jeune sœur, ce qui était un motif suffisant pour qu'elle mette les voiles.

Léandre connaissait très bien Vincent et son penchant pour les hommes. Il ne le blâmait pas, même si son Dieu désapprouvait et prohibait toutes formes d'unions improductives. Léandre avait vu des hommes condamnés pour avoir osé s'aimer. Il n'arrivait pas à savoir si cela était mal ou bien. Et dans l'incertitude, mieux valait garder sa réserve et s'abstenir d'incriminer cet acte. Pour Léandre, le plus important était d'aimer. Et que cet amour prédomine le court de la vie et soit le conducteur de toute action.

La seule certitude que possédait Léandre était que sa sœur n'avait pas de sentiment amoureux pour Vincent. En cela, elle devait renoncer à lui apporter son aide et penser enfin à son devenir.

Léandre avait déchargé ses bagages pour alléger le véhicule. Il irait plus vite et ainsi il pouvait espérer arriver à Cabourg avant minuit. La matinée était déjà bien entamée, il n'avait plus de temps à perdre.

Vincent avait demandé à être du voyage, toutefois Léandre avait refusé en sachant qu'il était probable que Marie ait fui son foyer pour se soustraire à ce mariage forcé. Vincent avait beau lui dire qu'il n'en était rien et que la jeune fille était aussi heureuse de cette union que lui, néanmoins Léandre avait refusé, prétextant que sa sœur se sentirait plus libre de se confier s'il n'était point du voyage. De plus, il voyait la gêne de Vincent. Il discernait qu'il n'était pas sûr de ce qu'il avançait. Si Marie n'avait pas désapprouvé ce mariage l'après-midi, il n'en était plus de même depuis qu'elle avait vu son frère tenir tête à son père.

Monsieur Bourgeois n'avait nulle confiance en son fils qu'il suspectait d'aider Marie à se maintenir dans le refus dans le but de le désappointer davantage. Albert voulait l'accompagner sous prétexte de satisfaire Monsieur Bourgeois, et lui rapporter tout ce qui se dirait chez les Delattre. Le mensonge que venait de proférer Albert ne le dérangeait pas plus que cela. Mentir à Germain Bourgeois était plutôt jouissif et cynique à souhait. Nul ne rapporterait qu'il n'avait pas tenu sa parole, car Léandre et lui avaient un but commun : protéger Marie d'un avenir malheureux.

Germain connaissait la droiture de Monsieur Leroy, cependant il se sentait peu enclin à lui faire confiance. Quand il vit André revenir sur son cheval avec Ninon sur sa croupe, il perçut en lui son sauveur.

Ninon mit pied à terre et s'exclama qu'elle s'était fait mal à la cheville tandis qu'elle était allée chercher Monsieur Dupré. Ce pourquoi elle avait dû monter avec lui sur la jument. Germain, bien trop préoccupé par l'intérêt pécunier qu'il perdrait si Marie n'épousait pas Vincent, ne prêta aucune attention à sa sœur et à l'inconvenance d'être montée en croupe avec un homme.

« André, mon ami. Il vous faut partir de ce pas avec Léandre et Albert. J'ai toute confiance en vous pour ramener Marie à la raison.

- À la raison ?... De quoi parlez-vous ?

- Nous pensons que Marie a fui pour ne pas épouser Monsieur De Nerval. Nous devions officialiser cela hier soir, mais à cause de mon idiot de fils, cela ne put se faire. »

Léandre sourcilla sans penser à répliquer. Cela n'aurait servi à rien et fait perdre un temps précieux.

André et Ninon jetèrent un regard réprobateur à Vincent, ce dernier comprit que ces deux-là ne partageaient pas son bonheur d'être le futur époux de Marie.

André comprenait maintenant pourquoi Marie avait accepté aussi rapidement de lui céder. Elle connaissait les penchants amoureux de Vincent et savait qu'il n'aurait rien trouvé à redire si son épouse n'était plus pucelle.

« Qu'attendez-vous, André, pour monter dans la berline ? reprit Germain, impatient de voir l'automobile quitter le domaine.

- Très bien, je vais vous accompagner mes amis. »
Léandre aurait voulu l'en dissuader mais il se ravisa, convaincu qu'André serait un allié.
Le jeune Dupré sentit la main de Ninon lui agripper le gilet. Elle l'avait touché involontairement tant elle craignait plus que tout celui qu'elle venait d'apercevoir dans le lointain. Il vit le regard empli de peur de la dame. Elle fixait le portail d'entrée de la demeure. Un bruit de moteur arriva à ses oreilles. En regardant du côté d'où le son provenait, il put voir une automobile approcher à toute vitesse avec, à son bord, Richard De Koch en personne. Il avait cet air plein de suffisance que tous lui connaissaient. Il freina le véhicule à quelques mètres d'eux, ce qui fit se soulever la poussière blanche émanant du parterre de petits cailloux blanchâtres. Richard semblait fort amusé de ce dérapage qui avait fait tousser les personnes présentes dans la cour en humant le nuage qui s'était soulevé. Il n'ouvrit pas la portière, préférant sauter par-dessus et retirer sa visière.

Marianne sortie de la maison en entendant l'automobile arriver. Elle était restée assise sagement dans le salon en proie à des angoisses interminables qui la saisissaient jusqu'à lui donner des haut-le-cœur.

En entendant le véhicule, elle avait espéré que sa jeune sœur soit revenue à la raison et ait regagné *le domaine fleuri*.

« Oncle Germain, mère, cousins et cousines me voilà parmi vous, pour votre plus grand agrément. Je suis sûr que je vous ai manqué, et compte bien vous honorer de ma présence quelques jours. »

Albert, Léandre et Marianne le saluèrent d'un signe de tête, le regard embarrassé qui en disait long sur leur bonheur de recevoir le jeune Richard.

« Mère, vous pourriez m'accueillir avec plus d'entrain. J'ai l'impression que le diable en personne s'est présenté devant vous.

- Je suis juste surprise, mon fils. Vous ne m'aviez pas prévenue de votre arrivée. Je vous croyais à Biarritz jusqu'à la fin du mois ?

- J'avais envie de vous surprendre, mère. En revanche, ce qui ne me surprend nullement c'est de vous voir aux côtés de Monsieur Dupré. À croire qu'il n'est jamais bien loin de vous. Seriez-vous siamois ? »

André s'approcha de lui et lui tendit la main pour la lui serrer fortement.

« Je suis l'invité de votre oncle, Richard. D'ailleurs, je devais accompagner mes amis à Cabourg, mais je préfère de loin votre compagnie, dit-il en adressant une œillade à Albert et Léandre avant de poursuivre. Monsieur Bourgeois, je ne puis vous satisfaire, car il m'est plaisant de rester parmi vous puisque notre cher Richard nous arrive de la côte atlantique où il a, je suis sûr, mille aventures à nous conter.

- Je vous prie, Monsieur Dupré, d'accompagner mon fils et mon neveu !

- Pourquoi cela vous importe tant ? N'avez-vous nullement confiance en leur bon sens ? Ils vous ramèneront Marie, car elle se rendra compte très rapidement que Monsieur De Nerval est le parti le plus avantageux qu'elle puisse rêver avoir.

- En êtes-vous certain ?

- Bien plus que cela. »

Monsieur Bourgeois se laissa convaincre. André adressa une œillade en direction d'Albert et Léandre qui purent enfin quitter *le Domaine fleuri.*

Germain ordonna de porter les malles de son neveu dans ses appartements et l'invita à prendre un verre dans son cabinet, dans le but de lui raconter les péripéties de ces derniers jours. Vincent et Marianne les suivirent. André et Ninon ne leur emboîtèrent pas le pas. Ils firent semblant de suivre du regard le véhicule qui disparaissait dans l'allée de chênes après avoir passé le portail d'entrée du domaine. Richard s'arrêta sur le pas de la porte et héla sa mère grossièrement. Ninon et André s'adressèrent un regard en coin, avant qu'elle ne réponde à son fils en s'efforçant de lui adresser un sourire des plus jovial.

« Je vous rejoins dans un court moment, mon cher fils. »

Richard amorça une mine déconfite avant de se ressaisir pour lui adresser un signe d'approbation de la tête avec un sourire laconique.

Ninon jeta un regard navré à André qui la rassura d'un clin d'œil.

« Vous n'auriez pas dû, André.

- Je ne pouvais vous laisser affronter votre fils. Je sais qu'il vous terrifie autant que son père jadis.

- Vous ne devez pas vous sacrifier pour moi, André. Vous avez votre vie à construire.

- Je ne pourrais créer mon bonheur en vous sachant malheureuse, Madame.

- Vous ne comprenez pas ? Ma vie est ainsi faite, vous ne pourrez rien changer à cela.

- Vous croyez ? Votre fils est un couard, je saurai bien le dissuader de continuer à vous faire du mal.

- Un duel, c'est à cela que vous pensez ?
- Oui, Madame.
- Non ! Je ne vous laisserai pas mettre votre vie en danger. André, si vous avez de l'amour pour moi, allez rejoindre celle que vous aimez.
- Celle que j'aime a décidé d'épouser Vincent pour être une femme libre. Peut-être est-ce finalement un meilleur choix. Elle m'a toujours vu comme un libertin. Quelle confiance pourrait-elle nourrir envers moi ?
- Vous n'êtes pas un homme marié, André. Il est normal que vous ayez vécu avec passion. Il vaut peut-être mieux vivre une vie de libertinage que d'être, comme mon fils, un philistin. Je suis persuadée que vous serez fidèle à Marie une fois échangés vos vœux d'union. Vous la rendrez heureuse, nullement Monsieur De Nerval. Vous devez vous battre pour la conquérir. Monsieur De Nerval, ayant été surpris avec un homme dans une fâcheuse posture, ne renoncera point à Marie, car elle est assurément sa meilleure chance de faire taire les langues vénéneuses qui colportent qu'il est un inverti.
- Il est bien trop tard pour cela, la bourgeoisie parisienne est au courant de ses frasques. »

André regarda la fenêtre du cabinet de son illustre ami qu'il détestait depuis toujours. Il le voyait brandir un verre à la face de Richard qui semblait plus occupé par la conversation privée d'André et de sa mère. En sentant le verre de Germain frapper le sien, Richard revint à son oncle en se parant d'un sourire mesquin. André regarda Ninon et effleura rapidement le dos de la dame avant de reprendre d'un ton assuré.

« Vous avez raison, je ne compte point renoncer à Marie pour son agrément.

- Oui, je l'entendais bien ainsi. Et j'espère bien remplacer Marie dans ce projet de mariage blanc. Ainsi, je retrouverai ma liberté et offrirai à Vincent la sienne.
- À quel moment avez-vous pensé épouser Vincent ?
- À l'instant même, mon cher, dit-elle avec malice. Madame Ninon De Nerval, sonorité agréable et pleine de dignité. Je m'accommoderai volontiers de ce nom.
- Vous avez de nouveau le sourire. Je vous reconnais bien là.
- Une fois mariée à Vincent, mon fils ne pourra plus avoir d'autorité sur moi. Plus de duel, une épitaphe heureuse nous conviendra bien mieux.
- Ninon, je ne puis vous laisser épouser cet homme, fût-il honorable.
- Pourquoi ?
- Imaginez que demain vous rencontriez un gentilhomme qui vous aime et désire vous épouser. Vous ne le pourriez plus, et seriez forcée de vivre cet amour dans la clandestinité.
- André, je ne pourrais aimer un homme aveuglément. J'aime bien trop ma liberté pour cela. J'ai ce que peu de femmes en ce monde ont. J'ai le pouvoir de choisir ma vie, ce dont j'ai manqué quarante et une longues, incommensurablement longues, années. Cela fait près de deux ans que je vis enfin sans peur, sans le joug d'Hilaire. Et mon bonheur serait parfait si Richard n'était pas là, à reproduire les méfaits de feu son père. Croyez-moi André, une fois mariée à Vincent De Nerval, mon bonheur sera absolu. Je serai enfin libre. Je serai enfin, totalement, heureuse.
- Oui, je l'espère. Si Germain accepte que j'épouse sa fille. Je ne possède point les biens de la famille De Nerval,

croyez-vous qu'il me préférera à un parti aussi avantageux ?
- Aucun doute. Il vous a en grande estime. Et puis votre fortune, certes, moins considérable que celle des De Nerval, saura néanmoins tenter mon avare de frère. De plus, en épousant Vincent, Germain reste lié au nom et à la fortune des De Nerval, et c'est tout ce qui lui importe : le prestige. »

Ninon avait repris l'air épanoui qui lui seyait tant. Elle prit le chemin du cabinet en laissant André à ses pensées.

Viviane Leroy pestait dans sa chambre qu'elle avait retournée de sa colère intarissable. Même le lit avait été dépossédé de son matelas. Ce dernier gisait sur le sol dégarni de ses draps éparpillés dans toute la pièce. Le pot de chambre était à terre dans une immense flaque -d'eau-. Après une bonne heure d'hurlements, d'objets transformés en projectiles et de rage déployée à détruire le mobilier, Viviane avait fini par s'asseoir épuisée à même le parquet.

La nurse s'était enfuie avec les quatre enfants Leroy, jurant qu'on ne l'y reprendrait pas à s'occuper d'une dame aussi exécrable.

Viviane Leroy ne supportait pas que son époux puisse prendre une telle décision sans en avoir été informée au préalable. Il était revenu de sa promenade et après avoir vu Léandre décharger ses malles, qu'il avait eu tant de mal à mettre au petit matin, il avait décidé de l'accompagner. Albert avait rejoint sa chambre, pris un vêtement de rechange sous les yeux étonnés de son épouse qui n'y entendait rien. Il lui avait seulement dit qu'il quittait pour les deux prochains jours la demeure des Bourgeois et qu'il comptait revenir, au plus tard le lendemain soir dans leur villa d'Honfleur. Viviane avait voulu protester, mais à l'instant où elle avait commencé à proférer une parole menaçante, Albert avait claqué la porte sans demander son reste. Viviane, dans un premier temps choquée, avait fini par dévaler les escaliers pour le rejoindre à l'instant où, avec véhémence, il avait fait part à son oncle de son désir de lui ramener son enfant au plus vite. Viviane n'avait pu s'indigner devant cet oncle d'alliance qui lui était si antipathique. Albert avait demandé à Monsieur Bourgeois de faire ramener son épouse et ses enfants dans sa résidence d'été à Honfleur où il les rejoindrait dès que « l'affaire Marie » serait réglée. Puis, il avait salué sa femme d'un mouvement de tête avant de monter dans le véhicule. Viviane avait fait volte-face en empruntant rageusement les marches.

Albert avait ressenti un émoi en songeant à tout ce qu'ils n'avaient jamais pu se dire. Cependant, il n'était pas encore temps de parler de lui à celle qu'il avait connue bibliquement. À son retour, il comptait bien reprendre sa vie en main et faire taire à jamais ces années sans âme et sans passion qu'il s'était imposé pour rentrer dans le moule des convenances de la société bourgeoise.

Ce jour avait commencé d'une si curieuse façon que tous furent fort épuisés quand l'après-midi vint.

Le soleil tapait fortement pour une fin de printemps qui présageait un été des plus rocambolesques au regard de tous les changements qui s'opéraient chez les familles Bourgeois, De Nerval, Bourbon, Delattre, Dupré, De Koch et Leroy.

Seul Richard n'espérait aucun changement, puisqu'il aimait la vie telle qu'elle était.

Le jeune homme possédait tous les bienfaits dus à son rang mais il était rarement satisfait. Ninon ne pouvait l'en blâmer, et malgré tous ses travers et moult désobligeances, elle nourrissait de la compassion pour ce fils qu'elle avait à peine élevé.

Richard était né un dimanche radieux à Paris. À l'instant où elle le contempla, elle l'aima profondément. Il venait à peine de sortir de ses entrailles que Monsieur De Koch entra dans la chambre, et sans un mot, prit le nourrisson du bout des doigts. Ninon ne vit pas cela d'un bon œil, car son cœur de mère avait eu un frisson dès son arrivée ; elle sentit la sentence qui s'apprêtait à s'abattre sur elle. Le regard dur de Monsieur De Koch se chargea de bonheur dès qu'on lui annonça qu'il s'agissait d'un garçon. Il ordonna qu'on fasse entrer la nourrice qui vint, tenant un linge blanc pour envelopper l'enfant que son maître lui donnait.

Ninon protesta, suppliant son époux de lui laisser le nourrisson. Il répondit sèchement « ce n'est pas à une femme du monde de nourrir un enfant. Les nourrices sont faites pour cela. »

La nurse eut un regard compatissant pour celle qui venait de vivre la douleur d'un enfantement et qui s'apprêtait à vivre une souffrance bien plus grande : être séparée de son seul fils. La nourrice quitta la pièce précipitamment pour ne plus entendre les hurlements de désespoir de Ninon De Koch qui couvraient ceux de son nourrisson.

Richard avait-il ressenti lui aussi le chagrin immense de sa mère ? Avait-il porté en lui le manque affectif que seule une mère sait donner, transformant ce supplice en une froide dévotion à un père acariâtre ? Richard avait-il inconsciemment tenu rancune à sa mère de n'avoir su le garder auprès d'elle ?

À maintes reprises, ces questions avaient hanté ses nuits quand, ayant grandi Richard avait montré tant de malignité envers sa mère. Durant les vingt et une années de son existence, il en avait passé auprès d'elle moins d'une dizaine. Richard avait été mis en pension dès l'âge de six ans et y était demeuré jusqu'à la mort de son père. Il avait alors décidé d'arrêter ses études et de s'adonner à des frivolités. Ninon déplorait que Richard ait mis un terme à ses études de notaire, toutefois elle comprenait que le joug de son père eut été si oppressant qu'il avait aujourd'hui soif de liberté. Elle avait essayé de lui prodiguer de l'attention durant les deux dernières années, mais Richard restait sourd à toutes ses ferveurs.

Le silence régnait dans la villa de Monsieur Bourgeois, puisque chacun avait regagné ses appartements.

Marianne s'était assoupie au cœur de l'après-midi tant elle était épuisée d'avoir pleuré ; Ninon avait préféré fermer sa porte à double tour pour réfléchir à sa demande en mariage des plus saugrenues à un jeune homme de treize ans son cadet ; Vincent écrivait une missive à son amant qui ressemblait davantage à un testament qu'à une lettre d'amour enflammée ; Monsieur Bourgeois priait pour que Monsieur Leroy et son diabolique fils obtiennent gain de cause auprès de Marie afin qu'il puisse jouir dès cet hiver de la belle propriété des De Nerval ; Richard avait convié dans sa chambre une jeune servante qui croyait naïvement que ce Monsieur là pouvait lui apporter amour et fortune ; Viviane avait retrouvé son calme tandis qu'elle coiffait la petite Élisabeth ; et André Dupré s'était adonné au jeu scénique en interprétant de différentes façons la demande en mariage qu'il ferait à Marie, cependant aucune ne lui paraissait suffisamment bonne pour qu'elle soit séduite, et qu'elle accepte sans contester en le couvrant de baisers.

Décidément, cet après-midi était aussi glacial que promettait de l'être le souper. Pourtant le soleil brillait de mille feux.

Les domestiques étaient les seuls à s'amuser. Durant le service de table, ils avaient parié sur lequel d'entre eux ouvrirait la bouche le premier. Dès qu'un serviteur sortait de la salle à manger pour retrouver les autres à la cuisine, il commentait tous les faits et gestes de chaque membre de la famille. Toutefois, leur pari fut vain, car aucune des personnes présentes à la table ne daigna parler. D'ailleurs, ce fut le repas le plus rapide qui fut servi dans cette villa à heure de grande affluence.

Au vu de la bonne ambiance qui régnait au *Domaine fleuri*, Nicole avait préféré dîner avec les enfants Leroy. Elle ne comprenait pas grand-chose à tout ce qui se tramait. Elle jugeait les adultes bien trop compliqués, et même si elle rêvait parfois de devenir une belle et admirable jeune fille prête à convoler, en voyant les problèmes que les adultes se créaient, elle priait pour ne jamais en être une. Néanmoins la curiosité étant la plus forte, elle se risqua à descendre au salon dans l'espoir de tomber sur une conversation d'adulte bien croustillante.

Ninon et André revenaient d'une petite promenade dans le jardin. Le soleil était pratiquement couché sur l'horizon, ce pourquoi ils avaient décidé de regagner la villa. André s'était permis de tendre le bras à Ninon durant toute la promenade. Ils étaient restés bien en vue des fenêtres de la demeure, pour que cela ne soit pas perçu comme indécent. C'était sans compter sur Richard qui les attendait devant les jardins. André et Ninon l'avaient vu descendre les marches de l'escalier de son air suffisant, cependant ils avaient décidé de ne pas se précipiter vers lui et de continuer à marcher lentement, le bras de Ninon toujours enlacé à celui de Monsieur Dupré, et de se parer d'un air des plus innocents.

Ils rejoignirent ainsi le jeune De Koch. Ninon lâcha André pour prendre la main de son fils.

« Que vous vaut un air aussi triste, cher fils ?

- Mon air n'est pas triste, chère mère, il est juste écœuré par tant de mascarades. Vous me prenez pour un idiot, mère ? Et vous, Monsieur Dupré, pour qui me prenez-vous ? »

André le regarda avec un demi-sourire qui en disait long sur son ressenti. Il avait vu sa chère Ninon se décomposer et perdre le sang-froid qui la caractérisait quand elle s'était avancée vers Richard. André se devait de l'affronter et de rabaisser son arrogance.

« Effectivement Richard, nous vous prenons pour un idiot. Comment pourrait-il en être autrement ? »

André fut fort satisfait de voir la belle assurance, pleine de morgue, que prônait Richard s'effondrer sur l'instant tant il ne s'attendait pas à une telle réponse frontale.

André reprit, imperturbable.

« De quelles autres manières pouvons-nous vous prendre, vous qui n'avez cessé de vous adonner à tous les vices possibles et imaginables depuis que votre père se décompose dans sa tombe. Un idiot, c'est effectivement ce que vous êtes, incapable d'assurer son devenir, et qui se permet de donner des leçons à sa propre mère. Vous devriez avoir honte. Un homme du monde ne se compromettrait jamais ainsi.
- Je n'ai nulle raison de vous écouter. Vous n'êtes pas mieux. Vous n'êtes qu'un libertin !
- Soit, je ne puis vous contredire sur ce point. Toutefois, un libertin qui s'assume totalement. J'ai travaillé dur pour avoir mon diplôme d'avocat à un âge où bien d'autres sont encore sur les bancs universitaires. Je ne gaspille pas l'argent de mes ancêtres, je le fais fructifier. Et je puis dire que ma fortune familiale est bien plus importante que ce qu'elle était au décès de mon grand-père. Vous, vous êtes en train de la dilapider. Si vous continuez ainsi vous irez demander l'aumône à des gens comme moi dans moins de deux années.
- Richard…
- Taisez-vous, mère ! Si je puis encore vous nommer ainsi, vous qui vous adonnez à la luxure dans la maison même où père a vécu ! Osez prétendre que vous ne vous êtes jamais donnée à cet homme dès que père a rendu l'âme ? »
Richard venait d'agripper fermement le bras de Ninon. André s'interposa en attrapant violemment Richard. Il s'approcha au plus près de son visage pour lui susurrer une vérité qu'il n'avait jamais énoncée :
« Votre père était encore vivant quand je fis l'amour à votre mère pour la première fois. De l'amour il y en a eu

entre nous, et il y en aura toujours. Nous ne sommes plus amants, mais je ne permettrai à personne de lui faire du tort. Votre père était un monstre. Si Dieu existe, il doit brûler en enfer auprès de mon grand-père. C'est ce qui vous arrivera si vous persistez à emprunter le chemin de la rancœur, de la haine, de l'avarice, de l'égoïsme et de la cupidité. Ce chemin que votre père a pris, et qui l'a conduit jadis à séparer un enfant de sa tendre mère. Quoi que vous en disiez, vous avez souffert autant qu'elle de la malveillance de l'homme à qui vous vouez tant de respect alors qu'il n'avait cure de vous. Vous êtes comme bien d'autres, à chercher l'amour de ceux qui vous exècrent, au lieu d'aimer ceux qui vous chérissent. »

André le regarda un long moment. Il avait pu lire dans les yeux du jeune De Koch, la colère, puis la peur et enfin le doute. Monsieur Dupré le jeta violemment au sol avant de renchérir.

« Si vous êtes amené à dilapider votre héritage, sachez que vous vous retrouverez seul. Nullement votre mère. Je serai toujours là pour elle. Ne comptez surtout pas sur votre oncle pour vous donner le gîte et le couvert. Il ne vous tolère qu'au vu de votre fortune… Richard, il est encore temps de reprendre le chemin de la droiture, si vous ne le faites pas, vous en payerez le prix fort. »

Richard ressentit un profond émoi qu'il n'arrivait pas à comprendre. Les mots d'André l'avaient atteint. Des mots qui ricochaient dans son esprit torturé. Un esprit qui s'était toujours refusé à éprouver le moindre doute, la moindre compassion ; préférant s'évertuer à se nourrir de haine envers tous ceux qui l'approchaient. Cependant, il ne pouvait s'empêcher de ressentir de la honte de s'être fait malmener par cet homme qu'il détestait, sous les yeux

même de sa mère qui le regardait avec une tristesse qu'il lui connaissait bien. Ce regard qu'il avait toujours haï puisqu'il reflétait la souffrance abyssale qu'elle éprouvait.
Cette tristesse qu'il n'avait jamais su décrypter, Richard venait de comprendre son origine. Il avait toujours vu son père la brimer en la rabaissant, néanmoins il avait blâmé sa mère, étant sûr qu'elle était une piètre épouse, et que ce père qu'il avait craint plus qu'aimé, était dans son bon droit. Mais voilà qu'il réalisait l'impensable vérité. Une vérité dont la cruauté lui imposait le silence. Pour la première fois, il n'arrivait pas à parler. Les mots s'étaient tus pour devenir des maux intarissables. Pour la première fois, la douleur de sa mère était sa propre douleur. Les peurs de sa mère, ses plus angoissantes pensées. Avant ce jour, Richard n'avait jamais partagé la moindre émotion avec cette femme, à qui il avait imputé toutes les afflictions de son père.

Ce pourquoi il était toujours à terre ; dépossédé de toute énergie vitale. André l'avait poussé violemment sur le sol, cependant le choc vint de son âme malmenée. Il baissa la tête, ne pouvant plus regarder sa mère. Il ne lui en voulait plus d'être infidèle à son père. Il venait de comprendre qu'il l'avait haïe pour de mauvaises raisons. Il n'avait jamais su qu'il l'aimait avant qu'André ne lui assène ces vérités. La haine de Richard à l'égard de sa mère était conduite par l'amour qu'il n'avait jamais pu lui prodiguer. Il lui faisait payer toutes les frustrations de son cœur, et jalousait tous ceux qu'elle pouvait aimer. Il avait abhorré André Dupré toutes ces années car il avait pris sa place de fils dans le cœur de sa mère. Or, il n'était pas un fils pour elle, mais un amant émérite puisqu'il avait su la défendre et l'honorer bien mieux que son propre père.

Ninon s'accroupit à ses côtés en lui prenant la main délicatement tout en caressant sa chevelure blonde. Richard releva la tête et posa un regard humide de larmes sur sa mère qui en fut fort émue. Depuis qu'il avait quitté l'enfance, elle n'avait jamais vu Richard se laisser aller à des larmes.

« Richard, parlez-moi », dit-elle en un murmure.

Il n'eut pas le temps de répondre, car Monsieur Bourgeois venait de faire son entrée dans le jardin, suivi par Vincent, Nicole et Marianne.

Il s'exclama sans prêter la moindre attention à ceux qui venaient de vivre un grand moment de passion.

« Je vous cherchais, justement. Je voulais annoncer une grande nouvelle hier, cependant mon benêt de fils a rendu cela impossible. Certains d'entre vous sont au courant, au vu des événements de ce matin. Aujourd'hui fut un jour exécrable qui nous mina tous. Toutefois, je me refuse à laisser cette journée se terminer autrement que par… »

Richard se leva, passa devant Monsieur Bourgeois et entra dans la maison sans un mot.

« Mais, que fait-il ? » s'étonna Germain en reprenant une mine patibulaire.

Ninon rejoignit son frère en masquant sa peine.

« Richard est tombé, et s'est fait très mal. Je lui ai conseillé de se désinfecter au plus vite. Poursuivez mon cher frère. Nous avons hâte de savoir quelle bonne nouvelle vous rend si heureux.

- Je voulais faire une annonce nuptiale.
- Je comprends maintenant pourquoi vous m'avez fait mander, s'exclama Vincent, embarrassé. Je vous arrête, car il risque d'y avoir une sacrée déconvenue. Et puisque vous êtes tous réunis, j'ai une annonce à vous faire qui

déplaira à certains et en séduira d'autres... J'aime un homme depuis cinq ans. Je désire me lier à lui. Il serait même plaisant que je l'épouse. Même si cela ne saurait être envisageable aux yeux de notre seigneur... En réalité, cela m'est totalement égal de ne point avoir sa bénédiction, puisque mon amour envers cet homme est bien plus profond que mon attachement à notre créateur. »

Tous restèrent médusés un long moment. Marianne fut la seule à se sentir soulagée en comprenant que ce n'était pas ses charmes qui faisaient défaut dans le refus de Vincent de la féconder.

Nicole brisa le silence et les regards gênés en riant aux éclats en pensant que son frère faisait une bonne blague. Puis, voyant qu'elle était la seule à trouver cela drôle, elle s'arrêta net.

« Bah, quoi ? Vous ne trouvez pas l'humour de mon cher frère désopilant de drôlerie ?

- Non, ma chère, poursuivit Marianne, dans la mesure où votre frère s'exprime sans sarcasme, en homme honnête. »

Nicole le regarda, effarée.

« Père est au courant ? »

Vincent fit un signe positif de la tête.

« Et il ne vous a pas fait écarteler !?... Moi, quand je fais une bêtise on me gronde sur le champ, et vous, vous avez le droit d'épouser un homme !... Qui est ce rustre que vous épousez ?

- Louis.

- Ce laideron !?

- Calmez-vous, ma chère sœur. Je faisais une bien triste boutade. Un mariage de ce genre ne verra jamais le jour. Ou, tout du moins, pas maintenant.

- Excusez-moi. J'annonçais votre mariage avec...
- Votre fille ne veut pas de moi, puisqu'elle aime depuis toujours Monsieur Dupré.
- Plait-il !? » s'exclama Germain tout en jetant un regard alarmé à son ami.

Ninon fut heureuse de constater que le bonheur s'affichait sur le visage d'André, tandis qu'il la regardait les yeux pétillants d'espoir.

« Monsieur Bourgeois, vous vouliez pour Marie une union pleine de richesses. Monsieur Dupré n'est nullement aussi riche que moi, c'est certain, mais il possède un hôtel particulier dans le plus prisé des quartiers de notre capitale. C'est moi qui suis à plaindre de ne point trouver d'épouse.

- Détrompez-vous, Monsieur De Nerval, je suis toute disposée à vous rendre vos lettres de noblesse.
- Diable, vous pourriez être ma mère, chère Madame De Koch ! s'exclama t'il, plein d'espièglerie.
- Peut-être au temps des hommes des cavernes ; temps où les mères étaient bien juvéniles et mouraient dans leur prime jeunesse. J'avais treize années à votre naissance. Vous avez trente ans, si je ne m'abuse. Qu'est-ce qu'une si petite différence d'âge, sachant que mon époux avait plus du double du mien lorsqu'il me prit sans mon consentement. Je suis toute disposée à accepter les termes du contrat nuptial que vos parents proposaient à ma nièce. Et je doute que vous ayez meilleure proposition d'alliance. De plus, pour vous avoir connu dans des moments festifs, je gage que nous allons très bien nous entendre. »

Vincent la regarda un bref instant, puis il formula sur un ton ferme sa seule condition au mariage.

« Vous demeurerez chez vous.

- Et vous, chez vous. »

Un large sourire se dessina sur leurs visages, soulagés de la tournure des évènements.

« Je pense que je me satisferai de votre vieillerie, chère Ninon. »

Ils se serrèrent la main, tandis que Marianne, André et Nicole applaudissaient, sans prêter la moindre attention à Monsieur Bourgeois, paré de sa plus hostile mine.

« Cher Vincent, il vous faut faire une demande officielle, ajouta Ninon pour le taquiner.

- Je viens de la faire, chère Ninon.

- Non, à genou, reprit-elle en adressant une œillade à André avant de continuer sur un ton taquin. J'aime avoir les hommes à mes pieds. »

Elle lui fit signe de s'agenouiller. Il s'exécuta sous le regard ravi de ses amis.

« Relevez-vous, Monsieur De Nerval, s'exclama Germain. Il ne saurait être question d'un tel mariage ! Votre mère ne pourra se satisfaire de cette mascarade.

- Ne serait-ce pas plutôt vous, qui trouvez en cela peu de satisfaction ? Renchérit Vincent.

- Il est clair que j'ai beaucoup à perdre. Ma cousine m'a promis sa maison de Saint-Germain et des avantages monétaires des plus acceptables. »

André mit sa main sur l'épaule de Monsieur Bourgeois. Il lui fallait, une dernière fois, user de tous ses charmes pour gagner cet homme sans cœur à sa cause. Après cela, il pourrait vivre loin de lui. Plus de mystifications, plus de faux-semblants, il pourrait être lui-même une fois que Marie sera sienne et Ninon hors de sa coupe.

« Germain, je n'avais pas la certitude que Marie m'aimait avant que Monsieur De Nerval ne me le confirme à l'instant. Vous me connaissez avec largesse. Vous savez que je suis homme fortuné, et que je pourrai lui apporter la sécurité et toute ma fortune, qui ne fera que s'accroître, car je suis appelé à un grand avenir. Vous pourrez disposer de mes biens immobiliers comme bon vous semblera.

- Mon frère, je n'ai que faire de la maison de Saint-Germain, vous pourrez y séjourner de temps à autre et dire, à qui veut l'entendre, qu'elle vous appartient. N'est-ce pas là un bon compromis pour que vous laissiez votre grand ami, Monsieur Dupré, épouser votre benjamine ?

- J'appuierais surtout sur le fait qu'il est -votre grand ami-, reprit Vincent sur un ton mielleux et plein de cynisme avant de reprendre. On ne refuse pas sa fille à un -grand ami- pour une babiole immobilière.

- Père, André a toujours été un de vos plus fervents admirateurs, renchérit Marianne très convaincante. Il vous aime comme un père, il est donc de circonstance qu'il veuille se lier à votre dernière née. »

Germain les écouta tout en faisant une brève analyse de ses comptes bancaires. Il savait qu'il ne s'y retrouverait pas avant quelques années ; si, bien sûr, André Dupré faisait marcher ses affaires à plein régime. Il aurait refusé de les écouter s'il n'avait quelque affection pour cet homme qui lui faisait davantage penser à un fils que Léandre durant toute son existence. Il avait besoin d'un homme à l'aplomb certain pour ses vieux jours qui commençaient à poindre leurs nez de vautours.

Le temps était en suspend. La respiration d'André, Ninon, Vincent, Nicole et Marianne semblait s'être figée. Tous étaient en attente de la réponse de cet homme peu scrupuleux.

Il finit par leur adresser un large sourire, heureux d'être l'objet de toutes les espérances.

« Mon cher André, je vous offre ma fille en épousailles si vous n'oubliez point vos promesses faites à un vieil homme.

- Comment pourrais-je les oublier, mon cher Père, ajouta André sur un ton mielleux.

- Affaire conclue, mon cher fils. Allez, venez fêter nos affaires dans le salon. »

Germain se précipita dans le vestibule en hélant un domestique. Ninon, Marianne, Nicole et Vincent félicitèrent André.

« Je n'ai plus qu'à aller me confesser, dès demain, soupira Marianne. Je ne suis guère familière du mensonge. Je puis dire, Monsieur De Nerval, que vous étiez bien plus convaincant que moi. C'est une habitude chez vous ?

- Et comment Marianne ! Renchérit Vincent. Nous sommes les spécialistes de la duplicité. Nous pourrions briguer la place d'honneur dans le livre des mensonges les plus éhontés. En attendant, ma chère petite femme, allons nous sustenter sur les deniers de votre frère. »

Ils eurent un éclat de rire intarissable, tandis qu'ils entrèrent dans la demeure.

Tous se souviendraient très longtemps de cette journée où tout avait si mal commencé, et pourtant, si bien fini.

Bien plus tard dans la nuit, André monta à l'étage pour dormir du sommeil du Juste. En passant devant la chambre de celle qu'il chérissait plus que jamais, il eut la subite envie d'y entrer. Il eut un grand émoi en ouvrant la porte. Cette chambre avait une tout autre signification maintenant. Elle deviendrait, un jour, leur nid d'amour quand ils rendraient visite à beau-papa.

André se tint devant la tenture, avide de détailler chaque chose qui appartenait à la demoiselle qu'il irait voir, dès demain, à Cabourg.

Il s'approcha de la commode. Il effleura chaque objet qui s'y trouvait. En faisant cela, il avait l'impression d'entrer dans l'intimité de la jeune femme. Il ressentait qu'il faisait corps avec elle. Puis, il s'approcha de son bureau. Il put y voir le dernier modèle d'une machine à écrire. Marie était partie si précipitamment qu'elle avait laissé une feuille où était écrit un texte non achevé.

André s'assit au bureau et lut en haut de la page « Chapitre III ». Il savait que Marie écrivait des poèmes, mais elle ne lui avait jamais dit qu'elle avait entrepris d'écrire un premier roman. Il en fut fort ravi.

Après avoir lu les quelques phrases inscrites sur le beau papier, il se leva, satisfait de constater que la jeune Marie avait un avenir prometteur dans le domaine de l'écriture.

André posa le regard sur le lit à baldaquin. Il ne put s'empêcher de ressentir un émoi en se rappelant qu'hier elle était allongée, là, à ses côtés. Il ôta sa veste, ses chaussures, sa chemise et son pantalon. Il s'avança, ouvrit les draps et s'allongea dans le lit moelleux. Sa tête bien reposée sur l'oreiller qui avait gardé la forme de la tête de la jeune fille. Il se mit sur le côté pour agripper le deuxième oreiller. En passant la main en dessous, il sentit un objet. Il le tira. André constata qu'il s'agissait de feuilles reliées par trois rubans. Il y était inscrit «L'amusante oisiveté, une pièce de Mademoiselle Marie Bourgeois ».

André se redressa. Vraiment, il se sentait aller de surprises en surprises. Il réalisait qu'il en connaissait très peu sur elle. Il n'avait fait que plaisanter ou se montrer cynique avec Marie. Jamais ils n'avaient parlé sérieusement de leurs projets. L'amusement et les taquineries étaient leur mode de fonctionnement. Ils adoraient ça.

Cela était plaisant, cependant il réalisait qu'il était loin de connaître toutes les qualités de celle qu'il nommait depuis toujours *Mam'zelle Bourgeois*.

Chapitre VIII

Ah, l'amour !

Léandre et Albert atteignirent la propriété des Delattre alors qu'André se plongeait dans la lecture de la pièce de théâtre de la demoiselle qui suscitait tant de questionnements.

Il était bien tard et tout le monde dans la demeure avait pris possession du royaume de Morphée.

Un domestique les conduisit dans leurs chambres, et leur servit une collation. Ils n'avaient plus qu'à s'endormir en attendant le matin, où enfin, ils pourraient accomplir leur devoir.

Ce fut Louise Delattre qui s'éveilla la première. Elle descendit dans le salon pour prendre son petit déjeuner. Un serviteur l'informa de l'arrivée tardive de son frère et de Monsieur Leroy. Elle se précipita à l'étage des invités et entra dans la chambre de Léandre sans même se faire annoncer.

Le jeune homme était à genoux, accoudé à son lit, dans un recueillement que Louise trouva affligeant.

« Vous auriez pu frapper à la porte, ma chère Louise, dit-il en se relevant le sourire franc.

- Pourquoi donc, puisqu'il n'y a aucune chance pour que je vous trouve enlacé à une donzelle ou à un jeune damoiseau. Je suis curieuse de savoir ce qui aurait davantage fait souffrir père : que vous soyez un prêtre ou un inverti ?

- Les deux sont à exclure des bonnes grâces de père. »

Ils s'enlacèrent affectueusement.

« Léandre, je ne vous comprends pas. Entrer dans les ordres vous ôte la seule chose nécessaire à notre épanouissement que Dieu ait créée.

- Le sexe, je suppose ?

- Oui, bien sûr ! Comment pouvez-vous y renoncer ?

- Je n'y ai pas trouvé autant de bonheur que dans mes communions avec Dieu.

- Vos amantes n'étaient point douées. Si je n'étais pas votre sœur, je vous aurais amené tellement vite au septième ciel que vous auriez abandonné vos idées monastiques en un rien de temps.

- Alors, je remercie le ciel de vous avoir pour sœur, car ainsi je ne puis être éprouvé. »

Ils se mirent à rire, puis un long moment de gêne s'installa. Louise brisa le silence qui lui pesait.

« Ne comptez point sur moi pour vous confesser mes pêchés.

- Pourtant, vous le fîtes dans votre prime jeunesse.

- Je le fis à mon frère pas à un histrion de curé.

- Quel dommage, il me tardait de connaître la suite de vos méfaits conjugaux.

- Rien ne change ; il me trompe, je le trompe ; il ne s'en doute point, ni que je sois infidèle, ni que je connaisse son infidélité. Voilà ma vie, mon cher frère, et je préfère mille fois celle-ci à celle de la pauvre Marianne.

- Je comprends... Est-ce l'éducation que vous voulez donner à votre fille et à vos fils ?

- Quelle éducation puis-je leur apporter ! Je ne me sens pas l'âme d'une mère. Quand j'ai mis au monde ma fille, je lui en ai voulu à la tuer de m'avoir infligée autant de souffrances. Je l'ai regardée, là, dans son berceau en me demandant comment il fallait la prendre pour qu'elle arrête de hurler à la mort « Pitié, maman, donnez-moi votre sein que je puisse me ravitailler ! » Cette chose m'exaspérait, et il n'y avait pas deux heures que je l'avais mise au monde. Je ne pouvais pas m'empêcher de penser « pourquoi est-elle sortie de mes entrailles, elle y était bien mieux »... Je regarde les mères parfois. Elles ont toutes l'instinct maternel. Pourquoi ne l'ai-je pas ? Pourquoi suis-je aussi frivole et égoïste qu'un homme ? À eux, on ne leur reprocherait pas cela. La société trouve normal qu'un homme ne dorlote pas sa progéniture. Mais moi, je suis très mal jugée de préférer me divertir que de jouer à la dinette avec mes enfants. Marianne pleure son infécondité, alors que moi je l'envie. Quand je l'ai entendue dans la grange, ma première idée était de lui offrir mes jumeaux. C'est horrible, non ? »

Des larmes avaient fini par couler sur les joues de Louise. Il y avait plusieurs années qu'elle n'avait plus senti son cœur se serrer, préférant taire les tribulations de son âme pour jouir pleinement de cette vie oisive.

« Je ne sais que dire, ma chère, hormis que je suis flatté que vous me confiiez vos plus profonds ressentis. Je ne pense pas que toutes les femmes soient faites pour être mères. Je ne crois pas à l'instinct maternel chez toutes les femmes. C'est un rôle qui leur est dévolu par la société patriarcale… Je vous comprends sur ce point ci. Bien que je ne puisse approuver qu'un homme et une femme s'unissent hors des liens sacrés du mariage. Cependant, vous êtes ma sœur, je vous aime telle que vous êtes, quels que soient vos pêchés et ceux de votre mari. Vos enfants vous aiment et vous les aimez bien plus que vous ne sauriez l'avouer. Votre instinct de mère vous fera les protéger de tous les maux qui s'abattront sur eux tant que Dieu vous prêtera vie. »

Il la serra très fort. Louise sécha ses larmes sur le cœur de son frère adoré.

« Maintenant, dites-moi pourquoi pensez-vous que Marianne est infertile ? »

Louise commença à lui expliquer ce qu'elle avait entendu quelques jours plus tôt dans la grange du domaine.

Marie s'était endormie sans le moindre rêve.

Elle se sentait lasse et dépourvue d'une envie, même infime, d'écrire dans son journal. C'était son rituel de chaque matin depuis ses neuf ans : écrire dès que son esprit s'était éveillé aux premières lueurs du jour.

Dès qu'elle fermait les yeux Marie songeait à André, puis le matin elle ouvrait les yeux en pensant à lui, comme si ce jeune homme avait accompagné sa nuit sans qu'elle ne puisse en garder le moindre souvenir.

Après une brève toilette, elle s'habilla et descendit les escaliers pour gagner le salon du petit déjeuner, car s'il y avait bien une chose qui n'avait pas dérogé à son quotidien, c'est la faim qui la tenaillait dès son réveil.

Marie aimait manger. C'était même une activité qu'elle aurait pu exercer à plein temps tant la vue, d'un plat succulent, d'une odeur alléchante, et surtout d'un dessert chocolaté ou d'une confiserie aux couleurs chatoyantes, étaient attractifs. Au point qu'elle aurait pu passer du petit déjeuner au déjeuner puis au dîner sans attendre que les nombreuses heures qui les séparent ne s'écoulent. De plus, les collations du milieu de matinée ou celles de l'après-midi lui étaient salutaires.

Nul n'ignorait la gourmandise extrême de Marie, cependant tous se demandaient comment elle pouvait garder une taille si fine au vu de tout ce qu'elle pouvait introduire dans sa bouche à chacun des repas.

Monsieur Bourgeois déplorait que sa plus jeune fille puisse engloutir autant de mets en si peu de temps, et ce pour des raisons évidentes. La donner en épousailles à André Dupré allait le délester d'un pécule important en matière d'apports nutritifs.

Marie entra dans le salon et s'attabla immédiatement en observant avec avidité les mets sucrés mettant ses papilles en émoi. Ses yeux exorbités et sa langue humectant ses lèvres donnaient à penser qu'elle se devrait un jour de compenser son addiction à la nourriture par une autre passion dévorante, car nul doute qu'après une première grossesse, Marie aurait beaucoup de mal à garder ce corps svelte et élancé qui plaisait tant aux hommes de tous âges.

Le serviteur entra, armé d'une théière, en saluant courtoisement la jeune fille qui en fit de même en mordant goulument dans une crêpe qu'elle venait de tartiner de miel.

« Mademoiselle Marie a-t-elle bien dormi ?

- Parfaitement bien, Auguste. Avez-vous pensé à ma boisson chocolatée ?
- Elle est en préparation. Je vous l'apporte immédiatement, Mademoiselle Marie. »
Auguste lui servit une tasse de thé, puis quitta le salon.

Albert entra à l'insu de Marie, trop occupée à se préparer une autre crêpe qu'elle badigeonna de chocolat liquide. En la pliant en quatre, le cacao en profusion s'échappa de chaque côté à la minute où elle mordit à pleines dents dans la pâte moelleuse et délicieuse.

Des commissures de sa bouche, dégoulina le chocolat, ce qui amusa grandement Monsieur Leroy. Il applaudit pour se faire remarquer avant que le précieux liquide foncé ne se retrouve sur la jolie robe bleu azur que portait avec grâce la jeune demoiselle.

Après la surprise d'une telle intrusion dans un moment où elle s'était volontairement laissée aller à manger à sa convenance, Marie se leva. Albert ne lui laissa pas le temps de le rejoindre, et attrapa une serviette au passage. D'une main, il lui releva le menton et de l'autre, lui essuya le bas du visage avant de l'embrasser chaleureusement.

« Que faites-vous à Cabourg ?
- Il me tardait de vous admirer à table, ma chère petite Marie. C'est un tel délice. Cependant, il me fallait secourir cette jolie robe qui n'aurait pas survécu à un chocolat aussi gras.
- Vous vous moquez de moi, cousin.
- Non, ma chère, pas tant que vous conserverez une taille raisonnable pour une jeune fille de votre rang. Je médirai de vous quand vous serez joufflue, ce qui sied généralement à un nourrisson mais rarement à une jeune donzelle.
- Votre humour taquin ne m'effraie point.

- C'est pour cela que je puis m'y exercer sans l'ombre d'un ombrage. Mon épouse m'aurait estampillé de mille jurons dès l'instant où j'aurais eu l'indélicatesse de sourire, puisque ses exploits gastronomiques valent les vôtres, ma chère cousine. Viviane a pris autant de poids que d'années de mariage. J'ose espérer qu'elle s'arrêtera là, car douze kilos sont largement suffisants pour m'effrayer.
- Vos propos sarcastiques n'ont nulle vilénie, ce pourquoi je ne puis vous blâmer. Vous êtes homme de bien, et votre jovialité est un bonheur dans cette demeure. Je déplore que votre esprit n'ait jamais atteint votre épouse. »

Subitement Albert abandonna sa mine enjouée pour se parer d'un air triste.

« Ne la condamnez point. Elle n'est pas plus en faute que je ne le suis... Je l'ai malmenée bien trop souvent et fait taire tous ses rêves de jeune fille en fleur.
- Pourquoi cet air si grave ? Je vous connais cynique, mordant, jamais mélancolique, ni triste. »

Il l'invita à s'asseoir sur le sofa, il se servit un thé, prit celui de la jeune fille, puis revint s'asseoir à ses côtés tout en lui tendant sa tasse. Marie était inquiète, puisqu'elle n'avait jamais vu son cousin aussi peu réjoui. Elle attendit qu'il lui révèle la raison de sa mélancolie. Albert prit une gorgée de son thé.

« Aimez-vous Monsieur De Nerval ?
- Vous avez eu vent de l'affaire ?
- S'il vous plait, répondez sans fioriture.
- Est-il nécessaire d'aimer pour prendre époux ?
- Ma foi, cela serait des plus sages d'aimer l'homme ou la femme à qui on lie son âme.

- Vous aimiez Viviane quand vous l'avez épousée et pourtant votre union est une méprise quand on vous voit ensemble. »

Il baissa la tête brièvement puis il déposa sa tasse sur la petite table. Marie, pensant lui avoir fait du mal, lui prit la main d'une mine affligée.

« Je suis navrée, Albert, mon intention n'était pas de vous faire souffrir. »

Il se leva et resta le dos tourné un long moment.

« Il est vrai que je souffre, mais point de vos propos si loin de la vérité. La vérité est que la seule raison à un mariage devrait être l'amour que l'on voue à une personne qui nous est chère. Toute autre considération est non avenue... Je n'ai jamais aimé Viviane et n'ai rien fait pour que notre union soit plus chaleureuse. »

Marie se leva, peinée par une déclaration faite sur un ton si affecté. Elle le rejoignit, lui prit le bras et apposa sa tête sur son épaule sans qu'ils leur eussent fallu se regarder.

« Celle que j'ai aimée, je l'ai laissée partir. Je n'ai pas eu le cran d'affronter ma famille. Je l'ai irrémédiablement perdue pour que la morale soit sauve... Elle était pauvre, et moi j'avais un devoir envers ma famille. Quand mon père a appris mon attachement à cette jeune fille, il m'a dépêché à Paris pour faire fructifier ses affaires. Il a organisé ce mariage avec la riche famille de Viviane et je n'ai jamais protesté.

- Pourquoi ?
- J'avais peur de me retrouver seul, sans l'amour des miens. J'avais peur d'être pauvre. Et il me plaisait de croire que l'amour que j'avais pour elle se serait éteint à force de vivre miséreux. J'ai imposé à mon cœur le silence et écouté ma raison bien plus raisonnable que les tribulations de mon

âme. Je... J'étais sûr que le temps viendrait effacer cette folle inclination. Je croyais, naïvement, que ce penchant pour cette merveilleuse jeune fille s'effacerait au profit de cette femme inconnue qu'on me donnait pour épouse... Mais l'amour, le vrai amour, ne s'éteint jamais. On ne peut oublier l'émoi d'un doux regard, d'une tendre caresse, d'un délicieux baiser. Je n'ai jamais chaviré dans l'étreinte de Viviane comme j'ai pu retenir mon souffle à la simple approche de mon aimée. »

Il lui fit face en la prenant par les bras délicatement. Marie put constater combien ses souvenirs refoulés depuis plus d'une décennie l'affectaient considérablement.

« C'est une douleur de chaque instant quand je repense à elle. Comment oublier la chaleur de son corps tout près du mien ? Comment se satisfaire de cette existence morne et sans délice, quand on a renoncé à la pureté d'une existence sans faille ? Je ne puis qu'être cynique pour me soustraire à l'idée que j'ai fui le bonheur de peur qu'il n'en soit point un... Je n'étais qu'un gamin, bien incapable de réaliser ce que je faisais. J'ai pris une décision sans en mesurer les conséquences. Parce qu'il n'y avait personne pour me guider et pour me dire que l'amour n'existe qu'une fois dans sa vie et que le laisser s'échapper au profit d'une vie pleine de rien est le plus grand des péchés... Je suis riche, certes, mais pauvre et fané. Si je n'avais pas étouffé ma douleur, si je n'avais pas transformé ma peine en sarcasme, tous auraient pu voir ma souffrance extrême. »

Des larmes, que Marie n'avait jamais vues, ruisselaient sans aucune retenue sur les joues d'Albert. Comme s'il s'était enfin libéré d'un poids considérable qu'il avait tu jusqu'à l'étouffement. Marie le prit dans ses bras et l'enlaça un long moment avant qu'il ne la regarde, apaisé, mais aussi épuisé par l'épreuve des mots qui l'avait confronté à la plus profonde désillusion de sa vie.

« Je l'ai aimée, Marie, et je continue à chérir ce bref été que j'ai passé en sa compagnie. Il nourrira ma vie, jusqu'à mon dernier soupir. Pour certains, mes propos sont ceux d'une jeune fille en fleur et ils auront raison de se moquer. Car ceux qui me raillent n'ont jamais éprouvé l'amour une seule seconde. Sinon ils sauraient, ô combien mes propos ne sont point vains. »

Il se défit de son étreinte, reprit sa tasse et s'assit sur le sofa. Marie en fit de même.

« Savez-vous ce qu'elle est devenue ?

- Il y a huit ans, je suis revenu à Reims. Je ne sais pas ce que j'imaginais y trouver. Peut-être l'espoir fou de fuir hors des frontières françaises. Je ne supportais plus Viviane. Même l'enfant, qui venait de naître, ne me procurait nulle joie, comme si je n'osais le toucher puisqu'il n'était pas de mon aimée. »

Il s'arrêta de parler, pris par une violente émotion. Marie lui caressa les mains, en lui souriant avec un mélange de chaleur et de tristesse.

« Vous l'avez revue ?

- Non... Il y avait plus d'un an qu'elle était morte... J'ai appris par son frère qu'elle avait refusé, quelques années avant qu'elle ne trépasse, un prétendant, parce qu'elle m'aimait toujours... Je lui avais offert une bague de fiançailles, triste témoignage d'un amoureux sans honneur... Sa famille, malgré sa pauvreté, l'avait inhumée avec pour combler sa dernière volonté. Je n'ai jamais compris pourquoi elle avait continué à m'aimer alors que je l'avais abandonnée après toutes les promesses que je lui avais faites.

- Vous l'avez fait rêver. L'amour que vous partagiez était tangible, même s'il ne s'est pas ancré dans la réalité. Parfois, je ne sais pas pourquoi, on n'assume pas ses choix, et on se leurre, et on fuit... La peur nous conduit à laisser se détruire les plus belles choses qu'on ait construites.
- C'est à cela que je voulais en venir, petite Marie si pleine de bon sens, dit-il tout en lui baisant les mains. Où est votre cœur ?
- Bien ficelé dans ma modeste poitrine, je crois, lui répondit-elle sinistrement.
- Curieuse acceptation qui nous lie à jamais... Votre cœur, vous l'aviez offert autrefois à un singulier gentilhomme qui n'a su voir la perle qui lui était offerte. »

Marie se leva, désappointée par une telle intrusion dans son intimité.

« De qui tenez-vous cela ?
- De mon observation. Mon cynisme sur la vie ne m'empêche pas de voir avec la plus acerbe des clartés, dit-il, en la rejoignant promptement. Je sais que votre père prépare votre mariage avec Monsieur Vincent De Nerval pour s'assurer un meilleur confort de vie. Comme si l'argent qu'il a n'était pas suffisant à son bonheur. De ses filles, vous êtes sa préférée. Je n'aurais jamais cru qu'il vous monnaierait de la sorte à une famille fortunée qui ne fera nullement votre bonheur nuptial.
- Je connais son penchant pour les hommes, Albert. Je dois accepter ce mariage qui m'assurera une vie confortable et une totale liberté.
- Mais point d'amour. Point de chaleur dans votre couche. Avez-vous compris mon tourment d'avoir laissé l'amour m'échapper par cupidité ?
- Je n'aime aucun homme.

- Balivernes ! Vous aimez André depuis toujours. »
Marie ressentit un pincement au cœur. Elle s'était contrainte, depuis le jour où André lui avait volé un baiser, à faire taire ses sentiments. Elle réalisait qu'elle n'était pas guérie de cet homme. Même si elle appréciait leurs joutes verbales et leurs regards emplis de connivence et d'amitié, elle rêvait secrètement qu'il en soit autrement. Toutefois, la résignation était la seule attitude digne de bon sens qu'elle pouvait adopter face à cet homme qui se voulait volage mais qu'elle connaissait bien mieux qu'il ne se connaissait. Albert ne pouvait comprendre. Discourir sur cet homme était vain.

« Oui, c'est vrai. Mais lui n'aime que lui... Je me suis lassée de cet amour depuis fort longtemps. Contrairement à vous, je fuis le passé et les douleurs qui s'y rattachent.

- Il vous aime, même si cette évidence n'est point manifeste pour lui.

- Vous vous trompez, Albert. Je sais depuis peu qu'il n'éprouve rien pour moi, hormis une profonde envie de me ridiculiser.

- Parce qu'il vous a repoussée ? »

Marie le regarda, interloquée qu'il sache une telle chose. André s'était-il vanté de cela auprès de lui ? À quelles autres oreilles, cette vilénie était-elle parvenue ? Elle s'approcha de lui fort apeurée.

« Comment êtes-vous au courant ?

- Je l'ai entendu parler avec tante Ninon de son amour à votre égard. J'ai entendu ce que vous complotiez pour sauver votre sœur d'une répudiation. Je comprends mieux les regards langoureux de Marianne et sa subite envie de me câliner, dit-il en reprenant son sourire taquin. André fut lui-même surpris de ne point profiter de la situation pour vous prendre votre vertu. Quel beau témoignage de son amour pour vous que celui-là... Refuser de vous aimer par amour. »

Marie resta un long moment bouche bée, tant elle était surprise par ces révélations qui lui faisaient soudain comprendre les réactions, plus que déconcertantes, d'André.

« Je n'avais pas vu son refus sous cet angle.

- Tristement, notre narcissisme nous enjoint à ne voir que l'aspect négatif des choses... Parlez-lui avant qu'il ne fasse une bêtise irréparable avec Marianne. »

Marie hurla en jetant sa tasse de thé dans le brasier de la cheminée.

« Mais non ! Je ne peux pas le retenir. La vie de ma sœur est en jeu. Quel dilemme !

- Occupez-vous d'André, je m'occuperai d'enfanter votre sœur. J'ai quatre enfants. Si elle n'est pas fécondée d'ici un mois, nous saurons qui est infertile chez les Bourbon. »

Marie le regarda effarée par une telle proposition de son cousin.

« Vous comptez cocufier Viviane ?

- C'est cela même.

- Et moi qui vous croyais peu porté sur les plaisirs de la chair.

- Je pense que je vais y reprendre goût. »

Ils rirent en cœur, puis un silence se fit, plein de questionnements.

« Nous avons bien ri de nos sottises. Soyons sérieux, cher cousin. Vos intentions pour ma sœur sont toutes autres. Je ne puis croire que votre solution s'arrête à une vicieuse action.

- Notre cher Monsieur Dupré est homme de droit. Si Monsieur Bourbon tente quoi que ce soit de malhonnête, il saura le contrer en toute légalité. »
Albert l'embrassa sur la joue et s'apprêta à sortir.
« Comment s'appelait votre jeune fille de Reims ?
Il s'arrêta sur le pas de la porte, le regard empli d'une profonde nostalgie, lui faisant perdre cet air cynique qui le caractérisait.
« Élisabeth.
- C'est le prénom de votre fille.
- Oui... c'est peut-être pour cela que je la gâte. »
Albert avait le regard d'un homme n'ayant plus éprouvé de bonheur depuis fort longtemps. Il se sentait le mieux du monde. Il avait appris, grâce à Marie, que l'amour n'avait pas de prix. Aux prémices de son mariage, il avait commencé à aimer Viviane, mais n'en avait jamais pris conscience puisqu'il voulait rester fidèle à son premier amour. Il s'était floué et avait détruit tout ce qui était beau et digne dans son couple pour le seul mirage de sa vie.
Il était encore temps d'aimer la seule femme qui avait su le supporter dans toutes ses afflictions contenues.
Il sourit de cette constatation avant de la saluer en sortant d'un pas tranquille.
Marie reprit un air soucieux, ne sachant plus quoi faire. Quitter cette demeure pour rejoindre son bel André à l'Isle-Adam, attendre qu'il vienne à elle ou se laisser le temps de réfléchir à la bonne conduite à adopter ?
Elle regarda la crêpe qu'elle n'avait pas terminée et entreprit de la finir. Rien ne pouvait faire perdre son appétit à la belle Marie Bourgeois. D'ailleurs, Auguste n'était pas revenu pour lui apporter sa boisson chocolatée préférée.

« Ah, ces domestiques », pensa-t-elle navrée de n'avoir pu se sustenter, à défaut de le faire avec Monsieur Dupré.

En sortant du salon, Albert comptait prendre un peu l'air pour réfléchir. Il tomba nez à nez avec Léandre qui se tenait sagement dans le couloir. Il n'avait pas l'intention de jouer les fouines, cependant il était resté tout ouïe pour s'assurer que son cousin n'irait pas à l'encontre du bonheur de sa jeune sœur. Léandre fut fort surpris des propos qu'Albert avait tenus. Jamais il n'avait pensé qu'il puisse être un homme malheureux, enfermé dans un passé douloureux dont il n'avait pu se libérer même après plus de douze ans de mariage. Albert était un homme affable et de peu de mots. Il n'était jamais triste, mais doué d'une grande répartie caustique dès qu'il ouvrait la bouche. Nul n'aurait pu penser qu'un mal incommensurable se dissimulait derrière ces faux semblants.

Léandre aimait sa compagnie. Où qu'il le croisait, il avait toujours eu plaisir à converser avec le fils de sa tante.

La mère de Monsieur Leroy était née cinq ans avant Monsieur Bourgeois. Elle avait été mariée à un commerçant à l'âge de seize ans. Albert était le plus jeune de ses cinq fils, et le seul survivant de la fratrie. Trois étaient morts avant d'avoir atteint l'âge de quinze ans et son frère ainé était décédé durant la guerre franco-prussienne lors du siège de Paris. Madame Leroy mourut peu après les épousailles de son fils survivant et seul héritier d'un commerce prolifique. Malheureusement pour Albert, tous les espoirs de ses parents lui étaient assignés. Il lui avait été impossible de les décevoir en refusant la femme qu'ils lui avaient choisie pour s'asseoir dans la bonne société qui ne portait aux gens de commerce que peu d'attentions. La famille Leroy avait une dette envers la famille de Viviane Mercier qui avait fait fi des convenances par amitié pour les Leroy qu'ils avaient en affection depuis de nombreuses années.

Le père d'Albert était toujours vivant, toutefois son état de santé était alarmant, il était donc le seul à la tête d'un juteux commerce qu'il avait pu agrandir grâce à la dot de son épouse.

Albert devait beaucoup à Viviane. Il se souvenait encore de leur première rencontre, après qu'elle fut sortie du couvent où elle avait vécu de l'âge de huit ans à celui de dix-neuf ans.

Il se souvenait de cette jeune fille timide qui osait à peine le regarder, sachant qu'il deviendrait son époux. Elle était trop docile et résignée pour ne pas lui plaire. Viviane lui faisait penser à ses propres résolutions, à ses propres aspirations vilipendées par une famille désireuse de s'élever à un rang convoité durant près d'un siècle.

Albert et Viviane furent mariés au printemps suivant, pourtant ils ne consommèrent leur union que plusieurs mois après.

Le problème ne vint pas de Viviane, mais bien d'Albert qui n'arrivait pas à se résoudre à appartenir à une autre femme que celle qui occupait toutes ses pensées. Il pouvait supporter cette situation tant qu'ils faisaient chambre à part dans leur demeure parisienne. Cependant, durant l'été suivant ils furent invités dans la villa des Mercier à Honfleur. Ils furent conduits dans leur chambre qui ne possédait qu'un seul lit ; un immense lit que les domestiques avaient décoré de dessins faits de pétales de rose.

Les deux époux s'étaient regardés honteusement, ne sachant comment réagir à cette situation des plus embarrassantes pour un homme et une femme qui avaient logé dans la même demeure durant quatre mois sans pour autant succomber au péché de chair. Albert avait tout juste vingt et un ans et n'avait jamais eu de relation charnelle.

Le soir venu, le jeune Leroy était resté le plus tard possible à converser avec les hommes de sa nouvelle famille, repoussant l'heure fatidique où il devrait retrouver sa femme dans ce lit qui le terrifiait.

Il était bien tard quand il ouvrit la porte. Quelques bougies étaient encore allumées, il put ainsi distinguer les formes de son épouse emmitouflée dans le drap de soie. Elle semblait dormir profondément. Soulagé, il se déshabilla et mit sa chemise de nuit. Il s'allongea doucement dans le lit, dos à elle, et ferma les yeux en espérant dormir le plus vite possible pour ne plus penser à ce corps de femme, si désirable, allongé à moins de vingt centimètres de lui. Puis, il sentit Viviane se retourner lentement vers lui et se blottir contre son corps. Elle mit un temps d'hésitation avant de l'enlacer en posant les mains sur le torse de son époux qui n'osait bouger.

Albert sentit le désir s'emparer de lui face à cette poitrine si ferme contre ses omoplates. Puis une bouche humide l'embrassa sur la nuque avec volupté. Ses mains descendirent sur son bas ventre et se glissèrent sous sa chemise de nuit pour atteindre sa verge qui se dressa immédiatement, comme tétanisée par une frayeur précoce. Il se laissa caresser ainsi en essayant de dissimuler le moindre son de plaisir qui aurait pu sortir de sa bouche.

Ce corps contre le sien, ses touchers incessants étaient plus qu'il ne pouvait en supporter. Il aurait voulu se garder chaste, mais dans un tel moment, l'abandon de son aimée lui apparaissait plus judicieux.

Il se retourna brutalement vers Viviane, lui enserra la taille fermement et la regarda, en espérant qu'il ne pourrait distinguer ses yeux dans la pénombre. Cela lui faciliterait la tâche de ne pas avoir à affronter son regard bleuté ne ressemblant nullement à celui de sa chère Élisabeth qui possédait des yeux aussi marron que la couleur d'une terre féconde.

Viviane était nue, c'est ce qu'il avait constaté dès l'instant où elle s'était blottie contre lui. La sensation de sa voluptueuse poitrine sur son torse imberbe lui procura un émoi qui fit s'effondrer les dernières barrières l'empêchant d'être un véritable époux pour celle qui avait patienté sans faille pour être enfin une femme accomplie.

Albert descendit ses mains sur les fesses de la jeune Viviane et plaqua son bas ventre contre le sien. Il baisa ses lèvres avec délicatesse avant de pénétrer sa langue dans cette bouche avide d'être conquise. Le jeune Leroy descendit ses mains sur ses cuisses pour écarter les jambes de Viviane. Son pénis en érection se cala à l'entrée de son vagin.

Albert s'immobilisa de peur de lui faire mal, mais Viviane s'empala lentement pour ne faire qu'un avec celui qu'elle avait désiré depuis le premier jour.

Elle eut mal. Elle sentit comme une brûlure dans son entrejambe cependant elle le laissa finir de s'insérer en elle.

Il n'était plus temps pour Albert de se réfréner, il s'allongea sur le corps de son épouse et lui fit l'amour avec passion tout le reste de la nuit.

Au petit matin, Albert s'éveilla avec Viviane dans ses bras. Il l'observa un long moment. Il était surpris de la promptitude et du savoir-faire auxquels son épouse s'était adonnée. Elle semblait si bien connaître les désirs des hommes qu'il eut un instant de doute sur sa vertu. Viviane, venant d'un couvent renommé pour sa vigilance à rendre aux familles des jeunes filles intactes, il était impossible qu'elle eût connu un homme avant son mariage. Toutefois, son expérience ne faisait aucun doute.

Apprenait-on au couvent autre chose que tenir une maison ?

Albert repoussa le drap et vit une trainée de sang minuscule. Il en fut fort satisfait, même s'il n'avait aucunement l'intention de la répudier si elle avait été impure. Lui l'était bien sur le plan du cœur.

Au cours des mois suivants, Albert fut des plus démonstratifs dès que la lumière de la chambre était éteinte, cependant il gardait une distance considérable et un cynisme grandissant dès que le soleil se levait.

Viviane en souffrit beaucoup. Elle connaissait deux époux : celui de la nuit qui se montrait tendre et passionné et celui du jour qui se dévoilait taciturne et peu enclin à des mots d'amour qui auraient pu la réconforter.

Au fil des années, elle partagea avec Albert son quotidien, et des moments aussi forts que la naissance de leurs quatre enfants, mais jamais elle ne vit d'entrain à lui prodiguer un mot tendre, à l'évader avec une simple conversation ou le rire complice d'un couple uni.

Avec le temps, Viviane s'était accommodée de ce silence austère. Son caractère se mua progressivement et devint acariâtre. Elle abandonna sa jovialité de jeune fille pour prendre une mine déconfite. Elle laissa ses rêves de prince charmant enfouis dans la partie la plus obstruée de son cœur et accepta de n'être qu'une amante la nuit et une épouse recluse le jour, d'un homme sans visage, sans espoir et sans une âme protectrice.

Albert fit atteler une calèche et prit la route après le déjeuner. Il fut fort heureux de regagner sa propriété de Honfleur où Viviane serait en fin de journée, car il était clair qu'elle avait dû, dès les premières lueurs du matin, prendre le train. Il se pourrait bien qu'ils y arrivent au même moment.

Albert avait le cœur léger. Pour la première fois de sa vie, il était heureux de rejoindre son épouse. Cette constatation l'ébranla tout de même, ne sachant nullement la réaction qu'aurait Viviane.

Pourra-t-elle lui pardonner toutes ces années de silence, de paroles parfois cruelles ? Pourra-t-elle lui pardonner de lui avoir imputé toutes les raisons de sa souffrance ? Pourra-t-elle comprendre ses explications après douze années de vie commune ? Pourra-t-elle lui pardonner de n'avoir plus voulu l'honorer depuis la naissance de leur dernière fille ?

Toutes ces questions auraient leurs réponses à la fin de cette journée. Albert était pragmatique. Il reconnaissait ses erreurs d'homme trop orgueilleux pour avoir su se remettre en question au lendemain de leur première nuit.

Il aura fallu une conversation intime entre sa tante et Monsieur Dupré pour qu'il comprenne que l'amour lui avait manqué durant sa vie. Il s'était flagellé, pire, il avait entraîné son innocente épouse dans les vicissitudes de la vie qu'il s'était imposé pour faire honneur au fantôme d'un amour désuet.

Albert se sentait fautif, puisqu'il n'avait jamais assumé l'abandon de cette femme de Reims pour vivre dans l'opulence, sans en accepter vraiment toutes les règles qui incombent à un tel sacrifice. Marie s'apprêtait à faire une erreur semblable. Avec le temps, la même flétrissure la gagnerait. Elle deviendrait terne et sans saveur. N'ayant pour seule parade à la perte d'un amour que le sarcasme et les potins pour seuls compagnons.

Albert était prêt à accepter tout ce que Viviane lui demanderait pour se rasseoir dans ses bonnes grâces. En même temps, il espérait qu'André aurait le courage d'abandonner sa vie frivole pour aimer celle qui lui était destinée.

Monsieur Dupré avait atteint la propriété des Leroy en fin d'après-midi où il devait laisser Viviane et ses charmants chérubins. La calèche, puis le voyage en train, puis de nouveau la calèche pour atteindre le domaine, avaient éreinté tout le monde.

Il aurait bien repris la route pour rejoindre Marie à Cabourg, mais Nicole avait prétexté une douleur au dos considérable. De plus, elle avait été si odieuse durant le voyage que Ninon était gagnée par un mal de tête lancinant. Elle préférait se reposer avant de repartir, mais n'avait nullement l'intention de rester dans cette demeure un jour de plus, car Viviane n'avait cessé de pester contre son époux.

Vincent ne vit pas d'inconvénient à repartir le lendemain. De ce fait, l'installation de tout ce petit monde se fit dans l'heure qui suivit leur arrivée.

André entra dans le salon et s'assit aux côtés de Nicole qui prenait une collation. Il se servit un thé sous l'œil alerte d'un serviteur qui ne connaissait pas les habitudes alimentaires de ce Monsieur. Madame Leroy aimait qu'on soit aux petits soins pour ses invités et elle n'aurait pas admis qu'un domestique ne se tienne pas comme il faudrait.

« Cher Monsieur Dupré, vous croyez que Monsieur Bourgeois viendra nous rejoindre à Cabourg ?... On est si bien sans lui ! Il va nous gâcher nos journées à tergiverser sur des choses puériles et sans intérêt.

- Chère Nicole, il prendra le train dès demain pour Cabourg, compte tenu des évènements. Et je sais de source sûre qu'il aime jouer aux jeux de hasard ce qui nous donnera matière à nous adonner à nos passions respectives sans que ce Monsieur ne nous dérange.

- Quels événements ? Est-ce passionnant !?

- Nullement. Cependant, je vous promets que Monsieur Bourgeois ne restera point à Cabourg longtemps. Il a des affaires qui le feront revenir à Paris.

- Bon débarras. Je n'ai jamais su ce que ma mère lui trouve à ce Monsieur Germain Bourgeois.

- Une bonne grosse caisse de pièces d'or, répondit-il en riant. »

André but goulûment sous l'œil concupiscent de Nicole. André s'en apercevant, lui sourit d'un air gêné.

« Vous ne mangez point ?

- Non, j'aime à vous regarder... Vous êtes si beau, André... Le plus bel homme de la capitale. »

André resta un instant bouche bée avant de se lever, fort embarrassé.

« Mais qu'est-ce qu'elles ont toutes !? » s'écria-t-il.

Viviane entra sans qu'aucun d'eux ne la remarque. D'un geste, elle enjoignit le domestique à prendre congé.

Nicole rejoignit André en mettant ses bras en arrière pour faire ressortir sa poitrine à la platitude certaine.

« Vous n'y pouvez rien si nous sommes toutes folles de vous. Vous m'épouserez quand j'aurai forci du buste ?

- Non !... Nous allons bientôt dîner. Allez vous préparer. »

Il lui tourna le dos. Nicole fit une moue boudeuse. Puis, furieusement, elle s'approcha pour lui administrer une fessée. André sursauta avant de la regarder, effaré d'une telle audace chez une petite fille.

« Pour qui vous prenez-vous pour me toiser de la sorte !? Vous n'êtes qu'un mufle, Monsieur Dupré ! Je souhaite qu'une nuée de coléoptères s'abatte sur vous pour vous dévorer jusqu'à la moelle ! » S'exclama-t-elle avant de sortir promptement sous les yeux amusés de Viviane qui n'avait rien perdu de la scène se déroulant dans son salon.

André lui sourit pour parer à la gêne qui l'animait. En d'autres occasions, il aurait bien ri d'une telle situation, mais il n'était plus temps de s'en amuser au vu du regard aguichant que lui tenait Madame Leroy.

Il lui fit un salut courtois et s'avança pour sortir. Viviane fit un pas sur le côté pour se retrouver face à lui. Il tenta un sourire franc pour donner le change. Vivianne lui prit la main et la caressa.

« Toutes mes plates excuses, Madame Leroy.

- Ne vous en excusez point, car il est plaisant d'être interceptée par un galant homme de la sorte. Et plus de Madame Leroy. Je vous conjure de me nommer avec ferveur, Viviane ! » dit-elle comme dans un murmure de plaisir.

La mine déconfite, André lui lâcha la main et se servit une tasse de café. Puis, d'un ton faussement détaché, il lança une conversation d'un ton badin.

« Votre mari ne va pas tarder à vous rejoindre. Je suis même certain qu'il sera parmi nous dès ce soir. Ne le croyez-vous pas, Madame Leroy ? » finit-il par dire en lui faisant face.

Il ne s'attendait nullement à la voir aussi proche de lui. Assez proche pour qu'elle se jette dans ses bras sans qu'il ne puisse esquisser le moindre geste, hormis celui de laisser la tasse s'abattre sur le parquet de chêne et se briser en des dizaines de morceaux.

« Oubliez mon mari. Il me tarde de vous connaître avec plus d'horizontalité. »

André se défit immédiatement de son étreinte, mais se garda de la réprimander de peur qu'une personne ne les entende.

Il s'éloigna d'elle mais le sofa l'arrêta. Elle en profita pour l'étreindre par-derrière. Un mois plus tôt, il aurait adoré ce tête-à-tête musclé et passionné que lui tenait cette femme plutôt jolie et aguichante au possible.

« Je sais que vous êtes homme à entretenir des relations avec des femmes mariées car elles ne vous causent aucun tort. Je suis acquise à votre cause. Prenez-moi ici même ! »

André sauta par-dessus le canapé et se servit de la table pour se garder à bonne distance.

« Madame ! Il est vrai que j'étais de ces hommes-là, mais depuis peu, je me suis rangé. »

Viviane et André tournèrent autour de la table à plusieurs reprises tandis qu'ils tenaient une conversation des plus haletantes.

« Vous me trompez avec une autre ? Je ne suis pas d'humeur partageuse !

- Mais de quoi me parlez-vous !? Je ne vous ai même pas effleurée ! »

S'ensuivit une course poursuite à travers le salon, avant que Viviane ne finisse par le rattraper en le tenant fermement à la taille.

Ninon, Marianne et Albert pénétrèrent dans le salon précipitamment. Ils avaient entendu le remue-ménage qui s'y déroulait. En apercevant André et Viviane dans une posture plus qu'explicite, Ninon et Marianne arborèrent une mine surprise. Elles regardèrent Albert et furent encore plus surprises de ne voir aucune colère sur son visage affichant une totale sérénité.

« Excusez-moi ! Suis-je de trop ? » s'exclama-t-il le ton taquin.

Viviane et André, pris en faute, se regardèrent penauds. André, honteux, s'approcha prudemment d'Albert, qui intérieurement s'amusait beaucoup de la situation.

« Ce n'est pas ce que vous croyez, Monsieur.

- Et que croyez-vous que je crois ? »

André le regarda confusément, ne comprenant pas le calme olympien qui émanait de ce mari bafoué. Il jeta un œil furtif à Ninon qui détourna le regard immédiatement. Voir son ami dans une telle situation prêtait à sourire, lui qui n'avait jamais fui la moindre femme s'offrant à lui. Ninon regrettait de ne pouvoir donner libre cours à son amusement. Elle en aurait ri aux éclats si la bienséance ne l'avait tenue au silence.

Marianne s'était écartée d'eux et avait rejoint la fenêtre pour regarder le paysage tout en gardant une oreille alerte. Elle en aurait des choses à raconter à ses sœurs demain.

« Il ne s'est rien passé d'irréparable, Monsieur Leroy.

- Vous jouez à chat perché, peut-être ? répondit Albert.

- Non, renchérit André déconcerté par l'attitude affable d'Albert. Pas vraiment... Je suis navré que vous ayez assisté

à une telle scène. Si vous voulez laver votre honneur, je me plierai à tous vos impératifs.
- Albert ! C'est moi qui ai infligé à Monsieur Dupré cette situation. Je lui ai, sans crier gare, sauté dessus. »
Albert regarda Viviane avant de s'approcher d'elle. André s'interposa, de peur qu'il ne la rosse.
« Monsieur, je vous conjure de considérer la situation avec davantage d'ouverture d'esprit, si je puis dire.
- Au vu de cette situation saugrenue, je pense que je fais preuve de la plus grande des ouvertures d'esprit. Je ne compte point réprimander mon épouse et encore moins la châtier.
- Plait-il, s'exclama Viviane offusquée par une telle réponse de son époux. J'espérais bien que vous me rosseriez, Monsieur l'insensible et vil dédaigneux. J'étais prête à me faire prendre sur ce sofa par cet homme pour vous faire sortir de vos gonds, et que faites-vous !? C'est tout juste si vous ne lui donnez pas votre approbation. Je vous ai vu arriver, Albert, dit-elle en lâchant toute la souffrance contenue en elle. Je voulais que vous vous interposiez. J'aurais accepté que vous me frappiez dans l'espoir de savoir qu'il y avait bien un cœur au fond de votre poitrine. Au lieu de ça, vous vous gaussez en me voyant baiser la joue d'André. Et maintenant, vous êtes là, le visage impassible, comme de coutume. Avez-vous déjà ressenti un quelconque émoi dans votre vie ? Êtes-vous à ce point dépourvu de chaleur ? »
Albert commençait à sentir son visage se crisper face à tant de chagrin. Cette minute de réflexion lui coûta cher, car Viviane se précipita à l'étage persuadée qu'il garderait encore son mutisme habituel.

Albert baissa la tête, ses yeux s'humidifièrent et ses jambes menacèrent de le lâcher. Il s'assit sous le regard de ses hôtes, déconcerté par les propos qu'avait tenus Viviane.

Marianne s'approcha et s'assit à ses côtés en lui prenant la main.

« Je pense que Viviane a eu tort de vous tenir un tel discours alors que vous êtes un homme si bon pour elle.

- Non, Marianne, je ne l'ai jamais été pour elle... Viviane était une jeune fille délicate, enjouée, romantique et contrairement à ce que vous pensez d'elle aujourd'hui, elle était la plus conciliante et docile des femmes qu'on puisse rêver avoir. Je l'ai si mal traitée qu'elle est devenue caractérielle et pire encore, des plus malheureuses. Tout ça parce qu'elle a eu l'infortune de m'épouser. Je l'ai toujours fuie, même dans nos moments intimes. Je lui ai volé sa jeunesse et la possibilité de trouver un mari qui l'honore bien mieux que je ne l'ai fait... Je ne vaux guère mieux que votre époux, Marianne. »

Albert leva la tête et observa Ninon et André qui se tenaient non loin de lui, les bras du jeune homme enserrant sa tante de toute son affection. Il leur sourit chaleureusement avant de reprendre.

« J'ai entendu votre conversation dans les bois, il y a deux jours. J'ai tenu à suivre Léandre à Cabourg dans le seul but d'empêcher Marie de se sacrifier pour sauver un ami. Vous avez beaucoup de chance, Monsieur Dupré d'être aimé d'une telle demoiselle, bien que je craigne que vous ne la méritiez pas. J'ose croire que vous lui serez fidèle et que vous l'accompagnerez dans tous les actes de la vie. Après tout, il n'est jamais trop tard pour changer. »

Albert s'agenouilla au pied de Marianne en lui tenant les deux mains solennellement.

« Quand à vous, ma tendre et chez cousine, vous allez divorcer au plus tôt de votre rustre d'époux.
- Quoi ! Je ne puis faire cela, Albert. La honte s'abattra sur moi. Qui voudra de moi après un tel déshonneur ?
- Une kyrielle d'hommes de bien, Marianne… Vous préférez vous faire engrosser par le premier venu pour vous asseoir dans les bonnes grâces d'un benêt qui vous malmène depuis tant d'années ? »

Marianne rejeta la main de son cousin et se leva brusquement, offusquée par ce qu'il venait de lui assener. Elle regarda André et Ninon avec un air de reproche et d'affolement.

« Comment avez-vous osé en parler !?
- Il n'en est rien, ma chère enfant. Aucun de nous ne s'est permis d'en faire étalage.
- Marie m'en a parlé, et m'a supplié de vous, de vous… »

André s'arrêta, brusquement troublé de prononcer ce mot incongru. Il s'approcha d'elle et lui prit les mains affectueusement.

« J'aurai aimé vous sauver de ce préjudice, cependant je ne puis accepter la demande de votre sœur, car cela signifierait la perdre à jamais.
- Vous aimez donc sincèrement, Marie ?
- Oui, chère Marianne… depuis toujours, je crois. J'étais trop stupide pour m'en rendre compte. C'est mieux ainsi. Plus jeune, je n'aurais pu être un mari fidèle et mûr pour une vie de couple.
- Alors, je vous donne ma bénédiction.
- Et moi, mon soutien et tout mon cabinet pour vous sortir d'un mariage qui ne vous sied guère.
- Marianne, ma chère Marianne, poursuivit Ninon avec la plus grande des tendresses. Vous avez la jeunesse et la

beauté. Un jour, quand votre cœur sera guéri de tous ses maux, vous aimerez passionnément un homme qui méritera votre amour et qui fera de vous une mère des plus délicieuses. »

Marianne s'effondra en larmes dans les bras de sa tante. Les mois de terreur qu'elle venait de vivre prenaient fin. Elle entrevoyait un avenir serein tandis qu'André les enlaçait tendrement.

Albert avait fini une des tâches qu'il s'était assigné. Il lui restait celle de sa vie. Il les quitta sous le regard approbateur de ses hôtes qui pleuraient de bonheur.

Albert entra dans les appartements de Viviane. Il la vit sur le lit, la tête baissée, n'osant soutenir le regard de son époux.

« Je ne vous ai jamais trompé, dit-elle d'une voix fluette.
- Je le sais, Viviane. Et si cela peut vous rassurer, vous êtes la seule femme que j'ai connue. »

Elle le regarda d'un air navré, persuadée qu'il lui mentait.

« Cette femme que vous aimez. Il s'agit bien d'une femme ?... Seule une femme peut anéantir un couple.
- Vous vous trompez, Viviane. Je suis le seul responsable de la souffrance que je vous ai infligée. »

Albert s'assit à ses côtés et lui narra son histoire d'amour avec Élisabeth.

Après cela, il y eut un long silence avant que Viviane ne se lève pour regarder dans le lointain. Elle avait choisi les appartements du troisième étage car la vue s'étendait sur plusieurs kilomètres. À chaque fois qu'elle se sentait oppressée, cet horizon donnant sur la mer lui apportait toujours un peu de réconfort.

« La première nuit où nous sommes venus ici, j'ai gouté au bonheur de vous avoir enfin à moi. Mais au matin, vous m'avez délaissée. Vous me faisiez l'amour la nuit pour ne pas voir mon visage et imaginer que c'était cette autre femme dans ce lit. J'ai pleuré chaque matin dès que vous partiez en sachant que je n'étais qu'un habitacle dans lequel vous vous soulagiez. Je n'étais pas une femme à vos yeux, juste une enveloppe à qui vous prêtiez une autre âme. Vous deviez être bien déçu le matin quand vous vous releviez d'un songe enjôleur qui n'était que le reflet de cette femme... J'ai accepté cette situation dans l'espoir qu'un jour vous l'oublieriez et que vous m'accepteriez en tant qu'épouse. J'étais loin d'imaginer qu'elle était morte depuis si longtemps. Comment puis-je me battre contre un fantôme ? »

Albert avait pris sa main et regardait l'horizon tout comme elle.

Viviane lui saisit le visage dans ses mains pour le forcer à la regarder.

« En douze ans de mariage, je n'ai jamais su qui vous étiez ou qui vous êtes. J'ai toujours cru que vous ne ressentiez rien. Que vous étiez un être à part, que rien n'émeut, que rien ne fâche, alors que vous étiez effondré de n'avoir pu épouser celle que vous aimiez, comme je l'étais de ne pouvoir être aimée de celui que j'eus en affection dès la première minute où je le vis.

- Viviane, quand j'étais petit, on m'a conduit dans cette école militaire. J'étais un enfant sensible. Je pleurais tout le temps et tous se moquaient de moi. J'ai dû apprendre à ne plus rien ressentir pour me plier à cette vie... J'ai cru être cela pendant fort longtemps. Quand j'ai rencontré Élisabeth, elle a réussi à me faire percevoir que l'amour existait. Mon cœur, que je croyais éteint, s'est éveillé. C'était comme quand j'étais enfant. Je le sentais exploser de passion dans ma poitrine. Chaque jour était un enchantement auprès d'elle. Quand je l'ai perdue, j'ai arrêté de respirer. J'ai éteint toute passion qui me rappelait mon chagrin. Ce jour, où j'ai accepté le mariage que ma famille m'imposait, j'ai haï mon cœur et toutes choses passionnelles en ce monde. Je n'ai plus versé une larme depuis.

- Je comprends maintenant pourquoi vous ne vouliez pas que nos fils aillent dans une école militaire. Je vous ai tant rabroué pour cela, ne comprenant pas les motifs qui vous dictaient d'empêcher vos garçons de s'instruire dans la meilleure école qui soit... Les larmes que je vois poindre dans vos yeux vont couler sur vos joues et vous délivrer du carcan qui vous oppresse. »

Albert sentit une émotion violente lui arracher les larmes tant refoulées. Ils s'assirent sur le lit, et il pleura comme un enfant dans les bras de son épouse. Puis, les sanglots se tarirent et il put enfin parler.

« Ai-je l'espoir que vous soyez toujours éprise de ma si petite personne ?

- Ne m'offrez pas une espérance vaine que vous dilapiderez dès que le jour poindra. Vous m'avez fait maudire tant de ces levers de soleil. Un de plus me tuerait. »

Albert resta silencieux. Puis il prit les mains de Viviane et les baisa tendrement.

« J'ai fait le rêve que vous n'étiez pas Madame Leroy ; que vous étiez simplement Mademoiselle Mercier et que nous n'étions qu'aux prémices de notre union.

- Je ne comprends aucunement vos propos. »

Il s'agenouilla et parla sur un ton solennel.

« Mademoiselle Mercier, je suis fort aise de vous connaître. Avec toute mon honorabilité, je gage que notre mariage sera heureux, pour peu que j'y mette du mien. Vos louanges ont dépassé les frontières de la bourgade du duché de Normandie et votre voix, si pure, me charmerait tout autant si vous me faisiez l'honneur d'entonner un chant à mon intention. Même si je n'en disais mot, il m'arrivait bien souvent d'apprécier vos chants lyriques au prélude de notre union. »

Viviane eu du mal à répondre, prise par une émotion grandissante.

« Je vais m'y employer, jeune homme, bien que je sois fort étonnée d'apprendre que vous écoutiez à mon insu. »

Elle resta un instant tétanisée, avant d'entamer un chant de *Monsieur Fauré* nommé *après un rêve*, tandis qu'il pleurait de joie.

« Dans un sommeil que charmait ton image
Je rêvais le bonheur, ardent mirage
Tes yeux étaient plus doux, ta voix pure et sonore,
Tu rayonnais comme un ciel éclairé par l'aurore ;

Tu m'appelais et je quittais la terre
Pour m'enfuir avec toi vers la lumière,
Les cieux pour nous entrouvraient leurs nues
Splendeurs inconnues, lueurs divines entrevues

Hélas! Hélas, triste réveil des songes
Je t'appelle, ô nuit, rends-moi tes mensonges,
Reviens, reviens radieuse,
Reviens, ô nuit mystérieuse ! »

Viviane venait de finir avec grâce et son regard empli d'une grande émotion attendait le verdict de son époux.

« Voudriez-vous, Mademoiselle Mercier, me faire l'honneur d'être mienne ? Je vous promets de vous chérir. Je vous promets solennellement de vous aimer bien plus fort que je ne l'ai fait jusqu'alors.

- Oui, Monsieur Leroy. De tout mon cœur, j'accepte. »

Ils s'enlacèrent tendrement tandis qu'il la faisait virevolter.

Ils se dévorèrent des yeux, puis Albert défit la robe de Viviane qui fit de même avec les vêtements d'Albert. À aucun moment, ils ne se quittèrent des yeux. Bien que la journée toucha à sa fin, la chambre était encore emplie de la lumière du jour et pour la première fois, ils firent l'amour, accompagnés de la plus radieuse des clartés.

Le soir venu, personne dans la villa n'osa les déranger. Les enfants Leroy étaient entre de bonnes mains avec Marianne, Ninon, Vincent et André.

André et Ninon ironisèrent sur le talent de chanteuse lyrique de Viviane, à défaut d'être une musicienne émérite.

Chapitre IX

Les sens se déchaînent

Le soleil brillait sur la Normandie. Pour une troisième semaine du mois de juin, la chaleur était presque au rendez-vous. Les plages s'étaient emplies de promeneurs qui savouraient l'arrivée de la belle saison. Certaines personnes, bien courageuses compte tenu de la froideur de la Manche, s'étaient vêtues de leurs habits de bain pour nager dans une mer pourtant agitée. Le vent venu du large amenait un peu de fraîcheur, ce qui rendait supportable d'être exposé en plein soleil.

Les hommes et les femmes parés élégamment marchaient sur la jetée. Les Messieurs portaient un chapeau, les femmes une coiffe et leurs magnifiques ombrelles. C'était le rituel des gens de la bourgeoisie de se promener en fin de matinée avant le déjeuner. L'après-midi était souvent consacrée à la sieste, puis à la collation, avant de repartir se balader si le temps le permettait, ou de jouer à des distractions de plein air. Le soir, ce petit monde bourgeois dînait, puis avait le choix de perdre quelques sous au casino ou de boire un verre en jouant à des jeux de société.

    Ce matin-là, Marie était sortie avec les jumeaux, Gaétan et Philippe, dans leur poussette et la petite Éloïse marchant fièrement en tenant la main de sa jeune tante. Ils étaient accompagnés de la nurse et d'un chaperon qu'Henri Delattre avait exigé pour Marie. Il ne comprenait pas que son père puisse laisser sa plus jeune fille sans surveillance, à un âge aussi crucial.
    La veille, Henri avait remarqué que durant la promenade, les hommes de tous âges se retournaient sur son passage. Sans compter que lui-même avait eu quelques démangeaisons au niveau de son bas ventre dès l'instant où elle était arrivée dans sa demeure. Nul doute que, fut-elle autre que sa belle-sœur, il n'aurait pas hésité à lui jouer son coquet. Quel dommage qu'il lui fallut découvrir que l'enfant qu'il avait à peine vue à son mariage, tant elle lui parut bien fade aux côtés de Louise, se soit muée en cette succulente jeune déesse qu'il lui était impossible de posséder. Il fallait donc rendre ses journées chez lui des plus cruelles, pour lui faire payer cet affront d'être devenue si belle, au point de le narguer avec toute l'impudence de sa jeunesse, en se pavanant sans chapeau ni ombrelle. Ainsi son teint était hâlé ce qui donnait à Henri matière à la contempler davantage, tant la peau brunie avait plus de grâce à ses yeux, que celle laiteuse des dames du monde.
    Henri avait donc demandé qu'elle soit chaperonnée dès qu'elle mettait le pied hors de la villa par Mademoiselle Danielle, une domestique en qui il vouait une confiance sans

limite. La dame avait un âge des plus avancés et servait sa famille depuis des temps immémoriaux. Elle était une vieille fille émérite pour une tâche aussi dénuée d'intérêt.

Au petit matin, Henri lui avait présenté son chaperon. Marie n'avait pas apprécié et le lui avait clairement signifié. Toutefois, le mari de sa sœur était resté sur sa décision. Marie était donc sortie avec les enfants et observait, du coin de l'œil cette Mademoiselle Danielle qui en faisait autant. Cela agaçait Marie, mais moins que le regard vicieux que lui portait son beau-frère. Elle voyait qu'il la désirait et cela lui était intolérable.

Heureusement, une fois dehors, ses pensées déroutantes s'évaporèrent pour qu'elle puisse profiter de cette matinée au grand air. Marie avait adoré ses neveux et sa nièce dès l'instant où Louise les avait amenés à l'Isle-Adam. Depuis la fin mai, elle avait passé son temps à s'amuser avec eux. Marie les découvrait, étant nés sur la terre antillaise où elle n'avait jamais mis les pieds.

S'occuper d'eux était plaisant à l'Isle-Adam, mais à la plage le plaisir était sublimé.

Depuis deux jours, ses matinées étaient consacrées aux châteaux de sable et aux bains de pieds.

Gaétan et Philippe, âgés de treize mois, avaient commencé à marcher en arrivant à l'Isle-Adam. Marie les nommait les petits diablotins, car dès qu'ils le pouvaient, ils se dressaient sur leurs jambes et partaient au pas de course, même s'ils n'avaient pas encore l'équilibre nécessaire pour courir. Ils commençaient par zigzaguer avant de se ressaisir un bref instant, puis ils continuaient en titubant, tels des personnes qui auraient abusé d'une bonne bouteille de whisky. Marie s'amusait beaucoup de les voir tomber sur le sable et se regarder en riant aux éclats, pour recommencer, nullement effrayés par leurs innombrables chutes. A chaque fois, la nurse les rejoignait, affolée, et les réprimandait. Marie trouvait l'attitude de la nourrice excessive au possible et lui en avait maintes fois fait le reproche. La jeune fille pensait que la seule façon pour un enfant d'apprendre à marcher était de s'y essayer. Les chutes étaient de circonstance. Un enfant apprenait de ses erreurs et non des réprimandes d'une personne sans aucune pédagogie. Bref, Marie détestait la nurse et n'appréciait pas d'être obligée de l'avoir dans les pattes, sans compter qu'il lui fallait gérer un chaperon qui épiait ses moindres faits et gestes.

Marie avait tant attendu de revenir à Cabourg, car elle avait adoré cette petite ville normande quand elle y avait séjourné plusieurs semaines à l'occasion du mariage de Louise. Depuis, elle y passait tous ses étés. Mais elle ne s'attendait nullement à être privée de sa liberté en revenant dans la villa des Delattre.

La liberté de se mouvoir et de penser était ce que Marie chérissait le plus. Ce pourquoi elle aimait tant le *Domaine fleuri* de l'Isle-Adam. C'était un endroit pur où les contraintes n'existaient pas. Elle pouvait marcher des kilomètres dans la forêt, sur les chemins de campagne et aux abords de l'Oise sans avoir à se justifier de quoi que se soit. À la campagne, son père n'avait jamais exigé qu'elle eût le moindre chaperon, même quand ils n'étaient pas au *Domaine fleuri,* car il estimait que le risque de rencontrer un homme qui aurait pu tenter Marie était minime. Il n'avait donc aucune raison de la brimer dans un endroit où tout le monde se connaissait, où tout se savait très rapidement et où des gens auraient veillé à informer Monsieur Bourgeois de la moindre attitude peu appropriée de sa benjamine, si cela avait été le cas.

Toutefois, dès qu'elle venait à Paris, elle ne pouvait sortir seule. La vieille Madame Morin la suivait partout où elle allait. C'était une des raisons pour laquelle, elle n'aimait pas vivre dans leur maison parisienne. Ce qui la désolait énormément, car la richesse des monuments historiques et les trésors visibles dans les musées lui manquaient beaucoup. Elle aimait tout particulièrement le Musée du Louvre. Mais la résonance des pas de Madame Morin, faisant écho aux siens avait fini par la perturber. Parfois, elle essayait de la distancer en courant dès qu'elle sortait dans les jardins de Paris. Une fois, elle s'était élancée du pied du monument de Gambetta, cour Napoléon du Palais du Louvre, jusqu'à l'Orangerie et avait réussi à la semer. Marie avait flâné dans les rues avant de regagner l'hôtel particulier familial.

En rentrant, elle s'était faite rabrouer par son père, et avait été privée de sortie durant une semaine complète. Marie avait accepté la punition sans broncher, car elle avait vécu un des plus beaux moments de sa vie, seule parmi les badauds, libre enfin de marcher sur les pavés parisiens sans qu'ils soient cadencés par ceux de son chaperon. Cette semaine punitive, elle l'avait passée à retranscrire dans son journal tout ce qu'elle avait pu ressentir durant son escapade solitaire. De plus, elle avait reçu, à maintes reprises, la visite de Monsieur Dupré qui l'avait fort bien divertie de leurs joutes verbales des plus gratinées.

Marie était une observatrice. Elle pouvait rester des heures à regarder le paysage durant ses promenades. Elle repassait souvent par les mêmes chemins car il y avait toujours quelque chose qu'elle trouvait différent. Chaque saison offrait son lot de découvertes et les paysages se paraient d'attraits différents selon les couleurs façonnées par la nature. Aucune année ne se ressemblait dans le Vexin français, ce pourquoi Marie ne s'était jamais lassée des environs du *Domaine fleuri*.

La découverte de Cabourg en 1896 l'avait charmée au point qu'elle y louait une villa pour un minimum de deux mois chaque année. Les matins, elle les passait à longer la plage sur plusieurs kilomètres. Parfois, elle revenait déjeuner à la maison, parfois elle emmenait de quoi manger avec elle et ne revenait qu'au soleil couchant.

Le soir, elle restait sur la digue proche du casino pour admirer le coucher du soleil. Les couleurs étaient toujours magnifiques et l'air iodé, une bénédiction pour son odorat.

De l'autre côté de la ville, il y avait un petit port où Marie allait souvent dès que, au cœur de l'été, les promeneurs étaient légion et qu'elle ne trouvait plus ni sur la jetée, ni sur la plage, ni dans la ville, le calme qui lui était nécessaire pour se ressourcer.

Elle avait amarré une petite barque sur un ponton que personne n'empruntait, construit aux abords des dunes de sable. Elle avait accroché la barque à une corde longue d'une dizaine de mètres.

Les après-midis où elle était fatiguée, elle déroulait la corde attachée à un poteau, montait dans la barque et s'allongeait sur une couverture qu'elle prenait grand soin d'emmener avec un oreiller pour être le plus confortablement installée. Elle laissait la barque dériver sur l'eau, maintenue par la corde, ce qui lui procurait la sensation d'être lovée. Elle regardait le ciel qui passait parfois par tous les temps en un seul après-midi.

Il y avait des jours où elle s'endormait, bercée par le clapotis des vagues. D'autres fois, elle lisait ou écrivait.

Marie pouvait aussi bien dormir, écrire, lire et regarder le ciel dans une même journée, sans avoir envie de quitter sa petite barque qui était devenue comme un cocon. La seule chose qu'elle n'avait pas encore faite et dont elle rêvait, était de s'y endormir en regardant le ciel sombre éclairé par la lune. Cependant, il aurait été inconvenant pour une jeune fille de passer la nuit à la belle étoile. Alors Marie attendait les dernières lueurs du jour pour regagner le ponton à l'aide de la rame.

Sur la plage, il était bientôt l'heure de revenir à la villa des Delattre pour se sustenter. La nurse rinçait les seaux et les pelles dans la Manche, tandis que Marie se roulait sur le sable avec les enfants, heureux que leur tante soit aussi espiègle qu'ils l'étaient. La nourrice prit les jumeaux, tandis que Marie portait la petite Éloïse. La fillette était intarissable en questionnements en tous genres, au grand plaisir de Marie qui adorait la vivacité d'esprit de sa nièce qui n'avait pas encore quatre ans.

Au *Domaine fleuri,* il leur arrivait très souvent de passer la sieste à se taquiner et à jouer à la poupée au grand dam de la nurse qui estimait que l'amusement ne devait pas excéder une petite heure dans la journée et que le reste du temps devait être consacré à apprendre à bien se tenir. Ce n'était pas les consignes de Louise, préférant que ses enfants soient libérés de tous les codes de la société bourgeoise, mais celles de son époux qui avait plus de rigueur avec ses enfants qu'avec lui-même. Cela donnait lieu à de belles disputes dans leur couple qui calmaient Henri un petit moment, car nul ne pouvait contrer Louise quand cette dernière avait décidé qu'on lui obéisse. D'ailleurs, Louise suspectait Henri de faire parler son autorité sur ses enfants, à défaut de pouvoir le faire sur son épouse qu'il jugeait instable. Par instable, il fallait comprendre qu'il s'en voulait d'avoir cru que cette femme lui serait docile et qu'elle s'accommoderait de toutes ses injonctions. Henri Delattre avait compris bien trop tard qu'elle s'était jouée de lui en se faisant passer pour une jeune fille convenable et soumise avant qu'il ne l'épouse.

Henri n'était pas mécontent qu'elle ait choisi de demeurer à l'Isle-Adam durant un mois, ce pourquoi il fut fort surpris de la voir arriver deux jours auparavant, sans s'être fait annoncer. Il ne pouvait plus profiter de nuits exotiques avec Marie-Dominique, la belle Antillaise qu'il avait ramenée dans ses bagages. Henri serait donc obligé de repartir à Paris pour jouir d'une totale liberté durant tout l'été.

De plus, ses enfants ne l'inspiraient guère. Il avait hâte que ses fils grandissent pour leur laisser son affaire. Ainsi, il pourrait jouir de la vie. D'ici là, il avait le secret espoir que Louise ne soit plus de ce monde et qu'il puisse être aussi libre dans son veuvage qu'il l'était autrefois dans son paisible célibat.

Henri ignorait que Louise et Marie-Dominique étaient de connivence. Tandis que la belle Antillaise distrayait son époux, Louise était libre de jouir des présences masculines comme bon lui semblait.

Marie-Dominique avait grandi avec Henri Delattre et savait comment obtenir ce qu'elle désirait de ce Monsieur. Elle profitait de toutes les opportunités qui lui étaient allouées en étant sa maitresse. Mieux encore, elle s'était faite une alliée en la personne de Louise. Elle connaissait mieux que quiconque les défauts d'Henri et il était si simple de le manipuler sans qu'il ne s'en rende compte.

Marie-Dominique savourait cette vie car elle avait toujours aimé cet homme dénué d'intelligence mais pourvu d'un charme fou et d'un compte en banque des plus garni.

À la villa, les domestiques s'affairaient aux cuisines pour que le déjeuner soit servi à l'heure dite. Dans la salle à manger, les assiettes, les couverts et les verres avaient été disposés sur une nappe blanche en dentelle.

Louise se faisait coiffer par sa femme de chambre, Mathilde, qu'elle connaissait depuis plus de dix ans. C'était une femme discrète qui connaissait tous les écarts de sa belle patronne mais n'en disait mot. Louise savait qu'elle pouvait lui faire confiance et n'avait jamais douté de sa loyauté. Mathilde connaissait sa maîtresse et devançait ses moindres envies et caprices.

Aux Antilles, elle avait été d'une grande aide et d'un réconfort certain quand Louise avait compris que son mari lui était infidèle. En réalité, quoi qu'en dise Louise, elle avait eu de forts sentiments pour Henri. Les quatre mois qu'elle passa en France avant le grand départ pour la Guadeloupe, furent merveilleux. Henri l'avait emmenée à Biarritz pour leur voyage de noces, où elle avait pu jouir de son rôle de femme avec délectation. Henri était un bon amant, qui s'était montré fort délicat lors de leur première nuit. Il avait su contenter Louise au vu de sa grande expérience de la gent féminine. Pour la première fois, la jeune Madame Delattre envisageait l'avenir dans les bras de son époux. Cette pensée ne l'avait pas quittée durant toute la traversée, et ce jusqu'à ce qu'elle amarre aux Antilles où elle fit un malaise, portant déjà la petite Eloïse dans ses entrailles. Louise fut étonnée de se sentir heureuse d'une telle nouvelle, car elle avait décidé de profiter de son rôle de femme mariée pour s'émanciper. Les enfants, elle ne les espérait pas avant quelques années. Cependant, le bonheur qu'elle avait connu au début de son mariage lui avait fait voir cette naissance comme une bonne chose. Finalement, elle pouvait être heureuse avec cet homme-là.

Cette pensée ne fut pas sienne bien longtemps. Le jour où elle surprit son mari en train de prendre une domestique antillaise dans la salle d'eau, elle goûta à son premier chagrin d'amour. Toutefois, cela ne dura pas et Louise entreprit de vivre comme elle l'avait décidé avant ses épousailles. Jamais elle ne parla de cela à Henri et ce dernier se garda de faire l'éloge de ses écarts nuptiaux. Mathilde était sa seule confidente et avec l'éloignement des siens, elle prit une plus grande importance dans sa vie. Louise n'avait qu'une seule hâte : être délivrée de ce corps de femme enceinte qui l'exténuait pour profiter de la vie telle qu'elle l'avait toujours conçue.

Louise était très proche de Marianne avant son départ aux Antilles, mais l'éloignement et l'impossibilité de lui écrire des lettres honnêtes sur sa vie de débauche avaient fini par creuser un fossé entre les deux sœurs. À l'été 1898, elle reçut un courrier qui lui apprenait que sa sœur aînée allait prendre époux. La lettre était datée du 22 mai et le mariage annoncé pour le 8 juillet était malheureusement passé à la réception de la missive. Leur père avait dû conclure ce mariage avec empressement, car, au dernier courrier de Marianne, rédigé à la fin mars, elle n'avait pas parlé d'un quelconque promis ou d'une insignifiante amourette.

Pauvre Marianne, avait pensé Louise qui se rendait compte qu'elle avait fait un choix judicieux, même si rien ne pouvait être parfait pour une femme, dans ce monde.

Le matin, Léandre avait passé son temps à prier à l'église.

Depuis qu'il était arrivé à Cabourg, il avait longuement conversé avec le prêtre de la paroisse sur les déconvenues qui l'avaient fait quitter son père en très mauvais termes. Le conseil de bon aloi que l'homme d'Église lui avait prodigué était de faire les choix qui l'amèneraient à s'épanouir dans la vie. Il était revenu à la villa Delattre soulagé par la messe et ses prières. Le repas venait d'être servi. Il s'excusa de son retard et prit place à table.

Marie mangea sans parler, réfléchissant à la meilleure façon de passer l'après-midi sans la surveillance du chaperon qui était resté assise dans un coin de la salle à manger. On lui avait servi son repas en cuisine tandis que Marie était allée se changer. Le vilain chaperon était donc plein de force et prêt à la suivre dès qu'elle se lèverait de sa chaise.

Après le repas, le café et le thé furent servis dans le petit salon. Marie prétexta qu'elle avait oublié de mettre son collier et put s'éclipser à l'étage, suivie par Mademoiselle Danielle qui eut peine à se rendre aussi vite devant la porte de la chambre que la jeune fille avait refermée pour bien lui signifier qu'elle n'était pas la bienvenue. Mademoiselle Danielle avait pris son mal en patience en attendant sagement que la demoiselle sorte.

Dix bonnes minutes passèrent avant que le chaperon ne s'en inquiète. Elle frappa à la porte et attendit une réponse qui ne vint pas. Au bout de quelques minutes, elle se décida à frapper de nouveau. N'ayant aucune réponse, elle se permit d'ouvrir la porte. Mademoiselle Danielle découvrit une chambre vidée de son occupante, la fenêtre grande ouverte et un cordage attaché au pied du lit passant par la fenêtre et descendant jusqu'au sol. Outragée, Mademoiselle Danielle regarda dans le lointain pour tenter de la débusquer, mais il était clair qu'il s'était bien passé une vingtaine de minutes depuis que la jeune fille avait quitté la table. Affolée, elle se précipita dans le salon pour rapporter à son maître l'inconvenance de la jeune Marie. Henri entra dans une colère noire, ce qui fit bien rire Louise et Léandre.

Être raillé de la sorte par sa femme et ce fils déshérité qui aurait dû s'inquiéter de l'honneur de sa sœur au lieu de s'en amuser, déplut grandement à Monsieur Delattre.

Le bruit de calèches tirées par des chevaux arriva à leurs oreilles. Ils se précipitèrent à la fenêtre pour s'enquérir de leurs visiteurs inopinés.

Louise et Léandre aperçurent André Dupré juché sur un étalon. Ils se regardèrent fort heureux avant de se précipiter dans la cour d'entrée, sans prêter attention à Monsieur Delattre se dirigeant vers le bar.

Une des calèches s'arrêta tout près d'eux et ils purent constater qu'Albert Leroy, Marianne, Vincent, leur tante Ninon, ainsi que Viviane, avec sur les genoux la petite Agnès, y étaient installés.

La portière de l'autre calèche s'ouvrit dès l'instant où elle s'arrêta, et les enfants Leroy, ainsi que Nicole purent en descendre avec toute la vivacité de petits ayant bien trop longtemps été maintenus dans une position assise. Ils coururent tout autour de la cour pour soulager leurs jambes et l'impatience de l'enfance.

André descendit d'un bond de sa monture maintenue au collet par un valet. Il s'avança vers Léandre et Louise et les enlaça, tandis que les occupants de la calèche descendirent pour les rejoindre.

« Je suis heureux de vous voir, s'exclama Léandre avant de renchérir : J'attendais votre retour André avant de repartir à Paris, mais je n'espérais point autant de monde.
- Ils avaient envie de se joindre à moi. Je puis avouer qu'il me tardait bien trop de revoir Mam'zelle Bourgeois. »

Henri arriva sur le perron, André le salua avant de constater qu'il avait le regard dur d'un homme qui n'avait pas de bonnes nouvelles à annoncer. André le vit engloutir d'un trait un verre entier d'un alcool fort.

Henri resta stoïque tandis que ses invités indésirables le saluaient avec une joie qui n'arrivait pas à déroger ce Monsieur de son attitude rigoriste.

Ninon s'en inquiéta et lui prit la main affectueusement.

« Avez-vous appris une mauvaise nouvelle, mon cher ?
- Je n'aime pas qu'on me désobéisse sous mon toit. »

Ninon regarda Louise croyant que cette dernière avait commis une faute visible par tous.

« Ah non, ma chère tante, ce n'est pas moi qui ai mis mon époux dans cet état là. Marie n'a pas supporté qu'Henri lui octroie un chaperon et a préféré prendre le large en passant par la fenêtre de sa chambre. Ce que je ne puis blâmer, car j'en aurais fait autant face à tant de brimades.
- Comment osez-vous me contredire devant nos proches ?
- Vous contredire ? Vous n'aviez qu'à m'écouter hier soir quand je vous ai dit qu'un chaperon était bien inutile pour une sœur aussi vertueuse que digne de confiance. Elle connaît Cabourg puisqu'elle y vient tous les étés depuis notre mariage. De quoi avez-vous peur ? Aucune fille de ma famille ne vous causera du tort. J'aimerais pouvoir en dire autant de vous et de vos cocufiages répétés ! »

Henri Delattre resta bouche bée, puis il prit un air désappointé en jetant son verre contre la façade de la villa, salua ses hôtes et rentra. Louise monta les marches du perron et hurla de toutes ses forces pour qu'il l'entende.

« Bien ! Et en plus, j'ai le droit à votre mine boudeuse ! Je vous permets donc de vous sustenter avec votre maîtresse basanée si cela peut vous faire perdre votre mine déconfite que je hais au plus haut point !

- Louise !

- Quoi, Léandre !? Je lui suis accommodante, je lui donne ma bénédiction pour me cocufier ! Que voulez-vous de plus, mon cher prêtre ?

- Que vous le fassiez en privé la prochaine fois.

- Pour que personne ne puisse se rire de lui ? Regardez-les, ils sourient tous. »

Sa tante, Albert, Vincent et André tentaient de masquer leur amusement, tandis que Viviane et Marianne, ne sachant plus sur quel pied danser, se détournèrent, gênées.

Louise reprit sur un ton toujours caustique.

« C'est une magnifique entrée en matière. Bienvenue à la villa d'été des Delattre où l'amusement est de rigueur ! »

Louise avait fait sourire ses proches, c'est certain, même si un accueil aussi houleux ne présageait rien de bon.

« Où est allée, Mam'zelle Bourgeois ? demanda André.

- Je ne suis pas certain, car il y a plusieurs endroits qu'elle affectionne, répondit Léandre avant de reprendre. Si elle ne marche pas le long de la jetée, elle est dans sa barque amarrée à un ponton, près des dunes.

- Je vais essayer de la trouver.

- Quand vous vous trouvez sur la jetée face à la mer, prenez à votre droite et longez la jusqu'aux dunes. La barque est amarrée au nord de la confluence avec la divette, un peu avant le petit port de Dives. »

André retira sa veste et la tendit à Léandre. Il prit une grande inspiration avant de s'engager sur le chemin du grand casino, sous l'œil empli de bonheur de Ninon, Marianne, Léandre et des Leroy.

« André compte demander la main de Marie ? Dit Louise fort étonnée qu'il ait enfin pris une décision.

- Oui ma chère sœur, s'exclama Marianne en lui enserrant la taille pour l'embrasser.

- Et vous, Marianne ? Avez-vous trouvé une solution pour pondre un marmot ? »

Si Marianne fut étonnée que sa sœur soit au courant, elle le fut bien moins de sa facétie nullement déguisée.

« Y a-t'il quelqu'un qui ne soit pas au courant de ma disgrâce ?

- Mon époux, ma chère, sinon il n'aurait pas hésité à vous engrosser. C'est ce qu'il fait de mieux, à mon grand désespoir. Je vous promets que si je retombais enceinte, le prochain, je vous l'offrirais avec la plus grande joie. En attendant, cocufiez votre époux et cessez vos simagrées de femme délaissée. »

Tous se mirent à rire face à tant de propos caustiques. Même Marianne eut un rictus avant de répondre avec la grâce qui la caractérisait :

« Je divorce, Louise. André et Albert m'accompagneront à Paris pour parlementer avec Gaston et trouver un compromis qui nous satisfera. Il essayera, bien sûr, de tirer le meilleur avantage de cette désunion, mais je n'ai plus peur. Même plus de père qui verra tout cela d'un mauvais œil.

- Ne vous en faites pas, ma nièce. Je me charge de lui parler dès qu'il arrivera en fin d'après-midi.
- Nous serons tous là pour vous soutenir, reprit Vincent sur un ton rassurant. Toutefois, je gage que cela passera bien mieux après l'annonce officielle du mariage d'André et de Marie.
- Et du nôtre, mon cher Vincent.
- Vous vous mariez à Monsieur De Nerval, ma tante ? S'écria Louise tout étonnée d'un tel accord.
- Oui, ma chère Louise. Je ne pensais pas me remarier un jour. Mon veuvage et mon âge me l'interdisaient, cependant, un homme en disgrâce accepterait n'importe quelle situation, dit-elle en le narguant d'une œillade.
- En vérité, Ninon, je vous trouve fort désirable. Il se peut bien que je me couche à vos côtés pour vous goûter.
- Vous m'avez prise pour un encas ? N'y pensez même pas dans vos songes bestiaux, Vincent. Je ne suis pas de celles qui se donnent au premier venu.
- Madame De Koch, je ne me serais pas permis de vous croire aussi peu recommandable. Toutefois, j'accepterais d'être le deuxième venu dans votre couche, si le premier vous désenchante. »

Ils rirent tous de bon cœur, tandis que les enfants avaient déjà investi la salle à manger pour déguster un bon repas. Ils avaient quitté Honfleur à l'aube et avaient grande faim.

André marchait d'un pas assuré le long de la digue promenade. En ce début d'après-midi, l'endroit était désert. Les gens se reposaient après leur déjeuner. Le soleil, bien haut perché, avait dissuadé beaucoup d'entre eux d'entamer leur digestion par une petite marche.

André arriva à la fin de la jetée qui donnait sur les dunes de sable. Il les contourna par la droite, avant de se décider à grimper pour avoir une vue d'ensemble sur la berge. Il continua à marcher sur quelques mètres avant d'apercevoir le ponton et la barque qui dérivait.

Il vit Marie allongée au fond, sur le ventre, noircissant son journal intime de sa plume d'oie qu'elle avait toujours plaisir à utiliser alors que ses contemporains l'avaient abandonnée dès 1840 pour le stylo à encre, supplanté depuis par le stylo à plume bien plus pratique.

Le jeune homme la contempla un long moment, avant de se décider à descendre pour rejoindre le ponton. Il vit les souliers de Marie sur le chemin sablonneux, comme si ils avaient été jetés avant qu'elle n'eut atteint l'embarcation. André retira les siens et voulut enlever son gilet, mais se ravisa en pensant qu'il le mettait en valeur avec la montre à gousset que Marie lui avait offerte à son vingt-sixième anniversaire.

Il avança jusqu'au bout de la plate-forme, mais même à cet endroit, Marie ne pouvait pas l'apercevoir. André s'agenouilla pour agripper la corde et tirer pour amener la barque à lui. Marie se rendit compte que l'embarcation revenait à sa base, ce qui était impossible. Elle souffla sur les mots qu'elle venait d'écrire avant de refermer son journal intime et l'encrier puis s'assit pour voir ce qui se passait. Durant un instant, elle eut peur que la vieille Mademoiselle Danielle ne l'ait retrouvée.

Le choc fut grand quand elle vit Monsieur Dupré à genoux sur le ponton qui tirait sur la corde. Dès l'instant où leurs regards se croisèrent, un sourire de bonheur s'afficha sur leurs visages. Cependant Marie le rangea immédiatement en se souvenant de leur dernière entrevue.

« Que faites-vous ici, Monsieur ?
- J'avais à vous parler, ma chère Mam'zelle Bourgeois.
- De quoi voudriez-vous parler ?
- Puis-je monter dans votre barque ? Je pourrais m'y asseoir.
- Où sont passées vos chaussures et vos chaussettes ?
- Au côté des vôtres… Puis-je ?
- Non, vous ne pouvez pas ! Et cessez de tirer sur la corde, je n'ai nulle envie d'être plus près de vous !
- Même si j'osais avouer la passion dévorante qui m'anime ?… Je vous aime, Marie ! hurla-t-il. »

La jeune fille resta sans voix. André lui adressa un sourire enjôleur qui conquérait tout. Il sauta dans la barque qui tangua dangereusement. Heureusement, Marie était assise, elle en fut quitte pour une bonne frayeur au moment où elle vit André basculer par-dessus bord. Il disparut sous l'eau un bref moment avant de réapparaître en hurlant que l'eau était glacée.

« Vous êtes idiot ! Prenez ma main, André. »

Marie se mit à genoux en lui tendant le bras. André se saisit de sa main et se hissa dans la barque. Il retira immédiatement la montre de sa poche de gilet.

« Elle ne marchera plus maintenant.
- Donnez-là moi. »

Elle l'ouvrit et la secoua pour que l'eau qui s'y était engouffrée s'extirpe. Puis, elle la posa sur l'avant de la barque la plus exposée au soleil.

Marie regarda André tout trempé. Il ne tremblait pas, mais elle savait que l'eau ne devait pas être à plus de quatorze degrés. Il lui fallait ôter ses vêtements au plus vite pour qu'il n'attrape pas froid.

Il était à genoux dans la barque, tout comme elle. Leurs yeux ne pouvaient pas se détacher l'un de l'autre, leurs cœurs semblaient avoir cessé de battre, leurs respirations étaient en suspend, le temps n'avait plus cours, il s'était envolé. Plus personne n'existait à part eux.

Marie osa un geste qui la surprit elle-même, cependant elle continua à défaire les boutons du gilet d'André un par un. Elle se redressa pour lui ôter, puis elle dénoua la cravate avant de s'attaquer aux boutons de sa chemise. Elle passa ses mains sur son torse en les remontant vers les épaules du jeune homme pour faire glisser le vêtement sur son dos, tout en continuant à le regarder avec délectation. Le désir s'était emparé d'eux. Marie avait ses mains sur les épaules d'André qu'elle caressa délicatement avant de descendre ses doigts sur son torse finement musclé. André lui enserra la taille et lui effleura les lèvres d'un baiser, son regard d'un bleu azur plongé dans celui vert foncé de la belle jeune femme.

André s'assit sur ses talons en se blottissant sur la poitrine de Marie. Ils restèrent ainsi un long moment avant que Marie n'enfourche André pour le serrer fortement contre elle. Puis, il attrapa son visage, embrassa son cou et remonta vers sa bouche. C'était leur premier baiser, suave, bouleversant et empli d'un désir charnel de plus en plus impossible à réfréner.

Pourtant, André se devait de repousser sa belle pour lui expliquer pourquoi il n'avait pu honorer sa demande. Il dû faire appel à toute sa raison, car le corps de Marie avait éveillé son désir de lui faire l'amour. Les jambes écartées de la jeune fille, ses fesses qu'il tenait dans ses mains, sa poitrine enserrée dans cette robe qu'il aurait voulu arracher avant de l'allonger dans cette barque en couvrant son corps de baisers, le bouleversaient.

Il lui fallait pourtant se relever et s'asseoir sur le banc de bois au milieu de la barque. Il souleva donc Marie et l'assit en face de lui.

« Marie, mon attitude peut vous paraître totalement désordonnée et proche de celle d'un dément. Je vous dis que je vous aime aujourd'hui, alors qu'il y a peu je vous proposais de vous voler votre vertu alors que vous me demandiez un service, certes grotesque, mais que j'aurais dû refuser. Pourtant, si vous n'aviez pas fait cela, je n'aurais su, ô combien je vous aimais depuis longtemps.

- Pourquoi m'avez-vous refusée ?
- Parce que je vous désirais bien trop pour être oisif envers vous.
- J'ai pris cela pour une moquerie, ce pourquoi j'ai fui l'Isle-Adam. Albert est venu et m'a fait comprendre que tout cela était une méprise.
- Quand je vous ai volé un baiser, il y a trois ans, je sais que je vous ai fait souffrir, cependant je pensais que cela était oublié depuis.
- Dès le premier jour où je vous vis, je vous ai aimé.
- Lors de la fête d'anniversaire de Ninon, il y a huit ans ? Je m'en souviens encore.
- Non André. La première fois que je vous vis, vous étiez désillusionné, prêt à rendre l'âme, sans vie, sans espoir, assis au bord de l'Oise sous la surveillance d'hommes à la mine patibulaire. Je venais tous les jours vous voir, et chaque nuit je priais pour votre salut. Et mes prières ont été exaucées, quand ma tante vous a aidé à sortir de votre mine funèbre. Elle vous a ramené à la vie, puis vous avez fait de même pour elle. »

Des larmes vinrent inonder leurs yeux. André se revoyait à une époque maudite qu'il aurait voulu oublier. Il était touché que Marie ait pu taire tout cela et avoir l'extrême délicatesse de lui avouer en un moment où leurs âmes se liaient pour toujours.

André s'agenouilla aux pieds de Marie assise sur le rebord avant de l'embarcation.

« Je dois vous avouer que j'ai connu votre tante durant les huit dernières années. Nous nous sommes aimés, puis le temps a changé les choses. Notre gratitude l'un envers l'autre, s'est muée en une forte amitié. Il y avait des moments charnels et d'autres plus sages.

- Je comprends, André. Je ne veux pas vous séparer d'elle.

- Cela est déjà fait. Nous resterons des amis et rien d'autre, puisque c'est vous que j'aime, ma tendre Marie. Nulle autre ne pourra prendre votre place dans mon cœur dorénavant. Je vais devenir un de ces hommes que je raillais autrefois. Un de ces hommes épris de leur muse. Quoiqu'au vu de vos écrits, c'est moi qui risque de devenir votre muse.

- Quels écrits ?

- Je dois vous avouer que je suis entré dans votre chambre le soir où vous nous avez quittés. J'ai dormi dans votre lit où je découvris votre pièce que j'ai dévorée d'un trait tant elle m'a séduite. Si vous le désirez, je vous permettrais de la monter dans un vrai théâtre.

- Aucun théâtre digne de ce nom n'accepterait de mettre à l'affiche une pièce écrite par une femme, et encore moins à la mise en scène.

- Sauf si ce théâtre nous appartient. Je comprends seulement maintenant ce que Ninon voulait me dire jadis… Elle m'a dit : *Montez un théâtre. Votre vie ne peut être sur les routes à vous produire devant un public de villageois, mais elle peut être dévolue, d'une autre façon, à la scène et au public. Il n'y a pas qu'un seul chemin qui mène au bonheur.*

- Je reconnais bien là ma tante. Toujours bienveillante… Si vous produisez ma pièce de théâtre vous risquez d'y perdre beaucoup d'argent.

- Qu'importe, même si les débuts sont difficiles pour convaincre les gens que la société est en pleine mutation et que tout est possible, je sais qu'un jour nous travaillerons côte à côte dans un des théâtres les plus appréciés de la capitale.

- Mais vous êtes avocat André. Vous ne pouvez avoir entrepris des études si difficiles pour abandonner ?

- C'est un métier que j'ai choisi certes, mais je n'ai aucune attache à cette profession. Je resterai avocat tant que le théâtre ne fonctionnera pas à plein régime. Je vous apprendrai à gérer l'administration d'un tel lieu. Est-ce que cela vous tente ?

- Je n'espérais pas autant de bonheur, André. Je n'espérais pas en mériter tant.

- Mon cœur bat si fort que j'ai l'impression qu'il va sortir de mon torse en un bond qui lui fera atteindre l'autre rivage.

- Alors, je vais apposer mes mains sur votre poitrine pour l'empêcher de s'extraire. Il est si doux de vous caresser, André. J'en veux plus. Ici on risque de se faire surprendre. Nous pourrions monter dans les dunes, il n'y passe personne à cette heure-ci.

- Je crois, ma chère Mam'zelle Bourgeois que les dunes seraient bien trop tentantes. Loin du regard du commun des mortels, je ne saurais être maître de moi. Je ne voudrais vous offenser. Sachez que je vous parle en homme libre, du fait

que vous serez mon épouse avant la fin juillet. Si nous allons dans ces dunes, je ne pourrais être un homme sage, puisque mon envie de vous a pris les proportions de cette charmante ville.
- C'est tout ! Juste Cabourg ? Sachez que c'est de là que vient l'offense, mon cher Monsieur Dupré. Mon envie à moi est bien plus grande. Elle a pris les proportions de la Normandie. Mais je comprends que votre désir soit si petit. Vous n'êtes plus puceau, mon cher André, vous vous êtes essayé à d'autres charmantes compagnies. Je ne suis, hélas, qu'un encas parmi tant d'autres.
- Votre répartie me charme bien plus que toutes les dames que j'ai eu le grand plaisir d'avoir. Je n'osais aller aussi loin, de peur de vous déstabiliser. Mais puisque la chasteté ne s'arrête qu'à votre hymen, en réalité, je puis dire que la France serait bien trop petite pour vous décrire l'émoi que vous me procurez rien qu'en me regardant. Je ne suis pas un adepte de Dieu, toutefois je ne puis vous conduire au péché. C'est après un pieu mariage que je prendrai ce qu'il a de plus cher chez une jeune fille du grand monde. Bien que je trouve cette privation complètement absurde. Dieu est ainsi fait, il nous offre un cadeau juteux et il nous impose de ne point y toucher. Il offre à l'homme tant de désirs et il nous demande de taire nos pulsions.
- Vous êtes un prince, mon cher André.
- C'est tout ! Un prince ? J'aurais préféré être votre empereur. »
Ils eurent un fou rire qui s'éternisa. Puis, ils se regardèrent avec un amour infini tout en s'allongeant dans la barque pour se reposer de tant d'émotions.
« Mam'zelle Bourgeois, va devenir M'dame Dupré. Vous ne m'avez jamais demandé pourquoi je vous nommais

Mam'zelle au lieu de Mademoiselle comme je le fais avec toute autre demoiselle.

- Parce que je suis unique, dit-elle en riant avant de renchérir. Vous êtes né en Martinique et y avez demeuré jusqu'à l'âge de six ans. Souvent les créoles disent Mam'zelle. Je pense que cela vous est resté, et quand nous sommes devenus amis, vous vouliez un surnom qui me soit dévolu.

- Bien analysé, ma chère Mam'zelle Bourgeois. Dorénavant, je vous appellerai ma femme, ou bien mon amoureuse.

- Et moi, je vous nommerai mon amoureux d'époux ou mon tendre cœur. Je m'arrêterai là, car sinon, vous risqueriez de me traiter de nigaude.

- Pour une fois, je n'aurai pas de réplique cinglante. »

Leurs yeux se fermèrent progressivement, même s'ils faisaient tout pour les maintenir ouverts de peur que tout cela soit un songe qui disparaîtrait dès leur réveil.

Ils dormirent bien deux heures avant d'entendre la voix de Louise qui les interpellait depuis le ponton

« Marie, réveillez-vous ! »

Ils s'assirent brutalement, tant les cris de Louise leur firent grand peur. Ils constatèrent que Léandre était à ses côtés.

« Heureusement que vous avez gardé votre pantalon et Marie sa robe, cela me donne matière à croire que vous n'avez pas volé la vertu de ma sœur.

- Rassurez-vous, Léandre, nous avons été bien sages.

- Et ce n'est pas grâce à moi, mon cher frère. André fut un gentilhomme, car j'étais prête à toutes les folies tant je suis indécemment éprise de lui.

- Quel sombre crétin, je dirais, renchérit Louise sur un ton désinvolte. Et ça ose se faire passer pour un Don Juan.
- Plus maintenant, ma chère belle sœur. Je ne suis l'homme que d'une seule femme.
- Je serai curieuse de voir comment vous allez faire pour tenir votre phallus dans votre pantalon, vous qui êtes habitué à forniquer chaque jour que Dieu fait.
- Je tiendrai jusqu'à la fin juillet sans difficulté, répondit André en se rhabillant.
- Ma chère Louise, c'est peut-être moi qui risque de succomber avant le mariage.
- Au vu du délicieux nombril entouré de juste ce qu'il faut de poils, je n'ai aucun mal à croire que ce ventre aux abdominaux seyants vous laisse la moindre chance de résister.
- Louise, veuillez détourner votre regard de mon promis.
- Soit, soit, cependant, hâtez-vous car père est arrivé et souhaite que vos épousailles soient annoncées officiellement. »

Léandre amena lentement la barque à quai tout en souriant des propos inconvenants de ses sœurs. Il n'était plus temps de les sermonner. Seul le bonheur de ces trois personnes comptait.

Marie se précipita dans sa chambre pour se changer, car sa robe avait pris l'eau et était toute tachée, tandis qu'André se laissa conduire dans la chambre d'à côté où les femmes de chambre avaient déposé sa malle.

La jeune fille referma la porte et avança lentement vers le lit. Elle pensait à mille choses merveilleuses, si bien qu'elle ne vit pas Henri Delattre qui était appuyé contre le mur adjacent à la porte.

Elle retira sa robe sans prêter attention à l'homme qui s'avançait lentement. Marie, entendant des pas, se retourna brusquement. Elle resta un moment sans réaction, ne comprenant pas l'intrusion de son beau-frère dans sa chambre. Puis, elle sut, en voyant ce regard vicieux qui examinait son corps en sous-vêtement et l'odeur d'alcool qui émanait de lui. Marie ramassa sa robe et se cacha comme elle le pouvait.

« Pourquoi vous permettez-vous d'entrer ici ?
- Vous a t-il conquise ?
- Comment ?
- Monsieur Dupré, vous a t'il conquise ?
- Un tel homme ne peut être que conquérant dans tous les actes de la vie. Ne le croyez-vous pas ? dit-elle pour se donner une contenance afin ne pas montrer qu'elle était effrayée.
- Ne faites pas celle qui élude ma question par une autre. Vous a-t-il déflorée ?
- Je ne répondrai pas à cela.
- Alors il vous a prise. Puis-je espérer en faire de même ?
- Comment osez-vous, Henri !? Vous êtes mon beau-frère !
- Tant qu'il n'y a pas de lien du sang, rien ne saurait être immoral.
- Je vais hurler si vous approchez encore !
- Vous n'en ferez rien. Comment expliquerez-vous à votre père que je me trouve dans votre chambre ?
- Je dirai que vous y êtes entré sans mon approbation.
- Et moi je dirai que vous m'y avez invité.
- Sortez de ma chambre !
- Oh, non, ma chère, vous m'émoustillez bien trop pour que je vous quitte sans un baiser. »

Il s'avança vers elle pour l'attraper. Marie esquiva en montant sur le lit, avant d'en descendre pour sortir de sa chambre. Il la bloqua avant qu'elle n'ait pu ouvrir la porte. Même imbibé d'alcool, il gardait de bons réflexes. Il l'entraîna sur le lit et la jeta dessus tout en essayant de lui voler un baiser.

André entra et l'agrippa fermement en le lançant sur le sol. Ninon, ayant entendu le remue-ménage, se tint à la porte, le regard effaré. Elle vit la pauvre Marie complètement choquée par la violence de l'agression.

Henri fut brièvement sonné par la force que déploya André pour le projeter à terre.

« Henri, comment avez-vous osé, s'exclama Ninon qui se précipita sur le lit pour prendre Marie dans ses bras.

- Il me semblait que la jeune fille n'avait plus rien de vertueux à perdre, dit Henri en se relevant péniblement. »

André lui envoya son poing sur la figure.

« Vous n'êtes qu'un goujat, indigne de votre rang ! » s'écria André outré par les propos tenus par une personne n'ayant que les dehors d'un gentilhomme.

Marianne entra dans la chambre, toute paniquée. Elle était en train de se reposer dans la chambre mitoyenne à celle de Marie et avait tout entendu. Elle referma la porte pour que personne d'autre ne vienne.

Henri cracha du sang et son nez semblait cassé. Il regarda André plein de morgue et avec un dégout flagrant envers Ninon De Koch.

« Je ne suis pas le seul dans cette pièce à être un malotru. Marie, cet homme et cette femme forniquent depuis des lustres ! Monsieur Dupré est un adepte du sexe faible, je l'ai vu tant de fois dans des endroits dédiés à la luxure et aux vices. »

André regarda Marie. Il ne ressentait pas de honte face à la vie qu'il avait eue, il craignait seulement que la jeune femme soit confrontée à une réalité dont elle n'avait pas encore pleinement conscience, même si elle lui avait dit le comprendre. Marie perçut le désarroi de l'homme qu'elle aimait. Elle sentit la main de sa tante se rigidifier et son teint s'empourprer. Leurs gênes étaient palpables et légitimes.

« Je sais pour ma tante et André. Et je sais aussi, que cela ne se reproduira plus. Ma tante est une femme merveilleuse, pour tout ce qu'elle représente d'admirable. Je ne saurais fragmenter mon amour pour elle. Nous avons tous nos pêchés. Je ne permettrai à aucun homme de la calomnier. Surtout un homme tel que vous. Quant à André, je sais qu'il m'aime assez pour oublier cette vie peu louable qu'il a entretenue durant sa jeunesse. Il n'était pas marié, alors. Il avait tous les droits du libertin. Vous, Monsieur, vous êtes marié à ma tendre sœur. Vous nous avez salis toutes les deux aujourd'hui. Vous ne m'avez épargné aucune insulte, Monsieur. Je vous prie de sortir de ma chambre. J'oublierai peut-être de parler à ma sœur de cette atrocité.

- Partez avant que je ne vous défigure davantage. »

Le discours de Marie et le poing dans la figure administré par André avaient fini par le dessaouler. Il réalisait pleinement l'acte impardonnable qu'il avait commis. Il baissa la tête honteusement.

« Marie, je me suis égaré. Je ne puis m'en justifier, ni vous demander de me pardonner. Pitié, ne dites rien à Louise. »

Marie ne daigna pas le regarder. Henri sortit sans discuter. André se précipita aux pieds de Marie toujours dans les bras de Ninon.

« Pardonnez-moi de ne pas avoir été là plus tôt.

- Je vais bien, André. Plus de peur que de mal. Me voir en sous-vêtements, n'est-ce pas ce que vous vouliez ? Votre vœu est exaucé.
- Même dans un tel moment, vous arrivez à galéjer. Je vous aime tant.
- Vous m'avez sauvée, André. Je reste vertueuse.
- Je vous aimerais même si vous aviez connu l'amour d'un homme. Ce qu'il s'apprêtait à faire, ce n'est point de l'amour. Ses excuses ne valent rien. Il faut prévenir Louise.
- Non, mon ami. Pas de scandale. Pas aujourd'hui. Vous, allez vous changer. Nous aiderons Marie à le faire, puis, nous descendrons annoncer votre mariage. Cette nuit, Marianne et moi dormirons avec Marie, car il est trop tard pour prendre le dernier train pour Paris. Demain matin, nous partirons à la première heure.
- Et pour Louise, ma tante ? Allons-nous la laisser avec cet homme abject ?
- Marianne, Henri est un mari qui convient à Louise. Nous ne pouvons lui raconter une telle chose. Il y a les enfants. Henri empestait l'alcool, il ne savait pas vraiment ce qu'il faisait.
- Ce n'est pas une raison pour malmener ma sœur. Si André n'avait pas été là, il la violentait davantage !
- Ninon a raison, Marianne. Nous ne pouvons rien faire pour Louise, ça la briserait. Elle est encore pleine de joie et d'insouciance, ne lui enlevons pas cela. »

André baisa les mains de Marie avant de se lever. Ninon lui adressa un sourire compatissant. Puis, il sortit avec une profonde lassitude.

Marianne et Ninon enserrèrent plus fort la jeune Marie avant de la préparer pour l'annonce qui allait changer sa vie.

Dans le grand salon, Monsieur Bourgeois, Monsieur De Nerval et Monsieur Leroy prenaient un rafraîchissement. Les enfants Leroy et Nicole jouaient au criquet dans le jardin, sous l'œil avisé de Viviane.

André entra dans le salon en abandonnant sa mine désœuvrée. Monsieur Bourgeois se précipita vers lui et lui fit une accolade.

« Enfin, je vous vois mon gendre, mon ami. Où est Marie ?

- Marianne et Ninon la préparent. Vous connaissez les femmes et leur manie d'essayer plusieurs tenues avant de se décider, dit André pour donner le change.

- Nous sommes donc bien malheureux. Qu'allons-nous faire en attendant ?

- Boire un bon verre en lisant le journal du jour. » Conclut Vincent tout heureux, avant de rajouter : Ou si vous le préférez, beau-frère, nous pouvons nous faire un gros câlin. »

Vincent tendit les bras et un large sourire narquois. Monsieur Bourgeois fit une mine outrancière.

Louise entra toute confuse.

« Pardonnez-moi, père, j'ai eu un petit contre temps. Mon époux, ayant trop bu, s'est blessé en tombant sur le bord du lit. Il a sûrement une fracture du nez. J'ai fait appeler le docteur pour qu'il l'examine au plus tôt. Mais il n'y a pas matière à s'alarmer.

- Vous êtes sûre que ce n'est pas grave, ma fille ?

- Non, il aura un bon mal de tête à son réveil. Cela nous évitera ses forfanteries pour ce soir. Vous pouvez profiter de la villa autant de jours qu'il vous plaira.

- Louise, je comptais repartir à Paris dès demain avec Marie, Marianne et Madame De Koch pour annoncer mes fiançailles à ma mère à qui j'ai envoyé un télégramme à Aix-les-Bains où elle se trouve en cure. Vous savez qu'elle est poitrinaire. Malgré cela, elle m'a promis d'être à Paris au plus tôt.

- Oh, je comprends, André. Père, resterez-vous un peu ?
- Bien entendu. Je viens de faire un voyage exécrable, je dois me reposer un peu avant de revenir à l'Isle-Adam où la cérémonie du mariage se fera dans tout juste un mois. Néanmoins, rassurez-moi, mon ami. Tous les frais ne me seront pas assignés ? Je ne suis pas aussi fortuné que vous le pensez. »

Des sourires et des regards moqueurs se firent tout autour de Monsieur Bourgeois avant qu'André, essayant de se contenir, ne renchérisse :

« Ne vous inquiétez point, nous partagerons tous les frais. Je tiens à ce que Marie n'oublie jamais ce jour. Car même si elle se rit de toutes ces demoiselles engoncées dans des robes de mariée des plus ridicules, je la sais désireuse d'avoir un mariage digne d'un conte de fée. Après nos noces, je lui expliquerai que les Grimm et autres Perrault avaient des idées des plus tordues qu'ils savaient habilement glisser entre les lignes de leurs écrits féériquement douteux. »

Marie, Marianne et Ninon entrèrent. Albert interpella à la fenêtre ses enfants, sa femme et la jeune De Nerval qui accoururent promptement.

Marie se précipita dans les bras de son père pour l'embrasser.

Léandre, circonspect, entra, sous l'œil sévère de son père.

« Père, je vous en prie. Il est de votre chaire. Ne vous hâtez pas dans des décisions que vous pourriez regretter amèrement.

- Je ne regrette jamais rien, Marie. Pour vous, j'accepte de le tolérer jusqu'à votre mariage. »

Les domestiques servirent des verres à tous.

Monsieur Bourgeois le leva avec le sourire d'un homme comblé.

« J'ai fait un voyage fort fatiguant, pour une déclaration que j'aurais pu faire chez moi. Ma fille, étant capricieuse, a décidé de fuir le domaine sans même me prévenir. Toutefois, cette journée ne pouvait se terminer autrement que par une annonce nuptiale. D'ailleurs, il n'y aura pas qu'un mariage, mais deux dans notre famille. Et tous les deux auront des revenus fort satisfaisants. Sans cela, un mariage ne peut être qu'inconvenant et contre nature. D'ailleurs, j'aimerais que vous me déposiez vos bilans financiers, Messieurs, que je puisse me rendre compte de vos revenus annuels. Et si les deniers de Monsieur De Nerval sont plus importants, je risque de réviser mon jugement.

- Je m'y oppose, Monsieur Bourgeois ! Lança André sur un ton ironique.

- Moi aussi, je m'y oppose ! Renchérit Marie la mine inquiète.

- Ma chère fille, je galéjais. Votre père a encore de l'humour. André, Marie, à vous de parler, qu'on en finisse au plus vite et que je puisse me reposer, car à mesure que la journée décline, mes douleurs s'amplifient.

- À vous la réplique, cher André !

- Je suis galant homme, je vous la cède, ma chère Mam'zelle Bourgeois.

- Homme de peu de courage serait plus juste. Votre opiniâtreté ferait perdre à une femme son goût à tergiverser.
- J'en serais fort aise. Fermez donc votre bouche, elle est pire que le chant des sirènes tyrannisant Ulysse.
- Alors, votre amour à mon égard s'est envolé, sitôt prononcé. Je devrais me rabattre sur mon cher Vincent.
- Non, Mam'zelle Bourgeois, nos joutes verbales me manqueraient bien trop si je ne vous avais plus à mes côtés. »

Marie et André se regardèrent tout émus.

« Marie rêverait que vous déclamiez un vers ou un sonnet en son honneur.
- Jamais, Monsieur De Nerval, je n'ai point l'âme poète… Marie, je suis là pour vous sauver d'un mariage bancal. La mère de Vincent étant une cousine de votre père, vous risqueriez, en l'épousant, de faire naître un monstre à force de vous reproduire entre cousins. Donc, je vous offre une alternative à ce mariage en vous demandant votre… Bougre, comment dit-on déjà ? »

Ninon, Nicole, Marianne, Albert, Léandre, Viviane, Élisabeth et Vincent prononcèrent à l'unisson le mot « Main » en riant à gorge déployée. Philibert et Paulin, ne comprenant rien à ce qui se passait, entreprirent de rire pour ne pas se sentir trop stupides.

« Oui, c'est cela même, reprit André avec humour. Votre main. »

Il s'agenouilla solennellement, lui prit la main, submergé par une émotion qui les engloba.

« Je serais le plus heureux des hommes si vous acceptiez ma main. Je vous promets de vous être fidèle, de vous aimer éternellement et…
- Et de me donner raison à chacune de nos mésententes ?

- Hum… Une fois sur deux, oui. »
La réponse fit rire tout le monde.
« Je trouve votre demande en mariage absurde et dénuée de romantisme.
- Pas plus absurde que d'avoir presque épousé un homme qui ne vous aurait fait jouir des privilèges d'un noble mariage. » dit-il en adressant une œillade à Vincent.
Vincent et Ninon s'adressèrent un sourire complice.
« Jouir. Vous n'employez pas ce mot en vain, connaissant votre esprit fiévreux.
- Jamais en vain, Mam'zelle Bourgeois. »
Elle le regarda avec admiration avant de répondre d'une voix prise par une grande émotion.
« Oui, André. J'accepte de vous épouser. »
Il se leva et déposa un baiser sur ses lèvres, sous les hourras de leurs proches. Puis André se dirigea vers Ninon et Vincent.
« Marie et moi serions ravis que nos mariages soient fêtés le même jour dans la demeure de l'Isle-Adam. La date est arrêtée.
- J'accepte André, si votre mariage prime sur le nôtre, car je veux qu'il soit le plus fastueux qui n'ait jamais été donné ici-bas.
- Qu'il en soit ainsi, dit André en baisant la joue de Ninon.
- Allons fêter vos promesses d'union de ce pas ! Ma chère sœur, faites servir un repas de banquet pour ce soir ! S'exclama Marianne.
- Dieu merci nous ne sommes pas chez notre père, il aurait été capable de jouer les avares.
Les deux sœurs se mirent à rire aux éclats, sous le regard amusé des Leroy qui ne se quittaient plus d'un centimètre.

Cela faisait plaisir à Marie de les voir aussi proches. La conversation qu'Albert lui avait tenue avait porté ses fruits.

La seule ombre au tableau était de voir Léandre se mettre à l'écart pour ne pas incommoder son père qui ne daignait même plus lui adresser un de ses regards assassins.

André attira Marie dans ses bras et lui adressa un sourire plein de malice.

« Vous souvenez-vous du fameux ouvrage dont je vous avais parlé il y a peu ?

- Ce livre que mon père cache au rayon « droit » ?

- C'est cela même. Procurez-vous le en prélude à notre nuit de noces.

- Cher André, je n'ai point besoin d'un livre, moi, pour alimenter nos nuits. J'ai de l'imagination à revendre. »

Léandre avait entendu la conversation. Quand Marie passa tout près de lui, elle lui adressa un sourire de connivence avant de lancer un regard aguichant à André qui se demandait quels jeux coquins allaient bien pouvoir sortir de l'imagination d'un auteur.

Il avait hâte d'être au jour des noces.

Cette nuit-là, blottie dans les bras de sa tante, Marie eut bien du mal à s'endormir. Elle pensait à tout ce qui avait changé dans sa vie en une seule petite semaine.

Chapitre X

Une belle époque

La cérémonie eut lieu le 20 juillet 1901, au *Domaine fleuri*. Aux dires des invités, ce fut un beau mariage. Bien qu'ils ne comprirent pas pourquoi il y eut deux offices.

Le prête accepta de marier une veuve à un jeune homme de treize ans son cadet. Cela fit jaser le tout Paris, les stations balnéaires et les domestiques de tout le comté, car une femme veuve se devait d'honorer son macchabée d'époux et se complaire dans un célibat austère.

En vérité, le prêtre, aussi attiré par l'argent que Monsieur Bourgeois, fut lesté d'une coquette somme pour marier Ninon De Koch à Vincent De Nerval.

Certains raillaient une telle union sans en connaître les raisons et d'autres, informés par la famille Ponti se gaussaient ouvertement en pariant que ce mariage ne durerait pas plus d'une année.

Ils perdirent tous leur pari stupide puisque Vincent et Ninon restèrent unis tant que dieu leur prêta vie.

Pour faire enrager tout ce petit monde bourgeois stupide et cupide, Ninon De Koch se maria dans une robe à l'éclatante blancheur. Comme ils se l'étaient promis, Ninon et Vincent s'amusèrent comme deux enfants de tous ces regards désireux d'en savoir plus sur les raisons d'une union aussi scandaleuse.

Les plus heureux furent les parents De Nerval qui jouissaient enfin d'une meilleure réputation auprès de leurs contemporains avides de les salir.

Bien sûr, dans les années qui suivirent, ils regrettèrent leur belle villa de Saint-Germain, mais le sacrifice en valait la peine. Même s'ils craignaient que leur fils ne fasse quelques frasques avec son compagnon.

Vincent vivait le plus souvent à la villa de Saint-Germain avec son Louis d'amour et Ninon De Nerval y demeurait une partie de l'année, le reste du temps, elle regagnait son hôtel particulier parisien.

Ninon avait enfin appris à connaître le jeune Richard, qui avait repris ses études de notaire. Richard avait toujours un côté nonchalant, cependant il faisait beaucoup d'efforts pour être accommodant envers sa mère. Au fil des années, ils apprirent à plaisanter et à se taquiner l'un l'autre.

Ninon avait parfois des amants, mais ils ne la satisfaisaient jamais bien longtemps. Entre chaque histoire sentimentale, elle faisait une pause qui pouvait aller de quelques mois à plus d'une année. Puis, elle se laissait séduire par un bel inconnu rencontré au hasard des bals, des salons ou même des balades.

Ninon n'était pas malheureuse. Elle était reconnaissante de pouvoir vivre libre et sans astreinte. Un luxe que peu de femmes de son temps connaissaient.

Marianne divorça au plus vite. Gaston Bourbon ne se fit pas prier quand il vit une horde d'avocats, avec à leur tête Maître Dupré l'assigner à comparaitre pour diffamation envers son épouse. Il nia la chose et ce fut parole contre parole. Monsieur Bourbon, qui n'était pas homme de lettres et pressé d'en finir avec ce mariage infertile, accepta de céder à son épouse sa villa de Neuilly et une coquette somme lui permettant de vivre pleinement.

Monsieur Bourgeois fut choqué d'un divorce aussi expéditif. Ce fut le premier dans la famille. Il fut longtemps moqué par la bourgeoisie car Monsieur Bourbon n'avait pas manqué de colporter qu'il avait divorcé puisque la fille avait été incapable de lui donner un enfant. Ainsi il voulait s'assurer qu'aucun homme sage ne serait assez fou pour la demander en mariage un jour.

Il se trompa, car plus de deux ans après son divorce, André lui présenta un galant homme qui revenait vivre en France après avoir vécu en Amérique où il avait travaillé à l'expansion du chemin de fer.

Robert Durant était un précurseur dans le domaine ferroviaire et gagnait beaucoup d'argent. Il s'éprit, dès sa première visite chez les Dupré, de la belle Marianne. Ils purent faire connaissance durant les innombrables dîners, bals ou promenades qu'ils avaient l'habitude de faire. Il lui promit, quelques mois après leur rencontre, de la rendre heureuse si elle acceptait sa main, même si elle ne pouvait lui donner d'enfant.

C'est ainsi qu'au printemps 1904, Marianne devint Madame Durant.

Moins d'un an plus tard, Monsieur Bourbon fut bien moqué car son ex-épouse mit au monde un petit garçon qu'ils nommèrent Victor. Puis deux ans plus tard elle donna naissance à un autre enfant au doux nom évocateur de Valentin.

Marianne fut la plus comblée des mères, puisqu'elle était de ces femmes faites pour procréer et aimait ce rôle que la nature lui avait offert. Même si Robert était souvent en déplacement, il était un époux plein de passion pour sa tendre épouse. Dès qu'il avait trouvé un nouveau chantier qui prenait parfois plusieurs mois de travail, il faisait venir femme et enfants. C'est ainsi que Marianne put s'ouvrir à d'autres cultures et profiter ainsi d'innombrables lieux extraordinaires.

Gaston Bourbon se remaria avec une nouvelle vierge. Elle ne put lui donner d'enfant, confirmant ainsi l'infertilité de ce Monsieur, qui fut raillé à juste titre.

Louise resta mariée à Henri. Ils se chamaillaient très souvent, mais les longs voyages d'affaire qu'Henri faisait en Guadeloupe leur permettaient à tous les deux de souffler. Les mois où ils étaient séparés les rendaient plus amoureux à son retour en métropole. Cela ne durait pas, car ils se lassaient bien vite l'un de l'autre.

Les domestiques pariaient sur le temps qu'ils passeraient dans leur chambre avant la première grande dispute. Car s'il y avait bien une chose qui les satisfaisait, c'était leurs parties de jambes en l'air des plus explosives.

Malgré cela, Louise n'aurait donné sa place à aucune autre. Chacun d'eux savait qu'ils se cocufiaient, mais ils avaient décidé de faire comme si de rien n'était. Ainsi leur bonheur dépendait de leur entente sur ce point.

L'écart de conduite qu'Henri eut jadis avec Marie ne fut jamais évoqué. Il subsistait toujours un malaise qui rendait Henri très gentil avec les Dupré.

Léandre devint prêtre avant que son père ne décède. Il l'avait bien déshérité car il ne voulait pas laisser un centime à l'église qu'il avait en horreur, néanmoins il revint sur sa décision sur son lit de mort. Peut-être parce qu'il craignait le courroux de Dieu, ou peut-être qu'il aimait un peu ce fils qu'il n'avait jamais compris.

Viviane et Albert eurent encore une petite fille. Ils avaient appris à se connaître dans leur treizième année de mariage ; un chiffre merveilleux en somme. Il n'était jamais trop tard pour faire amende honorable. Peu de gens arrivaient à se remettre en question, souvent la fierté l'emportait, mais dans le cas des Leroy, nulle irrévérence, nulle prétention, nul égoïsme ne les tenaient loin de toutes considérations pleines de sagesse. Ils organisèrent une cérémonie maritale à l'été 1902 alors que Viviane portait leur enfant. Ils réitérèrent leurs vœux d'union sans la contrainte du carcan d'une famille désireuse de se sustenter.

Marie et André firent un beau mariage. Ils avaient la jeunesse, un avenir en commun et un amour sans limites.

Ils dansèrent jusqu'à ce que le jour tombe, avant de se lover dans la chambre que Marie avait toujours connue. Là, ils eurent leur première nuit d'amour. Elle fut mémorable pour l'un comme pour l'autre. Même si André avait eu d'autres femmes, il connut en Marie un plaisir si intense qu'il se trouva bien idiot d'avoir tardé à se laisser aller à son amour pour elle. Marie était la plus douce des compagnes, la plus drôle et la plus intéressante intellectuellement.

Lors de leur voyage de noces dans la villa de Cabourg que les Bourgeois avaient déjà louée pour l'été 1901, ils connurent de longs moments de discussions. Ils longeaient des heures durant la plage, flânant dans les rues convergeant toutes vers une place centrale, se divertissant au Casino en se riant des malheureux perdants qui s'étaient acharnés à ces jeux futiles.

Marie put réaliser son rêve de dormir à la belle étoile dans la barque aux côtés de celui qu'elle appelait son amoureux.

Le jour, ils discutaient des personnages de la pièce de théâtre, le soir, ils jouaient quelques scènes et revisitaient le répertoire français ou interprétaient quelques scènes des pièces shakespeariennes.

Durant un mois, ils vécurent dans la maison de Cabourg que Monsieur Bourgeois avait laissée pour eux seuls. Les domestiques venaient le matin pour nettoyer la maison et préparer les repas du couple et repartaient en fin de matinée, car ils voulaient se sentir seuls au monde dans cette maison.

Chaque pièce était témoin d'un ébat charnel. Et tout moment était bon pour s'aimer davantage. André avait toujours cru être un amant insatiable et pourtant il était battu à plate couture par cette jeune femme pleine de passion.

Marie finissait toujours par l'exténuer, ce qui l'amusait beaucoup.
Ils s'aimaient comme jamais ils n'auraient cru cela possible. Ils pouvaient se contempler, se caresser, s'embrasser, des heures durant. Quand Marie sentait André en elle, elle réalisait qu'elle était entière. Comme si son époux faisait partie intégrante de sa personne et il en était de même pour lui. Un jour, elle le vit pleurer durant un orgasme qui le fit chavirer dans une extase inconnue jusqu'alors.

Le mois d'août touchait à sa fin et ils durent regagner Paris. André travaillait à son cabinet et Marie cherchait le meilleur endroit où ouvrir un théâtre digne de ce nom.
Quand elle trouvait un endroit intéressant, elle accourait à l'étude de son époux et lui parlait avec emphase de ce qu'elle avait vu. Cependant, ils ne pouvaient résister bien longtemps à une pulsion sexuelle incontrôlable.
Dans le bureau, ils faisaient attention à ne pas être entendus, ce qui était des plus excitants. André aimait sentir le corps de Marie se crisper de plaisir et sa bouche laissant échapper un son suave de désir intense.

Au fil des mois, André et Marie Dupré firent l'acquisition d'un ancien garage de voitures à chevaux qu'ils transformèrent en théâtre somptueux.
L'entreprise dura plus d'un an. Et au printemps 1903, la première pièce de Madame Marie Dupré put être jouée. Malgré un début difficile, elle rencontra son public et eut beaucoup de succès.

Durant les années qui suivirent, Marie écrivit plusieurs pièces qu'elle mit en scène, ainsi que des pièces du répertoire français et anglais. André se laissa convaincre par sa femme de remonter sur scène, tant elle aimait le voir lui jouer des scènes en tous genres dans l'intimité de leur chambre.

Ninon De Nerval fut au premier rang et eut les larmes aux yeux quand aux applaudissements, elle vit André la regarder avec émoi.

Marie et André s'offrirent une villa à Cabourg où ils descendaient assez souvent par la gare de Dives. Plus tard, ils eurent une automobile qu'ils aimaient trafiquer. C'était souvent un désastre pour le garage qui réparait les erreurs de ce couple atypique.

Parfois, ils voyageaient en France ou dans les pays limitrophes.

Leur vie était si riche, tant sur le plan intime, que professionnel, que les années défilaient trop vite à leurs yeux.

André fit très attention à ce que Marie ne tombe pas enceinte dans les deux premières années de leur mariage. Il ne voulait pas qu'elle soit contrainte d'abandonner ce qu'elle aimait pour s'occuper d'un nourrisson.

Ils eurent donc leur premier enfant à l'été 1904. Ce fut un garçon qu'ils nommèrent Samuel. Puis, un an plus tard naquit une petite Ismérie, prénom qui fut choisi en mémoire de la mère défunte de Marie.

Enfin en 1907, ils eurent leur dernier enfant, qu'ils prénommèrent Marlène en mémoire de la mère d'André qui mourût la même année.

Malgré sa maladie, elle avait vécu jusqu'à l'âge de soixante-quatre ans.

Deux ans plus tard, ce fut Monsieur Bourgeois qui mourut d'une maladie inconnue.

Viviane et Albert, Marianne et Robert, Louise sans son Henri, Ninon, Vincent et Louis, Marie et André, Léandre et ses sermons emplis de causticité, se réunissaient deux fois par an au *Domaine fleuri* à Noël et au mois de juin avec leurs enfants.

Ils y passaient quatre semaines consécutives à s'amuser et se gausser les uns des autres. Toujours dans un très grand respect et dans le souci de déroger aux convenances pour vivre pleinement tout ce que la vie leur avait offert de meilleur.

C'était l'époque la plus belle qui soit…

Table des matières

Chapitre I
Une petite bourgade bien tranquille..........................11

Chapitre II
Le commencement des enchevêtrements......................31

Chapitre III
Le petit monde de Ninon et d'André............................51

Chapitre IV
Marie entre en scène..75

Chapitre V
Cher Léandre..105

Chapitre VI
Il est plus facile de fuir..137

Chapitre VII
On dénoue les nœuds..165

Chapitre VIII
Ah, l'amour !..191

Chapitre IX
Les sens se déchaînent..225

Chapitre X
Une belle époque..261